N & K

Wir bitten die Sperrfrist
24. August 2015 zu beachten.

Eine große Verwirrtheit herrscht in dieser Zeit,
ein mächtiger Aberwitz unternimmt es,
alles auf den Kopf zu stellen.
Klaus Mann

Der Fall hat schaurigen Zeitstil
und kennzeichnet auch
die Verhältnisse in der Schweiz.
Thomas Mann

I

RÜSCHLIKON BEI ZÜRICH, Spätherbst 1934.

Morgens kurz vor acht pflegte er auf der nebelverhangenen Seestrasse wie aus dem Nichts aufzutauchen, der sechsplätzige Studebaker mit kuhäugigen Frontleuchten, langer Motorhaube, raketenförmigen Heckflossen. Die junge Lehrerin, mit eiligen Schritten unterwegs, wich dem Ungeheuer aus, erklomm die Treppenstufen zum Vorplatz der Schule, während das Automobil jaulend die steile Auffahrt nahm. Täglich zur selben Zeit, wie auf Verabredung, trafen sie vor dem hochgiebligen, rotüberdachten Gebäude ein.

Der Chauffeur, die Finger der rechten Hand am Schild der Dienstmütze, nickte ihr aus dem Fenster heraus zu. «Grüezi, Fräulein.» Die Lichtkegel der Scheinwerfer tasteten über das Kopfsteinpflaster. Dann öffnete sich der Verschlag, und Mucki, das Töchterchen des Theaterdirektors Rieser, streckte die rotbestrumpften Beine aus dem Fond. Auf dem Platz wandte sich das Kind zwei- oder dreimal winkend um, als zögere es, den Tag an dieses hoheitsvolle, mit einem Turm in Form eines mahnenden Zeigefingers bewehrte Gebäude zu verschenken, aus dem Innern des Wagens winkte die Mutter zurück.

An der täglichen Abschiedszeremonie nahm auch die Lehrerin teil, denn Marianne Rieser, jetzt angestrahlt vom Licht, grüßte jedes Mal freundlich hinüber. Die Rieserin trug schon zur Morgenstunde, so hieß es in Rüschlikon, ihre «Schleierchen und Pelzchen», auch waren Mund und Augen perfekt geschminkt.

Als das Kind mit der Lehrerin verschwand, zündete sich Marianne Rieser eine ihrer langen Zigaretten an und begann auf der Weiterfahrt aus dem Textbuch auf ihren Knien zu lesen. Sie wurde in Zürich zur Probe im Pfauentheater erwartet, ihr Mann Ferdinand pflegte eine Stunde früher zu fahren und Gespräche mit den Angestellten der Verwaltung zu führen. Dann betrat er die Probebühne und hielt Ausschau nach seiner Frau Marianne, die man in Zürich als die heimliche Direktorin ansah.

Die Tochter der Riesers hieß eigentlich Marguerite, doch innerhalb der Familie wurde sie Mucki genannt, ein Kosename, den die Dorfkinder am Gitter des Rieserschen Tennisplatzes schnell aufgeschnappt hatten. Die Kinder fanden Mucki niedlich: dunkle, von rötlichen Lichtflecken durchsetzte Löckchen und schwarzblaue Gucklöcher, so stellten sie sich Johanna Spyris Heidi auf der Alp vor. Doch Mucki wohnte nicht beim Alpöhi, sondern beim Theaterdirektor und war, wie man im Dorf zu sagen pflegte, eins der Herrenkinder aus dem Rüschliker Villenviertel. Sie kam später als die gewöhnlichen Mädchen in die Dorfschule, war oft krank und fehlte lange, auch das gehörte, wie man dachte, zu einem feinen reichen Kind. Voriges Jahr, am Fest des achten Geburtstags, zu dem aus Prag die Großeltern und aus Wien Onkel Franz Werfel mit seiner Frau Alma Mahler angereist waren, schenkte man der Kleinen den Zunamen Alma, wohl zu Ehren der schönen Tante. Schon früh merkte sich das Kind aus der Vielfalt der Namen, dass man nicht jedem Ruf zu folgen habe.

Da die Eltern Rieser tagsüber im Schauspielhaus arbeiteten, kümmerte sich eine Bonne um Mucki. Man hatte die junge, phantasiebegabte Paulette aus Le Locle kommen lassen, damit sich das Mädchen, das mit den Eltern Hochdeutsch, mit den Dorfkindern Züritütsch sprach, beizeiten auch an die französische Sprache gewöhne.

Mucki hatte dem Pförtner eine aschfarbene kleine Hündin, die ihm zugelaufen war, abgebettelt, das Mädchen nannte sie Bellefleur. «Klingt edel», sagte die Mutter und verbiss sich ein Lächeln, «aber ich kann das hergelaufene Tier trotzdem nicht in der Villa dulden, auch Papas Katzen setzen sich zur Wehr.» Das Kind mochte Papas Katzen nicht, hochnäsige Tiere, die sich selbst genug waren, einzig die kleinste, von Papa das Zartchen genannt, ließ mit sich spielen. So versorgte die Neunjährige das Hündchen neben der Pförtnerbehausung, und die Ablehnung ihres Lieblings durch die Mutter ließ einen heimlichen Groll in ihr wachsen.

Einmal hatte Paulette eine Fabel vorgelesen von Vögeln, die ihre Eier in fremde Nester legen.

«Bin ich auch in ein fremdes Nest gelegt worden, Paulette?»

Paulette hob den Kopf mit dem streng gescheitelten Haar und blickte erstaunt in Muckis groß aufgesperrte, blaudunkle Augen. «Wenn, dann hast du dein Nest allerdings gut gewählt, ma petite.»

«Ja?»

«Nun, die feine Villa hier! Gibt es eine schönere in Rüschlikon?»

«Das Schloss der Schwarzenbachs», murmelte Mucki.

Doch Paulette überhörte es und sprach von dem Türmchen, von den blanken Fenstern, die auf den Zürichsee blicken. Daneben der moderne Tennisplatz. Und vorne das Pförtnerhaus …

«Oh, ich muss Bellefleur zurückbringen», sagte das Kind, das bei der Erwähnung des Pförtnerhauses erschrocken war. «Wann sind die Eltern zurück?»

Die Hündin, die immer ein bisschen nach feuchtem Laub roch, ruhte vor den neuen hellen Ledersesseln zu Muckis Füßen, das war gegen die Hausregel.

«Die Eltern kommen spät. Du weißt doch: Premiere!»

Mucki sah wieder die Eltern beim Abschied vor sich, Papa im Frack, Mama in ihrer Abendrobe.

«Sei brav, Mucki.» Die Mama hatte sich herabgebeugt, ihr stark geschminkter Mund streifte wie ein Windhauch Muckis Wange. «Es wird spät.»

Mucki nickte. Die Mama gefiel ihr, so prächtig hergerichtet, in dunkelroter Seide, der weiche, glänzende Stoff umfloss wie eine zweite Haut ihren Körper. Mama war schön, vielleicht zu schön, «Une belle dame de Vienne», sagte die Bonne. «Pragerin», widersprach Mama. Mucki inspizierte die roten Flecken auf ihren Wangen und erinnerte sich an die ovale Schachtel auf Mamas Frisiertisch.

«Nein, kein Rouge», Paulette lächelte. «Deine Mama ist erregt, sie hofft, dass heute Abend alles gut läuft, Feuerchen der Spannung sind es.»

«Deine Eltern sind Herr und Frau Pfauentheater!» So wurde Mucki im Dorf von den Kindern geneckt. Und die kleine Else, eine Verwandte der Schwarzenbachs, mit der Mucki Federball spielte: «Mama Rieser ist das Theater, und der Papa ist der Pfau.»

«Hast du das von deinen Eltern?»

«Nein, von Cousin James.»

James Schwarzenbach, gut zwanzig Jahre alt, hatte Muckis Freundin Else an einem Nachmittag im Familienauto zu den Riesers gebracht. Mit seinen langen, mageren Beinen war er dann herumgegockelt und hatte mit süffisanter Miene das Landgut inspiziert, in Gedanken verglich er wohl den Tennisplatz mit dem seines berühmten Verwandten, dem General Wille auf dem Landgut Bocken bei Horgen. Die Bonne war von dem jungen Mann angetan, er sehe gut aus mit seiner vornehmen silbernen Brille, dem Mittelscheitel à la mode und den pomadisierten, an den Kopf gepappten Haaren. Marianne Rieser hingegen, die aus dem Haus getreten war und ihn kurz begrüßte, empfand ihn als lümmelhaft und arrogant, zudem war ihr bekannt, dass der Sohn des begüterten Seidenfabrikanten aus Rüschlikon sich abends in der Zürcher Innenstadt mit den Leuten aus der Partei der Frontisten traf. Junge, von faschistischen Ideen begeisterte Leute, die nur ins Theater kamen, um gegen die Tendenz des Stücks zu rebellieren.

2

DAS THEATER AM PFAUEN in Zürich, auch Pfauentheater genannt, war seit 1926 in privater Hand. Ferdinand Rieser, von Beruf zunächst Wein- und Liqueurgroßhändler wie sein Vater, hatte den Kauf zusammen mit seinem Bruder Siegfried, einem Juristen, getätigt. Früher war an dem Platz eine bayerische Bierhalle mit Kegelbahn gewesen, dann war ein Varietétheater daraus geworden mit rotem Plüsch und Goldleisten. In den ersten Jahren wurden unter den glücklosen Direktoren vorwiegend Stücke gespielt, von denen man annahm, sie würden dem großen Publikum gefallen und die klammen Kassen des Unternehmens füllen. Doch schon 1924, als Ferdinand Rieser die Mehrheit der Pfauenaktien erwarb und eine Prager Schönheit ehelichte, hatten sich die Ansprüche geändert. Marianne Werfel, nun Frau Rieser, war die Schwester von Franz Werfel, einem der meistgelesenen Schriftsteller deutscher Sprache.

Damals hieß es in Zürich: «Dass er die schöne Marianne bekommen hat, der Weinhändler mit dem nichtssagenden Gesicht!», und: «Kein Wunder, als Morgengabe hat er ihr ein Theater ins Ehebett gelegt.»

Dem Volksmund entging dabei, dass der theaterbesessene Kaufmann sein Ziel, das Pfauentheater zu seinem eigenen zu machen, mit stiller Verbissenheit über Jahre verfolgt hatte; Mitbeteiligte, meist ohne Ahnung von der wirtschaftlichen Seite des Unternehmens, wurden mit sachlichen Argumenten ausgeschaltet. Mehr und mehr machte Rieser auch die künstlerische Seite des Theaters zu seiner Herzensangelegenheit. Während sich das beim Bellevue gelegene Theater, das spätere Opernhaus, mehr dem Ballett und den Opern widmete, wurde das Schauspielhaus zu Zürichs Sprechtheater.

Mit Marianne Werfel kamen nicht nur neue literarische Ansprüche ins Spiel, sie war auch hellsichtig und fachlich kompetent. Zunehmend war sie es, welche die Stückwahl der Theaterprogramme bestimmte.

1933, als Hitler an die Macht kam, verfolgte Marianne als Tochter eines jüdischen Handschuhfabrikanten aus Prag mit großer Sorge die politische Entwicklung.

In diesem Jahr, während der Festigung der totalen Machtübernahme, ließ Goebbels in Deutschland die Theater von Kommunisten und Juden säubern, viele der Musentempel wurden geschlossen. Rieser engagierte die nun arbeitslosen besten deutschen Schauspieler für seine Bühne in Zürich. Nach dem Reichstagsbrand erschien zuerst der Regisseur Gustav Hartung, der den Dramaturgen Kurt Hirschfeld nachzog, und dieser wiederum machte Rieser aufmerksam auf die Elite: Leopold Lindtberg, Kurt Horwitz, Leonhard Steckel, Emil Stöhr und sein Bruder Karl Paryla, Therese Giehse, Grete Heger und viele andere. «Er kauft sie zusammen, wie man Weizen kauft bei schlechter Weltlage», hieß es in Theaterkreisen. «Rieser, der clevere Geschäftsmann!» Und dann, in milderem Ton: «Doch seine Frau vertritt die Kunst.»

Riesers Schauspielhaus, vergrößert und gefällig hergerichtet, war im Schicksalsjahr 1933 zu einem Schlachtschiff geworden.

Mit 939 Sitzplätzen, einem Foyer, mit Logen, die dem bürgerlichen Anspruch genügten, das Intérieur in Rot, Weiß und Gold gehalten, durchpflügte es mit der fragilen Fracht der Emigranten wehrhaft den politisch aufgewühlten Wellengang.

Ende November 1933, Schauspielhaus Zürich.

Premiere.

Der Gong ließ die Gespräche im Publikum verstummen, alle Augen waren nun auf den Theatervorhang gerichtet, der sich zu bewegen begann, sich einen Spaltbreit auftat für eine Frau, die einige für die heimliche Direktorin hielten. Marianne Rieser-Werfel, «die Pragerin», stöckelte auf die Bühne, sorgfältig geschminkt, die Kleidung von großstädtischer Eleganz. Als sie sich vor dem Publikum verneigte, erschien auf der Bühne der Direktor, er stellte sich so geschickt neben seine Frau, dass der Größenunterschied – er war einen halben Kopf kleiner – nicht zu erkennen war.

Gemeinsam begrüßte das Paar das Publikum, verharrte dann stumm, indem beide in dieselbe Richtung blickten, über Köpfe hinweg in die Tiefe des schon halb verdunkelten Raums, als gelte es, diesen Moment zu verlängern, wenn nach langer Vorbereitung die Aufmerksamkeit auf ihnen ruhte. In diesen zwei Minuten war noch alles möglich, jeder Mensch ist ein Welterfinder, und der Raum mit seinen verschatteten Rot- und Goldtönen lechzte mit den Wartenden nach Geschichten und Wörtern. Im Zwielicht des Parketts verschmolzen Körper und Gesichter, während oben in den Fauteuils der Logen da und dort ein bekannter Kopf zu erkennen war, Mitglieder bedeutender Familien, Professoren und Magistraten, doch auch gewichtige Vertreter der Literatur wie Thomas Mann und Carl Zuckmayer!

Der Direktor, jetzt erwacht aus seiner Trance, gab seiner Freude Ausdruck über die zahlreichen Besucher dieser Premiere. Außergewöhnlich seien heute, er blickte kurz zu dem preisgünstigen oberen Rang, auch die vielen jungen Leute. Höre man doch die Klagen der Kulturpessimisten, die junge Generation ströme nur in die Kinos, meide das Theater. Er wolle dagegenhalten, es komme auf die richtige Durchmischung der Programme an: Neben Klassischem – er erinnerte an die Aufführung von Shakespeares *Maß für Maß* im Frühjahr – sei Raum für das Aktuelle, das uns im Alltag beschäftige. «Ja, lassen wir die Zeit einbrechen in unsere Theater, geben wir Denkanstöße! In diesem Sinn haben wir ohne Scheu die Herausforderung angenommen, Ferdinand Bruckners *Die Rassen* zu geben, auch wenn wir wissen, dass wir da und dort auf Ablehnung treffen.»

Applaus. Von oben vereinzelte Buhrufe.

Das Ehepaar Rieser zog sich nun zurück, gleich musste sich der Vorhang öffnen. Mit Spannung erwarteten die Habitués das Stück in einer Inszenierung des neuen Regisseurs Gustav Hartung. Als einer der Ersten aus Deutschland geflohen, war er durch seine Begrüßung im Schweizer Landessender Beromünster bekannt geworden. Oft wurde aus dieser Rede der Satz zitiert: *Ich bleibe dem Dritten Reich fern, nicht dem deutschen Volke.*

Als weitere Novität erwartete man mit Neugierde Emil Stöhr in der Hauptrolle. Der in Wien Geborene trug als Künstlername den Namen der Mutter, während sein Bruder Karl unter dem eigentlichen Familiennamen Paryla auftrat. Rieser hatte in Wien Stöhr spielen gesehen und ihn schon vor dem deutschen Umsturz für ein Engagement als Wunschkandidat ins Auge gefasst. Nun war dem Wiener die

Hauptrolle zugefallen, und in einer Erinnerung sagte Stöhr über *Die Rassen*: *Das Stück ist nicht so gut wie* Professor Mannheim – das man im Jahr darauf spielte –, *ich gebe es zu, aber es war der größere Mut, es zu spielen, denn es war das erste Stück auf der ganzen Welt, das sich gegen den Nationalsozialismus wandte.*

Auf der Bühne werden Mechanismen sichtbar, die sich versteckt in der neuen deutschen Realität abspielen: Student Karlanner schließt sich nach langem Überlegen den Nationalsozialisten an. Als Beweis für seinen Gesinnungswandel wird ihm befohlen, seine jüdische Freundin zu verhaften. Der Student gerät in einen Gewissenskonflikt. Schließlich ermordet er den Befehlshaber, seinen ehemaligen Freund. Und fällt selbst dem System zum Opfer.

Als die Premiere schon in vollem Gang war, kam es zu einem Zwischenfall: Der Protagonist befand sich im Stück vor einem Warenhaus, sein Monolog bestand aus leisen Gedanken. Plötzlich drang in die leise Szene hinein vom Rang herunter ein Sprechchor: «Dieses Stück ist dazu angetan, Deutschland in den Dreck zu ziehen. Dieses Stück ist dazu angetan ...»

Der Chor wollte nicht mehr verstummen, und Stöhr konnte sich nur wehren, indem er mit seinem Monolog immer leiser wurde. Da entstand im Publikum eine Gegenbewegung, erst ein Zischeln, das immer lauter wurde, bis schließlich das ganze Störkommando niedergezischt war.

Dieser Sabotageversuch, der bei jeder Aufführung wiederholt wurde, bewirkte, dass in der Stadt über die Inszenierung gesprochen wurde, so gelang es, *Die Rassen* im Programm zu behalten und noch viele Male zu spielen.

Weniger günstig war die Reaktion des deutschen Generalkonsulats. Es drang bei der Stadtverwaltung auf Absetzung des Stücks und warnte, den Schauspielern werde eine

Rückkehr nach Deutschland verwehrt. Da die Schauspieler aber bereits auf Druck der Nazis im Exil waren, konnte das kaum Eindruck machen. Nur das Gerücht, der Konsul habe nach Berlin gemeldet, man müsse die Emigranten gründlicher überwachen, versetzte viele in Alarmbereitschaft.

3

DER PREMIERE VON *Die Rassen* wohnte auch der am Zürichsee im Exil weilende Schriftsteller Thomas Mann bei. In seinem Tagebuch findet sich am 30. November 1933 folgender Eintrag: *Sehr günstige Aufnahme. Große Demonstration des Publikums bei dem Worte: «Im Augenblick ist es nicht deutsch, die Wahrheit zu sagen.»*

Thomas Mann war oft Gast bei den Premieren, Rieser hielt ihm zusammen mit der Freikarte einen Ehrensessel in der besten Loge bereit. Das Schauspielhaus mit seiner gepflegten deutschen Sprache, dem exzellenten Ensemble von Schauspielern, die Mann noch aus Deutschland kannte, wurde für den Dichter eine Art Oase des Heimatgefühls.

Seit September 1933 wohnte Thomas Mann mit seiner Frau Katja in Küsnacht bei Zürich. Auch das Haus an der Schiedhaldenstrasse 33, von Lux Guyer gebaut, war gewissermaßen ein Ehrensessel. Wie alle von der bekannten Architektin gestalteten Bauten an den Hängen des Zürichsees strahlte es Leichtigkeit aus, durch die Poren der Räume drang das milde Licht der Gegend, aus großzügigen Fenstern ging der Blick auf die verschneiten Berge und auf den See. Thomas Mann verglich es erst mit der Behäbigkeit seiner Münchner Villa, empfand das elegante, feminine Haus als dilettantisch gebaut, doch nach kurzer Zeit wollte er es nicht mehr missen, er habe sich an das Haus attachiert.

Ein Haus im Grünen, und doch in Stadtnähe. Ein Umstand, den Erika Mann, zeitweise auch die Schauspielerin Therese Giehse, die in den oberen Zimmern der Villa Unterkunft fanden, nach den Vorstellungen auf ihrer Bühne «Die Pfeffermühle» in Zürich zu schätzen wussten.

Doch im Exil sind auch Paradiese ein Exil.

Da gab es Tage, die den Dichter schwer atmen ließen: *viel Nervenqual und belastete Brust, einschlafen nur nach Einnahme von Phanodorm möglich*. Für den achtundfünfzigjährigen Thomas Mann war der Verlust seiner gewohnten Lebensbasis zu schnell gekommen. Vergangenes Jahr am 11. Februar, an ihrem Hochzeitstag, waren die Eheleute ahnungslos aus München abgereist, zu Wagner-Vorträgen in Amsterdam, Brüssel und Paris. Anschließend erfolgte ein Aufenthalt in Arosa, wo Katja mit ihrer Lungenschwäche die Höhenluft genoss. Hier wurden sie aufgescheucht durch einen Telefonanruf der ältesten Kinder Erika und Klaus. Gehetzte Worte, Formulierungen, die auf Ergänzung warteten – eindringlich wurden die Eltern gewarnt vor einer Rückkehr in ihr Haus an der Poschingerstraße in München. So ging die Reise ohne Wiederkehr weiter: die wichtigsten Stationen Lugano, Sanary in Südfrankreich, Zürich.

Ein Autor kann sich an ein anderes Schreibzimmer gewöhnen, doch er ist entwurzelt, wenn er das begonnene Manuskript und seine intimsten Aufzeichnungen zurücklassen muss im eigenen Haus, das nun von Feinden bewacht wird.

Arosa an Schneetagen. Der Schriftsteller möchte am *Joseph*-Manuskript weiterarbeiten, doch er vermisst das bisher Geschriebene, das Weiße des Blatts blendet ihn, Schweiß tritt ihm auf die Stirn. Erika, für ein paar Tage zu Besuch, folgt ihm auf seine Bitte hinaus ins Schneetreiben, sie gehen hintereinander, die Köpfe in dicke Kapuzen gehüllt, auf dem vereisten Trampelpfad, immer darauf bedacht, keinen Fehltritt zu machen, begleitet von vereinzelten Dohlen, vom Knirschen des Schnees unter dem groben Schuhwerk. Vater hat seine festen Gewohnheiten, seine Wege, sie kennt das seit ihrer Kindheit, ein fein austariertes Netzwerk aus Spuren wäre zu erkennen, über seine Lieblingsorte gelegt, wenn es denn sichtbar würde. Man trinkt im *Prätschli* Kaffee. Man hat die nassen Jacken bei der Garderobefrau abgegeben, der Schriftsteller sitzt in seinem kamelhaarfarbenen Kaschmirpullover und trinkt, immer noch leicht fröstelnd, in kleinen Schlucken rasch die Tasse Kaffee aus, nippt anschließend, eine neue Gewohnheit, an einem Gläschen Wermut. Endlich kann man sich unterhalten. Sie möchte wissen, wie es mit seinem Schreiben steht, erntet auf die Frage nur einen flattrigen Blick, einen Seufzer.

Wenn er leidet, bemerkt es, ohne Worte, die feinfühlige Erstgeborene, dieses Kind, das die Eltern sich als Junge gewünscht hatten. Er erinnert sich, als sei es gestern gewesen, und Katja berichtet davon in *Meine ungeschriebenen Memoiren (Sie fragte ihn: Na, Tommy, was wünschst du dir nun, Junge oder Mädchen? Da sagte er: Natürlich einen Jungen. Ein Mädchen ist doch nichts Ernsthaftes).* Also, dieser Erstling, als Mädchen zur Welt gekommen, war nun ständig daran, seine Ernsthaftigkeit zu beweisen: fährt Autorennen, reist um die Welt, wird Vaters *Tochter-Adjutantin.*

Ihr Bravourstück wird ihr, dem Vater zuliebe, in Kürze gelingen: eine schnelle Autofahrt nach München. Im Morgengrauen, mit Kopftuch und Brille, so will es die Familiensaga, erreicht sie die heimatliche Gartenpforte. In einem Wagen ganz in der Nähe zwei schlafende Männer der Volkswehr. Ohne Lärm zu machen, dringt sie mit Hilfe von Vaters Schlüssel ins Haus, rafft im Schreibzimmer die Blätter vom dritten Teil des *Joseph*-Romans zusammen, fährt, als entführe sie Diebesgut, in ihrem Ford davon.

Wie sehr die Szene später, wohl auch durch Erika, romantisch eingefärbt sein mag – ihr Vater notiert am 15. März 1933 in sein Tagebuch: *Erika hat mir viel Lektüre mitgebracht, auch die «Corona» mit meinem Goethe-Vortrag, dazu das Joseph-Manuskript des 3. Bandes nebst dem Material.*

Manns zweiter Sohn Golo wird die Tagebücher retten.

Der Vierundzwanzigjährige, für kurze Zeit noch im Münchner Haus, wird vom Vater angewiesen, dem Schließfach im Flur, für das Thomas Mann den Schlüssel früher immer bei sich trug und das die privaten Dinge sicherte, eine Reihe von Schriften zu entnehmen und das Konvolut, ohne es zu lesen, in einem Koffer nach Lugano zu schicken.

Als Golo den Koffer zur Spedition zum Bahnhof bringen will, nimmt ihm der Chauffeur der Familie, Hans Holzner, die Arbeit ab. Der schon zu den Nazis übergelaufene Angestellte wittert im Inhalt des Koffers Politisches und bringt ihn nicht zur Bahn, sondern in das sogenannte braune Haus. Thomas Mann wartet unterdessen wochenlang bang auf den Koffer mit seinen persönlichsten Notizen. Nur durch die intensiven Bemühungen des befreundeten Anwalts Valentin Heins gibt die politische Polizei in München schließlich das Eigentum des Dichters heraus.

Hat der Emigrant Thomas Mann Privilegien, gibt es Kräfte, die den Dichterfürsten zurückgewinnen möchten für die öde gewordenen Kulturhallen des Dritten Reichs? Jedenfalls werden im Oktober überraschend aus dem Freilager in Süddeutschland und dem Schweizer Zollamt einige Möbel freigegeben. Zu Thomas Manns Erleichterung sind es sein Mahagonischreibtisch und sein Lesesessel, Katja bemüht sich, das Schreibzimmer ihres berühmten Manns an der Schiedhaldenstrasse getreu dem alten in der Poschingerstraße nachzubilden.

So wird der Zürcher Aufenthalt langsam zur Rückkehr ins Gewohnte, doch diese Zeit, die unter dem Hagel politischer Nachrichten voranstürzt, verbindet sich mit dem Ungewohnten und sorgt für Störungen.

4

AM VORABEND WAR im Schauspielhaus ein Stück der leichten Unterhaltung über die Bühne gegangen, am Morgen nach der Premiere beobachtete Mucki, wie Papas dunkelgelockter Kopf hinter der Zeitung verschwand.

Behaarte Finger krochen über die Tischplatte, begannen aus dem Brotinnern Kügelchen zu drehen. Die Zeitung senkte sich, Papa schob sie beiseite, griff nach einem neuen Bündel. Es schien Mucki, immer zorniger schlage der angespannte Leser die Blätter zurück, das schneidende Geräusch der von Papa gequälten Seiten schmerzte.

Auch Mama las. Sie trug ihre giftgrüne Lesebrille auf der Nase, nun schürzte sie den Mund und schien ebenfalls unzufrieden mit den Berichten.

«Ferdi.» Sie setzte sich aufrecht hin, fixierte ihr Gegenüber.

Und Rieser, der diesen Auftakt kannte: «Nun schieß schon los.»

Mucki wartete jetzt in ihrer Ecke gespannt auf das verbale Pingpong.

«Die leichte Muse hat ausgedient.»

Er blickte sie fragend an.

«Mehr wagen. Texte, die bellen.»

«Du denkst an unsere Uraufführung *Die Rassen*?»

«Ja. Ein Erfolg. Im heiklen Jahr dreiunddreißig!»

«In diesem Herbst also Wolfs *Professor Mannheim*?»

Sie nickte. «Mit unserem hochkarätigen Team. Der antifaschistische Gedanke eint und motiviert die Spieler.»

«Nur ein jugendlicher Held fehlt uns noch …»

«Wolfgang Langhoff?»

«An den habe ich auch gedacht!» Er lachte. «Könnten wir ihn kriegen, was denkst du?»

Marianne zog die Stirne kraus. «Langhoff ist in Düsseldorf vor einer Aufführung verhaftet worden. ‹Sie machen den begabten Menschen in einem Lager kaputt›, hat die Erika Mann gesagt, ‹nur ihr schafft es, ihn herauszuholen!›»

«Eine riskante Aktion», brummte Rieser.

«Nun, engagiere ihn einfach. Richte die Anfrage gleich an …»

«Hinkel, den deutschen Staatskommissär?»

«Genau. Betone, dass wir Theater und keine Politik machen.»

Riesers Stirn jetzt in Falten.

«Woran denkst du?»

«Nicht an Düsseldorf, sondern an Zürich. Wir sind in einem freien Land, jetzt noch … Doch die schweizerischen Faschisten nehmen sich immer mehr heraus.»

«Dann spielen wir erst recht!»

Da war sie wieder, ihre Entschlossenheit. Er kannte das, wie sie die Brille entschlossen auf den Tisch warf, mit zitternden Fingern eine Zigarette zwischen die Lippen steckte. Sie war in letzter Zeit schwer zu besänftigen, war aufgekratzt und zugleich übermüdet, vermutlich hatte sie für die Programmauswahl die halbe Nacht lang Stücke gelesen.

Er gab ihr Feuer, angelte sich dann auch eine Zigarette aus der Schachtel. «Ein Privattheater, ohne Unterstützung von Kanton und Stadt …»

«… duldet keinen Maulkorb, nicht?» Nachdenklich blies sie den Rauch in die Luft.

Und er: «Wer von amtlichen Stellen finanziert wird, den lehrt man kuschen.»

Und sie: «Das Argument?»

«Das faschistische Deutschland darf nicht provoziert werden!»

«Ach? Die freie Schweiz?» Sie lachte auf, bitter.

Wolfgang Langhoff wurde im Frühjahr 1934 aus dem Konzentrationslager entlassen.

Eine Fügung, die kaum Riesers Brief zu verdanken war, eher einer Osteramnestie, welche die schon dreizehn Monate andauernde Haft beendete. Wieder zu Hause, stellenlos und ohne Mittel, zeigte ihm seine Frau die Einladung des Schauspielhauses Zürich. Er war bereit, das Angebot anzunehmen, doch eine Ausreiseerlaubnis aus Deutschland wurde ihm verweigert.

Rieser hörte davon. Entwarf einen Fluchtplan. Der Schauspieler sollte mit gefälschtem Pass im Kofferraum eines Autos bei Basel über die Grenze geschafft werden. Als Fluchthelfer dienten der Autor Charles Vaucher und der Architekt Artaria aus Zürich.

Der zur Flucht bestimmte Tag war trocken und mild, Vaucher am Steuer des Wagens kam gut voran und gab am späten Nachmittag aus Basel telefonisch an Rieser durch, der Coup sei gelungen. Rieser bat ihn, Langhoff nach Rüschlikon zu bringen, er erwarte das Trio zu einem gemeinsamen Nachtessen.

Darauf herrschte in der Rieserschen Villa Aufregung. Sogar die Köchin geriet in Eifer und Begeisterung, hatte sie doch vor einiger Zeit Bilder des jugendlichen Helden aus einer Illustrierten ausgeschnitten und herumgezeigt. So fieberte mit der Herrschaft das ganze Personal der Ankunft des Publikumslieblings entgegen. Was für ein strahlendes und doch männlich herbes Gesicht, von dem man sich auch auf der Zürcher Bühne seine Wirkung versprach!

5

DER WAGEN FUHR unter einem heiteren Abendhimmel am Pförtnerhaus vorbei in den Hof.

Das Hausmädchen eilte zur Tür, und der Diener nahm den Ankömmlingen beflissen das Gepäck ab. Im Salon, unter den farbig getönten Gläsern des Muranoleuchters suchten die Blicke der Riesers unter den drei Eintretenden nach Langhoff. Doch neben den Bekannten Vaucher und Artaria stand nur ein kahlgeschorener Mann unbestimmten Alters mit fahler Gesichtshaut, hohlwangig, die Augen entzündet und der Mund eingesunken.

Gespenstisch. Doch er musste es ja sein!

«Wolfgang Langhoff?», fragte Rieser vorsichtig.

Der Mann in einem alten Militärmantel nickte matt, die Reise hatte ihn offensichtlich mitgenommen.

Marianne fragte in die verlegene Pause: «War die Reise anstrengend, Herr Langhoff?»

Der Mann öffnete den Mund, eine zahnlose Höhle.

Er bemühte sich, zwei, drei Sätze zu sprechen.

Vaucher, nun dicht hinter Rieser, flüsterte ihm ins Ohr: «Dreizehn Monate im Konzentrationslager! Die Nazis haben ihm alle Zähne ausgeschlagen.»

Ferdinand Rieser atmete tief ein, ging dann mit ausgestreckter Hand auf den Schauspieler zu. «Willkommen, Herr Langhoff. Wenn es Ihnen recht ist, werden Sie erst ein paar Wochen in unserem Haus wohnen, im hinteren Teil der Villa sind Sie ungestört. Unsere Köchin» – Rieser versuchte eines seiner raren Lächeln – «wird sich Mühe geben. Zudem kenne ich in Zürich einen guten Zahnarzt, Sie benötigen für seine Arbeit etwas Geduld, aber er wird ein kleines Wunder wirken.»

Marianne blickte ihren Mann dankbar an. Auch das war Ferdinand Rieser, der bei so vielen nur als berechnender Kaufmann galt.

Um Langhoff Zeit zu lassen, hatte man die Premiere von *Professor Mannheim* auf den November verschoben. In der Zwischenzeit erholte sich der Gast erstaunlich rasch. Der Chauffeur der Riesers brachte den Schauspieler jeden zweiten Tag in eine Zahnarztpraxis nach Zürich, mit den neuen Zähnen gewann er sein Selbstvertrauen zurück und lernte erneut einwandfrei sprechen.

Mucki war begeistert von dem Gast, der in einem der Bedienstetenzimmer über der Werkstatt wohnte. Ohne die herrschaftlichen Treppen benutzen zu müssen, gelangte er ins Freie. Wenn die Eltern tagsüber im Theater waren, spielte Langhoff oft mit ihr Federball. Er zeigte, wie sie aus ihrer geringen Körpergröße Vorteile ziehen konnte, lehrte sie Handgriffe, die Treffer brachten und sie, vielleicht weil Langhoff es wollte, dann und wann gewinnen ließen. Wenn die Köchin zum Essen rief, folgte Mucki dem Schauspieler wie ein Hündchen in die kleine, holzgetäferte Küchenstube, die Langhoff dem herrschaftlichen Esszimmer vorzog.

Die Köchin war stolz, den Gast so nahe bei der Küche unter ihrer Kontrolle zu wissen, denn es war ihr Ehrgeiz, dass der magere Herr schnell an Gewicht zulegte. «Noch eins von den Hühnerschlegelchen, Herr Langhoff? Nach Jägerart, mit kleingehacktem Gemüse. Schmeckt's?» Sie kannte bald seine Lieblingsspeisen, und es machte sie froh, dass der Gast einen wählerischen Geschmack zeigte, der ihre Berufserfahrung herausforderte. Dies ganz im Gegensatz zum gnädigen

Herrn Rieser, der zu ihrem Verdruss am liebsten Würstchen mit Meerrettich und Kartoffelsalat aß.

Die Proben für das neue Stück begannen. Rieser hörte, dass man aus Deutschland demnächst Langhoffs Ehefrau Renate ausreisen lassen werde. Langhoff, erfreut, bat um einen Vorschuss auf seine Gage und machte sich sofort in Zürich auf Wohnungssuche. Beschwingt kam er abends nach Rüschlikon zurück und erzählte von den verschiedenen besichtigten Unterkünften.

«Eine Dachwohnung an der Dufourstrasse, die scheint mir geeignet.»

«Aber hat es ein Bad?»

«Eine Badewanne mit Löwenfüßen steht in der Waschküche. Auch ein Münzautomat für das Aufheizen des Wassers.»

Rieser ließ sein meckerndes Lachen hören. «Sie sind ja in Eile, unsere Villa zu verlassen!»

«Ach, Villen sind nicht unbedingt meine bevorzugte Bleibe», grinste Langhoff. «Da bin ich zu sehr Proletarier.»

«Und Mitglied der sozialistischen Partei?»

«So ist es.»

Marianne verbat sich politische Themen und meinte, sie sollten vor Langhoffs Umzug einige der Theaterleute einladen, schließlich müsse er noch seine Kollegen kennenlernen.

Es wurde ein etwas peinlicher Abend. Die Schauspieler saßen in den ungewohnt ausladenden Ledersesseln, entdeckten den Drehmechanismus, rotierten sanft weg und bewegten sich kreisend wieder aufeinander zu, wie Sternbilder am Nachthimmel. Mit stummem Einverständnis blickten sie einander an und hielten in den Fingern die feinen, leider noch ungefüllten Kristallgläser. Da eilte der Diener mit Weißwein herbei und erlöste die Gläser von ihrer Leere. Marianne hatte Theophil inständig gebeten, heute die weißen Handschuhe aus der Werfelschen Fabrik in Prag nicht zu benutzen. Der Wein schmeckte köstlich, es lagerte ja noch einiges aus Großvater Riesers Firma unten in den Kellern. Zudem kamen aus der Küche auf großen Silbertabletts leckere Nydelküchlein, eine Sahnespezialität aus Rüschlikon, die auch dem Hausherrn schmeckten.

Als die Riesers sich ins Büro zurückzogen, um mit einem der neuen Schauspieler den Vertrag zu vereinbaren, schenkte Theophil flink nochmals ein, der allgemeine Stimmungspegel stieg. Schauspieler Parker, vom komischen Fach, imitierte Riesers Ansprache von neulich: «Mitarbeiter, ich bin einer von euch!»

«Nein, Herr Direktor. Wir sind Arbeitnehmer, und Sie sind der Arbeitgeber.»

«Ist dieser Unterschied wichtig?»

«Und ob! Wohnen wir vielleicht in Rüschlikon?»

Mucki, die man ein bisschen vergessen hatte, verstand nicht, warum einige dröhnend lachten, bis Horwitz, als befinde man sich im Proberaum des Theaters und warte auf Regieanweisung, aufstand und das Zeichen für Ruhe gab. Das alles war seltsam, ein bisschen unheimlich für das Kind, und es drückte sich wie die Hündin Bellefleur, wenn sie bei Abwesenheit der Eltern im Salon bleiben durfte, rat- und ziellos zwischen den Ledersesseln herum. Schließlich fand es auf der Armlehne des Freundes Langhoff Platz, wo es als Trost die vom Arbeitslager noch schwielige Hand des Schauspielers auf seinem Scheitel spürte. «Geht es so, Mucki?» Sanft zog er an den Zöpfen. Ja, sie trug ihr dunkelblondes Haar neuerdings zu Zöpfen geflochten wie die Mädchen in ihrer Schulklasse, auffallen wollte sie, mit einem modischen Haarschnitt von Mamas Friseuse, hingegen nicht.

«Nun bist du ein echtes Seemaitli», lobte die Lehrerin, die Marguerite Alma schlicht Margritli nannte. Nicht der berühmten Eltern wegen, sondern wegen der vielen Krankheiten war Margritli eine Ausnahmeschülerin, im letzten Halbjahr konnte ihr die Schule aufgrund der häufigen Absenzen kein ordentliches Zeugnis ausstellen.

Mama kam als Erste aus dem Büro zurück. Sie sah das Kind auf der Armlehne thronen und rief streng: «Mucki, Zeit fürs Bett!»

Langhoff und seine Renate bewohnten nun eine Dachwohnung mit zweieinhalb Zimmern. Für die Nachbarn blieb der Schauspieler vorläufig unsichtbar. Es hieß, er schreibe intensiv an einem Buch über seine Lagererlebnisse. Es solle den Titel *Moorsoldaten* tragen, für die Drucklegung habe er die Zusage des Schweizerspiegel Verlags bekommen.

Als die Proben begannen, ließ Rieser den Publikumsliebling von seinem Chauffeur abholen, noch war er nicht in Hochform und sollte sich den Zuschauern erst später zeigen. Die Spannung auf die Premiere aber stieg. Noch nie hatte sich das Ensemble mit solcher Hingabe vorbereitet, mit Stolz stellte man fest, dass man eine brisante Politik- und Gesellschaftskritik in die Öffentlichkeit trug. Auch der Direktor und seine Frau widmeten ihre ganze Zeit dem Theater, erste Proteste, die man über die politisch motivierte Stückewahl hörte, bewiesen die Wichtigkeit von *Professor Mannheim*, und die Riesers zeigten sich bereit, das Risiko zu tragen.

6

IN DIESER PHASE kämpften Marianne und Ferdinand Seite an Seite, so hatte sich Marianne ihre Ehe vorgestellt. Sie ließ ihren Ferdinand Rieser gelten in seiner uncharmanten, spröden Art, er liebte das Theater genau wie sie, und sie stellte es über alles andere.

«Eine unromantische Verbindung», hatten damals die Eltern geurteilt. «Marianne, du wirst dich innerhalb von zwei Jahren scheiden lassen.»

Ihr Bruder Franz, der die Werfelschen Kommentare als herzlos empfand, hatte die Eltern daran erinnert, dass Marianne Jahre gebraucht hatte, um über ihre erste leidenschaftliche Liebe hinwegzukommen. Der tschechische Journalist M. hatte zu Franz Werfels Kreis gehört im Literaturcafé Arco. Der damals noch sehr jungen Marianne war das *Arco* abends verboten worden, heimlich am Nachmittag mussten sich die Liebenden treffen.

Durch Indiskretion flog die Beziehung auf. Die Eltern waren entsetzt: «Ein junger Mensch, mittellos, aus prekären Verhältnissen. Dazu noch Tscheche! Du weißt doch, Marianne, dass in Prag gemischte Ehen geächtet werden!»

«Wir wollen ja nicht heiraten», gab sie zurück.

«Umso schlimmer!», befand der Vater.

Der junge M. zog sich dann von selbst zurück, er sah keine gemeinsame Zukunft mit der deutsch-österreichischen höheren Tochter.

«Zukunft? Wir leben in der Gegenwart!», begehrte sie auf. Es brach ihr fast das Herz.

«Wie kann man einzig dem Gefühl folgen, ohne Vernunft und Familiensinn?», tadelten die Eltern. Und aus der Ecke der verheirateten Schwester Hanna mit ihrem Papierfabrikanten tönte es ähnlich.

Nur Franz Werfel, ihr Dichterbruder, hielt zu ihr. Das gab ihr Mut, in eigener Verantwortung zu handeln. Da die Eltern das Studium an der Kunstakademie zahlten, brach Marianne es ab und arbeitete als Krankenschwester. Sie wohnte unter gewöhnlichen Leuten im tschechischen Viertel und bestritt ihr Leben selbständig.

Dann, nach etlicher Zeit, ließ Marianne die Eltern wissen: Sie gedenke den Schweizer Geschäftsmann Ferdinand Rieser zu heiraten. Man möge sich an den Mann erinnern, der vorübergehend die väterliche Zweigfabrik Werfel und Böhm geleitet hatte. Sie sei mit ihm abends oft im Theater gewesen. Das Theater habe sie zusammengebracht.

Erneutes Kopfschütteln.

Nun lastete man ihr an, sie höre nur auf die Stimme der Vernunft. Zwar sei Rieser ein tüchtiger Geschäftsmann, Jude wie die Werfels, Geld vorhanden. Doch …

Die Mutter hielt inne. Sagte dann: «Was ist denn mit dem Wiener von voriger Woche, dem gelernten Bankfachmann?»

Marianne verbiss sich ein Lachen. «Wer soll hier heiraten, du oder ich, Mutter?»

Auf Mariannes Wunsch hin machte Ferdinand Rieser eines Abends den Eltern seine Aufwartung. Mit seinem netten, aber unauffälligen Gesicht, den etwas öligen Löckchen über der Stirn saß er am Familientisch, erzählte nüchtern von seiner Heimkehr in die Schweiz. Von dem Schauspielhaus Zürich, einem kleinen Juwel, das er erworben habe. Wie seiner geliebten Marianne bedeute auch ihm das Theater die Welt.

Schön gesagt.

«Was denn noch?», fragte Marianne ihre Mutter, als der Besuch gegangen war.

Von einem Freier ihrer jüngeren Tochter erwarte sie mehr

Esprit und Lebensart. Sie sei ja nun eine geborene Kussi und eben andere Umgangsformen gewohnt: «Gnä' Frau hier, gnä' Frau da. Küss die Hand. Das gehört sich.»

Rieser spürte auch beim nächsten Besuch Vorbehalte, kämpfte aber nicht dagegen an. Er blieb, wie er war, höflich, etwas unterkühlt.

«Er ist kein Ungar und kein Wiener, er ist ein Schweizer, Mama! Vielleicht etwas trocken, doch an den trockenen Hängen des Zürich- und des Genfersees wächst ein guter Wein. Man kann sich auf einen solchen Mann verlassen – das ist etwas wert in diesen windigen Zeiten.»

«Aber ... meinst du nicht, es fehlt ihm vielleicht an Phantasie?»

«Wie bitte, Mama? Wer hat denn schon mit eigenem Geld ein Theater gekauft?»

Die Erinnerung an diese Gespräche ließ Marianne jetzt lächeln.

Gemeinsam, mit Hilfe eines erstklassigen Teams, waren sie in diesen Jahren daran, die Bühne des Schauspielhauses zur Plattform des künstlerischen Widerstands zu machen gegen eine diktatorische Politik. Sätze würden fallen, die in den Ohren hängenblieben, in ihrer Offenheit vielleicht, wer weiß, wie schlimm es kommt, die letzten ihrer Art auf einer Bühne deutscher Sprache.

Die Premiere von *Professor Mannheim* mit den Bühnenbildern von Teo Otto, der aus dem Berliner Staatstheater fliehen musste, weil er sich weigerte, ein nationalsozialistisches Stück auszustatten, wurde weit über Zürich hinaus zum Theaterereignis dieser Jahre. Unter der Regie von Leopold Lindtberg spielte Kurt Horwitz nicht nur den Mannheim, er glitt auf der Bühne gleichsam in seine eigene Geschichte: Er war noch keine achtzehn und hatte wie der Arzt

Mannheim im Ersten Weltkrieg an der Front gekämpft, war dafür dekoriert worden. Die Regierung versprach: Jüdische Kriegsteilnehmer würden wie andere ehemalige Frontsoldaten bevorzugt behandelt, und Mannheim wie Horwitz glaubten, es könne ihnen deshalb unter dem Hitler-Regime nichts geschehen.

Wie die Giehse war Horwitz damals zum Star geworden in den Münchner Kammerspielen. Eines Abends erwartete ihn im Hotel Vier Jahreszeiten Direktor Rieser zu einem Gespräch. Er wollte ihn bewegen, nach Zürich zu kommen, denn in München werde es, wie das Schicksal des jungen Schauspielers Hans Otto gezeigt habe, gefährlich. Hans Otto – jeder kannte seine Geschichte: ein junger Schauspieler von besonderer Ausstrahlung, der Kommunist geworden war und seine Gage an arme Leute verschenkte. Er wurde von den Nazis verhört und schließlich, weil er keine Namen seiner roten Gesinnungsgenossen preisgab, gefoltert und aus einem Fenster im vierten Stock gestoßen.

«Das Schicksal meines Kollegen Hans Otto ist mir bekannt», sagte Horwitz zu Rieser. «Doch mir kann etwas Derartiges nicht passieren.»

Rieser gab mit seiner Werbung nicht auf. Er benötige für sein Theater einen jungen Mann wie Horwitz, groß, schlank, «deutsch» aussehend, und er erhöhte das Angebot.

Schließlich sagte Horwitz zu. Er verstehe einen Wechsel in die Schweiz aber nicht als Flucht, sondern als ein gewöhnliches Auslandsengagement, und er lasse es sich offen, jederzeit nach Deutschland zurückzukehren.

Doch schon in den ersten Monaten in Zürich erkannte Horwitz das wahre Gesicht des Nationalsozialismus. Und nun hatte er im Schauspielhaus den Professor Mannheim zu spielen, der glaubte, man könne ihm nichts antun, bis es für ihn zu spät war! Da wurde dem Schauspieler klar, dass es auch für ihn kein Zurück mehr gab. Das Leben verband sich mit dem Spiel, das Spiel war Leben geworden.

Auf der Bühne verfolgte das Zürcher Publikum das Schicksal Mannheims, dieses stillen, melancholischen Menschen, der sich bürgerlichen Werten und der deutschen Kultur verpflichtet fühlte. Den man schließlich gnadenlos, mit einem Schild «Jude» um den Hals, aus der Gesellschaft verstieß. Sein Gegenpart, gespielt von Heinrich Greif, war der elegante, gewissenlose Assistenzarzt Dr. Hellpach. Man erkannte an seinen Ideen, wie Europa langsam der Versuchung des Faschismus verfallen würde, wie die Prinzipien der Demokratie eigensüchtigen Interessen geopfert wurden und so eine Verfolgung der Juden erst ermöglichte.

Das eigentliche Theaterereignis aber war Wolfgang Langhoff.

Er war wieder da, allerdings nicht als strahlender Held, sondern als Verkörperung des jungen Menschen, der sich sozialen und humanitären Idealen verpflichtet fühlt. Die Journalisten aller Schattierungen ließen sich von dem existentiellen Ernst des Stücks bewegen; einige der Besprechungen wurden allerdings von ängstlichen Redaktoren zurückgehalten.

Nur die Schweizer Faschisten taten sich keinen Zwang an und reagierten empört. So schrieb das parteiamtliche Organ der Landesgruppe Schweiz der NSDAP: *Emigranten machen Kultur! Deutschland beschmutzende Tendenz- und Hetzstücke finden beifallbrüllendes und -trampelndes Publikum.*

Nach der Premiere mussten Wächter und Polizisten Räume und Gänge nach Saboteuren absuchen, bevor die Türen des Schauspielhauses geschlossen werden durften. Die beiden Riesers harrten wie immer aus, bis alle gegangen waren.

In Rüschlikon schlug Ferdinand vor, sich noch einen Schlummertrunk zu genehmigen, am liebsten in der Küchenstube, da sei es gemütlich. Marianne lächelte über seine Vorliebe für diesen getäferten Raum, in dem immer noch der Geruch aus der Küche hing, doch sie fügte sich und schaute ihm dabei zu, wie er auf dem groben Holztisch eine Flasche seines besten Weins entkorkte. Er hob sein Glas, stieß mit ihr an, küsste sie. «Wir haben es geschafft, Marianne. War es nicht eine Vorstellung, wie wir sie uns erträumt haben?»

«Nun», sagte sie, «in einigen Jahren wird man hoffentlich die Dialoge von *Die Rassen* und *Professor Mannheim* nicht mehr nötig haben – und nicht mehr lesen wollen. Allzu plakativ. Doch jede Zeit verlangt nach einer anderen Musik.»

«Viel Paukenschlag, überdeutlich», stimmte er bei. «Doch im Moment bleibt dem Theater wohl keine andere Wahl, als den Lärm der Barbarei zu übertönen.»

Sie nickte, trank in kleinen Schlucken. Und dann, nach einer Schweigepause: «Weißt du, Ferdinand, wenn alles einmal vorüber ist» – und sie blickte ihn an mit ihren aufgerissenen, übernächtigten Augen –, «ich meine, das große Erdbeben drüben im Nachbarland, kann man wieder leisere Töne anschlagen. Die Menschen werden wieder die Geduld aufbringen, sich einen Abend lang Lyrik anzuhören. Ich denke an eine Lesung aus Gedichten Walt Whitmans oder aus dem *Weltfreund* meines Bruders Franz …»

«Weltfreund, Menschenfreund», sagte er und hörte dem Klang der Worte nach. «Ich kriege Gänsehaut.»

«Deine Theaterarbeit, Ferdinand – bist nicht auch du eine Art Menschenfreund?»

Er lachte laut auf. «Ich glaube eher, ich bin im Moment der meistgehasste Mann Zürichs!»

7

MIT DEM «MEISTGEHASSTEN MANN» schien Ferdinand Rieser nicht ganz unrecht zu haben.

Die ersten Presseechos auf die Premiere klangen positiv, einige sogar begeistert. Doch schon drei Tage später hatte sich der Beifall gelegt, zumal von der deutschen Botschaft ein warnendes Schreiben auf die Redaktionstische geflogen war. Die Redaktoren der *NZZ*, die ihre Leser rechtsaußen nicht verlieren wollten, verfielen in ihren üblichen mäkelnden Ton und betrieben eine Appeasementpolitik: In ihren Artikeln warfen sie die Frage auf, ob solche Stücke, die eine Provokation für das Nachbarland darstellen, wirklich nötig seien. Wo da der Takt bleibe? Ob denn jede Freiheit ausgereizt werden müsse, und so weiter.

Dann kamen die direkten Angriffe. Mit den Frontisten hatte man gerechnet, sie wollten das Schlachtschiff des Schauspielhauses zum Kentern bringen. Doch da waren auch andere Widersacher. Ihre Angriffe kamen über ein paar Ecken, hinterrücks. So beschuldigten etwa die Gesellschaft für Schweizerische Dramatiker und der Schweizerische Schriftstellerverband Rieser, zu wenig schweizerische Themen zu berücksichtigen. Er schaue bei der Stückewahl auf die Kasse, Theater sei für ihn einfach nur ein Geldverdienst.

Solche Anfechtungen gehörten zu Riesers täglich Brot. Mehr verletzten und schmerzten ihn die Differenzen mit dem Ensemble. Seine Schauspieler und Regisseure fühlten sich von dem großen Erfolg des *Professor Mannheim* unter Druck gesetzt, das Stück musste jetzt ständig verlängert gegeben werden. Doch daneben liefen die üblichen wöchentlichen Premieren – ein großer Kraftakt für alle Beteiligten. Das Auswendiglernen nahm kein Ende, die Ehefrauen und Freunde wurden halbe Nächte lang eingespannt, um die

Texte abzuhören. Die wenigen Arbeitspausen dienten als Ventil, indem man tüchtig über Rieser herzog. Anlass gab es genug für diese Schimpfkanonaden. Die meisten der Emigranten, die vor dem Faschismus aus Deutschland fliehen mussten, sympathisierten mit den sozialistischen und kommunistischen Ideen des neuen Russland, es schien in dieser Zeit die einzige Alternative zum Faschismus. Noch waren Stalins bestialische Seiten nicht zutage getreten. Der Arbeitgeber Rieser galt schon aus grundsätzlichen Erwägungen als Kapitalist: «Er presst aus den Schauspielern alles heraus», hieß es. «Muss er wirklich mit dem großen Abonnement zweiunddreißig Premieren verkaufen?»

Ja, das müsse so sein. Nur ein ausgelastetes Theater könne überleben, erklärte Rieser. Ein seriöser Theaterdirektor denke auch wirtschaftlich, er tue das, um die Existenzgrundlage seines Ensembles nicht zu gefährden.

Auch für Rieser war der Umgang mit seinen oft mimosenhaft empfindlichen Berühmtheiten nicht leicht. Die meisten der Künstler hatten glänzende Erfolge vorzuweisen an bedeutenden deutschen Bühnen. Nun hatten sie alles hinter sich lassen müssen und strandeten in diesem Zürich, wo die Fremdenpolizei ständig hinter ihnen her war, Abgaben kassierte und mit Ausweisung drohte. Man lieh sich Geld, um die Kaution von zweitausend Franken für die Aufenthaltsgenehmigung zu berappen, und man schwieg, um bleiben zu dürfen. Einige von ihnen verdankten wie Langhoff dem Direktor persönlich die Rettung aus misslichen Situationen, ja, aus Lebensgefahr.

Rieser verlangte nie Dankbarkeit. Und doch hätte auch er manchmal ein gutes Wort gebraucht.

Das verflixte Geld wurde zum Zankapfel. Jede der Gagen war individuell berechnet, am Schauspielhaus waren sie eher höher als an anderen Theatern. Doch für die Sommermonate, in denen das Theater geschlossen war, zahlte Rieser nichts.

«Kapitalist, Geizhals!», lauteten die Vorwürfe.

Marianne, der diese Klagen eher zu Gehör kamen, versuchte in einer günstigen Stunde mit Ferdinand zu sprechen: «Du könntest im Sommer wenigstens ein Teilhonorar zahlen.»

«Marianne, lass das. Du verstehst von Finanzen nun einmal nichts.»

In diesem Punkt ertrug er nicht einmal von der, wie es hieß, vergötterten Ehefrau Kritik.

«Starrkopf», sagte sie.

«Ich habe Rückgrat», sagte er. Und lachte.

Später suchte er ihr die Lage eines nicht subventionierten Theaters zu verdeutlichen. «Wenn wir Konkurs machen wie einige der Direktoren vor uns, müssen wir die Schauspieler entlassen. Ohne Anstellung verwirken sie das Recht, sich in der Schweiz aufzuhalten. Was dann mit den meisten passiert, falls sie nach Deutschland ausgewiesen werden, scheint uns manchmal klarer zu sein als ihnen selbst.»

Doch Riesers Engagement für die Qualität seiner Bühne konnte auch nerven. Es hieß, während der Proben schleiche der Direktor dauernd umher und greife manchmal selbstherrlich ein. Seine berühmten Regisseure wie Leopold Lindtberg ertrugen das schlecht. Es gab Wortgefechte. Rieser war scharf im Zurückgeben, er galt als reizbar. Auch Lindtberg brauste auf. Doch die beiden Sturköpfe respektierten einander – nach dem Gewitter versöhnten sie sich.

Mit dem Dramaturgen Kurt Hirschfeld kam es dann tatsächlich zum Bruch. Sonst wurde das Durchsetzungsvermögen von Rieser in vielen Fällen geschätzt, verteidigte er doch wie ein Löwe seine Emigranten vor den Behörden. Er hatte den Mut, Gefährdete durch riskante Kontakte im Ausland und durch eine Anstellung an seinem Theater zu retten. *Rieser, selbst Jude, war bereit, jeden zu engagieren, der an Leib und Leben bedroht war,* schrieb Langhoff in seinen Erinnerungen. Doch gerade Langhoff, der auch bei den Kollegen eine Vorzugsstellung genoss und kurz nach seinem Engagement zum Obmann des künstlerischen Personals gewählt worden war, beeinflusste als hartgesottener Kommunist seine Leute. Sie sollten Rieser als Arbeitgeber betrachten, was im entsprechenden Vokabular einfach bedeutete, dass er ein Gegner war, Engagement hin oder her.

Nicht nur Ferdinand, auch Marianne litt darunter. Sie hätte es gerne gehabt, als Herr und Frau Theater mit den Mitarbeitern zusammen ein einziges Team zu bilden, und manchmal lud sie aus einem mütterlichen Impuls heraus zu Versöhnungsfesten in die Villa ein. Man kam und aß und trank mit Vergnügen, doch die Distanz blieb.

Die Person, mit der sich Rieser, so hieß es im Ensemble, ohne Schwierigkeiten verstand, war seine Sekretärin Frau Lipski.

Ein etwas vierschrötiges reifes Mädchen, ursprünglich aus einer osteuropäischen Familie stammend, doch in Zürich aufgewachsen. Sie war den Riesers ergeben, packte ihre Aufgabe an mit Sachverstand und heiligem Eifer. Seit Jahren arbeitete sie für das Schauspielhaus, und Rieser, sonst in Geldangelegenheiten misstrauisch, übergab ihr seine Kassabücher. Die «treue Lipski», wie er sie manchmal nannte, zahlte den Schauspielern am Ende des Monats die Gagen aus und saß im Theater an der Abendkasse. Da in letzter Zeit, durch Drittpersonen verursacht, Unregelmäßigkeiten vorgekommen waren, brachte sie die Einnahmen am Ende der großen Vorstellungen nach Rüschlikon zu Riesers Safe.

Es kam vor, dass Rieser die Lipski noch zu einem Schlummertrunk einlud. Dann saßen sie in der Küchenstube (in der sich hinter einem belanglosen Bild mit Sonnenblumen der Safe befand). Sie aßen Speck und Bauernbrot, und Rieser öffnete eine seiner speziellen Flaschen, denn der Wein war die einzige Schwäche der Lipski, sie, eine Kennerin, trank mehr als ihr Chef. Marianne, die in der oberen Etage Stücke las, hörte die beiden in der Küchenstube schallend lachen, kaum je gab sich Ferdinand so vergnügt. Marianne gesellte sich nur selten dazu, sie gönnte Ferdinand diese Entspannung, wo er in ihrer Abwesenheit sprechen konnte, wie ihm der Schnabel gewachsen war, sein vertrautes Züritütsch. Doch die Lipski galt auch bei Marianne und Mucki viel, in der Familie nannte man sie vertraulich, auf die zärtliche Zürcher Art, Lipskili.

8

MIT DEM ERFOLG von *Professor Mannheim* vergaß Rieser die Angriffe gegen ihn, die künstlerische Leistung seines Ensembles erfüllte ihn mit Stolz.

Auch die Theaterbegeisterten reagierten: Bereits nach der Premiere waren alle folgenden Vorstellungen ausverkauft. Das war nicht vorauszusehen gewesen, und Marianne war glücklich, sie wusste, wie sehr Ferdinand diesen Erfolg brauchte.

An ihre Eltern in Prag und an ihren Dichterbruder Franz Werfel berichtete sie ausführlich darüber, denn sie spürte, dass man bis anhin «en famille» die beruflichen Fähigkeiten des Theaterdirektors in Zweifel gezogen hatte.

Die frohe Botschaft schlug ein.

Schon lange hatte die Verwandtschaft sich wieder mal einen Besuch in Zürich vorgenommen, Franz Werfel, der in seinen Briefen für die dramaturgische Umsetzung oft Ratschläge erteilte, wollte zusammen mit seiner Frau Alma Mahler kommen. Auch die Eltern Werfel hatten vor, sich in diesen bedrohlichen Zeiten ein bisschen zu sonnen in Mariannes und Ferdinands Erfolg.

Die Anreise der Verwandten aus Prag und Wien verzögerte sich etwas. Gegen Ende November war die Reihe der ordentlichen Aufführungen im Schauspielhaus vorbei, es waren nur noch ein paar Volksvorstellungen vorgesehen. Nun blieb genügend Zeit, mit den Verwandten das Wiedersehen zu feiern und sich nach der Entfremdung neu gegenseitig zu beschnuppern. Marianne ließ in der Villa ein Essen richten, die feierliche Tafel unter dem Muranoleuchter erinnerte sie an die Weihnachtsessen in Prag, denn die jüdischen Eltern hatten damals, den Kindern zuliebe, das christliche Fest gefeiert.

Mucki nahm zum ersten Mal an einer so großen Tafel teil.

Oben saß, mächtig aufgeplustert, die Prager Großmama, in ihren schwarzen Röcken war sie ein imponierendes Muttergebirge.

Erst wirkte sie auf Mucki streng, mit den dunklen, über der Nasenwurzel zusammengewachsenen Augenbrauen, doch verflog der düstere Eindruck, sobald sie zu lachen und viel zu reden begann. Der seltene Anblick ihrer versammelten Familie machte die alte Frau glücklich, die Worte sprudelten aus ihr heraus. Mucki hatte Mühe, diese seltsamen, wie verknautschten Wörter zu verstehen. Die Mutter merkte es: «Ja, Mucki, in dieser Sprache haben wir geredet, in der Neustadt und auf der Prager Kleinseite, in den jüdischen deutschsprachigen Familien.»

Mucki konnte nicht genug davon bekommen, die Prager Oma sprechen zu hören. Oma hat einen Zauberstab, dachte sie, sie verwandelt die Erwachsenen zurück in ihre Kindheit. Mama Marianne heißt mit dem Prager Kindernamen Mizzi. Der Papa, der würdige Theaterdirektor, ist Ferdele, Onkel Franz Werfel wird zu Franzl und die stolze Tante Alma Mahler zum Almaschi.

Namen, die nach Kinderstube riechen, nach Zwetschgenkompott mit Zimt.

Nur Großvater Rudolf, Großmama rief ihn zärtlich Rudele, sprach kaum. Er verzehrte stirnrunzelnd und schnaufend, als erledige er eine schwere Aufgabe, eine mächtige Kalbshaxe. Als dies geschafft war, sammelte das Hausmädchen die Teller ein, und Opa schlurfte während der Pause zwischen Hauptgang und Süßspeise auf den Balkon hinaus, um eine Zigarre zu rauchen.

Großmama benutzte Rudeles Abwesenheit, um über seine Sorge zu sprechen: Hitler werde demnächst Prag überfallen.

Die Riesers schwiegen betroffen.

«Ja», erklärte Großmama, «er ist sich sicher, dass es bald passiert, er hat schon Vorkehrungen für seine Handschuhfabrik getroffen.»

Mucki, die schon oft von diesem Hitler reden gehört hatte, schien es, als schwebe mit einem Mal eine dunkle Wolke über dem Tisch. Zum Glück wurden auf einem Silbertablett, der Oma zuliebe, Zwetschgenkompott und Zimtkonfekt hereingebracht. Theophil, der Hausdiener, servierte wie immer bei Gästen mit weißen Handschuhen aus Großvater Werfels Produktion, er zog sie gerne an, sie gehörten zu seinem Berufsstolz.

Während nur das Klingeln der Löffelchen in den Kristallschalen zu hören war, wagte Mucki in die Stille hinein zu fragen: «Nimmt Hitler dem Opa die weißen Handschuhe fort?»

Die Mama begann herzlich zu lachen.

«Wie sie dir gleicht, die kleine Mucki», flüsterte Franz seiner Schwester Marianne zu.

«Denkst du, sie wird ebenso aufmückig, wie ich es bin?» Marianne fragte es mit einem schalkhaften Blick.

Der Bruder wollte antworten, doch da mischte sich die Großmama ein: «Ja, du, Mizzi, warst im Gegensatz zu deiner Schwester Hanna unser Sorgenkind. Als du so klein warst wie Muckele jetzt, also damals warst du noch brav. Aber später, als Jugendliche! Du brachtest uns dauernd in Aufregung. Besonders, als du ...»

«Psst, nicht ausplaudern!», wehrte Marianne ab. Sie blickte zu Mucki hinüber, die dem Gespräch mit gespannter Aufmerksamkeit gefolgt war. Dann tauschte sie einen Blick mit ihrem Bruder, noch immer lag zwischen ihnen wie früher ein stilles Einverständnis.

Damals in Prag. als die siebzehnjährige Marianne zur Außenseiterin wurde, verstand einzig Franz sie. Hatte der Dichter bis dahin mehr Bewunderung für die stille Schwester Hanna gehegt, so stand ihm jetzt die noch Jüngere näher. Ihre Verzweiflung war ihm vertraut, und es regte sich sein Beschützerinstinkt.

Denn er hatte nicht nur Einfühlung, er verstand auch zu helfen. Sein Drängen darauf, Marianne den Abbruch des verhassten Gymnasiums zu gestatten und sie auf die Kunstakademie gehen zu lassen, wo sie ihr Maltalent entfalten könne, fand schließlich bei den Eltern Gehör. Weitere Akte des Widerstands trafen in der Familie allerdings auf kein Verständnis.

Und jetzt erfüllte sich Mariannes lange gehegter Wunsch, den Bruder wieder einmal am Zürichsee in ihrer Nähe zu haben. Da saß er am Tisch, sein schweres, großflächiges Gesicht gesenkt, das Doppelkinn an den Hals gedrückt, als erleichtere ihn diese Haltung. Auch heute blickten seine Augen aus umschatteten Höhlen, und sie fragte sich, ob er immer noch den erholsamen Schlaf zur Nacht seiner Dichtung opfere? Die Leser seiner Gedichte empfanden diesen Blick auf den Buchklappen der Bücher als tiefgründig, ja diabolisch. Nein, lächerlich, dafür wirkt der Dichter zu korpulent! Ist nicht ein weiteres Doppelkinn hinzugekommen? Braucht der Empfindliche ein Polster, um dem Anprall der Wirklichkeit standzuhalten? Wenigstens hat die neckische kleine Grube im runden Kinn, die ihm etwas Jungenhaftes gibt, die Jahre überdauert.

In einem Brief hatte Franz von seiner Frau Alma geschrieben. Die Witwe des berühmten Komponisten Gustav Mahler glaube an seine Begabung. Sie reiße ihn aus seiner Bequemlichkeit, peitsche ihn förmlich an den Schreibtisch. Ohne ihren Ansporn hätte er sich wohl ein Leben lang zufriedengegeben, eine Handvoll Gedichte zu schreiben. Nun habe er sich vor zwei Jahren an ein aufwendiges Werk gewagt. Selbstverständlich hatte Marianne, die heißhungrige Leserin, den Roman gleich nach Erscheinen verschlungen: *Die vierzig Tage des Musa Dagh*, über den Völkermord an den Armeniern. Es war im vergangenen Jahr in Wien erschienen und von Hitlers Behörden zwei Monate später verboten worden. Außerdem wurde Franz Werfel aus der Preußischen Akademie der Künste ausgeschlossen. Schon am 10. Mai waren andere seiner Bücher in einer koordinierten Aktion der Deutschen Studentenschaft zusammen mit Werken bedeutender Schriftsteller öffentlich auf einem Scheiterhaufen verbrannt worden. Marianne hatte in einer Wochenschau die wirkungsvolle und bedrohliche Propagandaaktion gesehen, der Schock saß immer noch tief, hatte böse Ahnungen verstärkt und Trauer in ihr zurückgelassen.

Franz bemerkte, wie sehr sich seine Schwester mit ihm

beschäftigte, nun lenkte er seine Aufmerksamkeit auf sie: «Marianne, was macht deine Malerei?»

Ohne sich zu zieren, führte sie den Bruder in den sonst streng privaten Raum im Dachstock der Villa. War es als Beweis, dass trotz der verflossenen Zeit und der räumlichen Distanz die geschwisterliche Nähe noch wirksam war?

Sie beobachtete, mit welcher Behutsamkeit er die an der Wand lehnenden, noch rahmenlosen Leinwände hochhob und ins Licht drehte.

«Dies hier», sie zeigte auf ein kleinformatiges Bild, «ist meine letzte Arbeit, leider fehlt mir einfach die Zeit zum Malen.»

Er versenkte sich fasziniert in den Anblick einer Welt der Blau- und Grüntöne. «Ganz ungewöhnlich, diese verschiedenen Niveaus der farbigen Felder ... Sie erinnern mich an Teeplantagen in Indien. Eine Technik aus Papiermaché?»

«Ich erprobe verschiedene Techniken, die Reliefwirkung ist mir wichtig.»

«Oh, deine kreativen Talente! Muss man diese Vielfalt bedauern, oder macht sie dir Spaß? Befruchtet die Malerei die Literatur und umgekehrt? Ich sehe, du wiederholst dich nicht, du wagst dich malend und schreibend in Neuland vor. Gestern Abend habe ich mit Genuss dein für Silvester geschriebenes Stück *Schwarz auf Weiß* über die Presse gelesen: witzig, spritzig, zugleich tiefgründig. Schon mit der Neufassung von Nestroys *Lumpazivagabundus* hast du das zwinglianische Zürich mit sprachlichen Einfällen und einer fast wienerischen Lässigkeit aufgelockert.»

«Danke, du machst mir Mut, Bruder! Ferdinand, du kennst ihn, ist sparsam mit Lob. Und als Frau des Direktors erntet man öffentlich kaum Anerkennung.»

«Nun, du wirst wohl langsam den verdienten Erfolg bekommen. Doch neben deiner Arbeit fürs Theater darfst du dich nicht von deiner Malerei abwenden, das kleine Bild hier mit der indischen Teeplantage, es ist wunderschön.»

Sie drückte das Bild in seine Arme, er möge es mitnehmen nach Wien. Und als er abwehren wollte, fügte sie hinzu: «Nimm es, und vergiss nicht, dass du mir in meinen jungen Jahren viel geholfen hast.»

9

PRAG, WO MARIANNE 1899 zur Welt kam, war eine streng geteilte Welt.

Die Deutschsprachigen, meist jüdischer Abstammung, fühlten sich der slawischen Bevölkerung überlegen. Mit allen möglichen Vorurteilen begegnete man den Tschechen, doch seltsam: Man engagierte die Slawinnen als Kinderfrauen, vertraute ihnen das Kostbarste an, was man hatte, die noch formbaren kleinen Wesen!

So wurde Franz, neun Jahre älter als Marianne, von der liebevollen Babi aufgezogen, er lernte von ihr Menschlichkeit und wird sie später in *Barbara und die Frömmigkeit* porträtieren. Dreiundvierzig Jahre lang gehörte Barbara Simunkovà zum Bestand des Werfelschen Haushalts. Im Kielwasser dieses Bruders, in respektvollem Abstand von sieben und neun Jahren, wuchsen die Schwestern Hanna und Marianne heran.

Hanna, sanft und blond, war schon früh Schwarm und Projektionsfläche für Franz Werfels Künstlerfreunde. Alban Berg verehrt sie, nennt sie seine Muse. Doch sie wird ihm nichts als einen goldenen Stift schenken, damit er seine *Lulu* schreiben kann. Und heiratet dann früh, ganz nach dem Geschmack der Eltern, den Papierfabrikanten Fuchs-Robetin.

Marianne, zwei Jahre nach Hanna geboren, ist weniger leicht zu zähmen.

Ein Lockenkopf, schelmische braune Augen. «Eichkatzerl», nennt sie der Bruder. Sie besucht die Minerva, eines der ersten europäischen Frauengymnasien, doch sie hasst den grauen Kasten mit den strengen alten Lehrerinnen, dem Wissensplunder.

Marianne bewundert die Kunst ihres Bruders, sich ohne großen Lärm von den Ansprüchen der Eltern abzugrenzen. Seine ersten pathetisch-hymnischen Gedichte, inspiriert von Walt Whitman, erscheinen unter dem Titel *Der Weltfreund* bereits 1911.

Sein literarisches Reich an der Hyberngasse, das Café Arco, ist für Marianne verboten. Zum Glück kann sie auf dem Heimweg von der Schule ins Innere spähen, Art déco, runde Marmortische, reflektierende Spiegel. Die einheimischen Kreativen werden angeregt durch berühmte Gäste von nah und fern. Franz erzählt am Familientisch vom exzentrischen Psychiater Otto Gross aus Wien, an diesen Abenden Gastreferent im *Arco*.

«Dieser Doktor Gross», empört sich Vater Werfel, «der maßlos Kokain schnupft? Was soll man denn von so einem lernen?»

Franz antwortet lächelnd: «Den inneren Bourgeois zu überwinden.»

«Sind denn nie Frauen dort?», schaltet sich Marianne ein.

«Doch, zum Beispiel die Milena Jesenská.»

Darauf Mutter Werfel: «Die Tschechin? Tochter von dem Zahnarzt?»

Franz nickt. Und bescheinigt dieser Milena Klugheit, eigenständiges Denken, Debattierfreude. «Sie macht nächstens Abitur.»

Später gesteht er seiner Schwester, er möchte das platonische Verhältnis zu Milena gerne in ein amouröses verwandeln, doch Milena bevorzugt Ernst Pollak, den Bankangestellten und Literaturkenner, unter den Kaffeehausdichtern hat er großen Einfluss auf die einheimischen Dichter und ihre weiblichen Gäste.

Die Eltern verbieten Marianne das Künstlercafé: Ungeeignete Bekanntschaften könnten sich anbahnen. Gefährlich für eine junge Frau aus bester Familie. «Frauen, liebe Marianne, sind da, um die Tradition zu wahren, die gottgewollte Ordnung.»

Doch die Ordnung bricht 1914 zusammen.

In diesem Jahr bringt der Bruder oft seinen Freund Franz Kafka in die neue, elegante Wohnung an der Mariengasse. Vater Werfel, der erfolgreiche Kaufmann, bevorzugt das urbane, Paris nachempfundene Wohnviertel in der Nähe des Bahnhofs, den öffentlichen Parkanlagen gegenüber. Die Eltern hören ehrfürchtig staunend den jungen Dichter aus seiner *Strafkolonie* lesen. Kafka wird in sein Tagebuch schreiben, dass ihn Werfels *schöne Schwestern* beeindrucken. Vor allem Hanna. *Die Ältere lehnt am Sessel, schaut seitwärts öfters in den Spiegel, zeigt, doch schon genügend von meinen Augen verschlungen, mit dem Finger leicht auf die Brosche, die mitten auf ihrer Bluse eingesteckt ist.*

In der Pause sprechen die jungen Männer über den Krieg. Kafka erregt sich dabei so stark, dass er Mühe hat zu atmen: «Die Welt ist am Untergehen, merkst du das, Franz? Eine Stadt voller Gespenster …»

Ja, gespenstisch ist es, dieses plötzlich leere Prag, das findet auch Marianne. Die jungen Männer stehen an der Front.

Franz Werfel, der Pazifist, hat erst in Bozen, dann in Galizien zu dienen. Marianne vermisst ihn, absolviert missmutig ihren schulischen Trott. Wenigstens lässt sich in der

Abschlussklasse der Minerva die um drei Jahre ältere Milena Jesenská bewundern, einziges Kind des tschechischen Kieferchirurgen, der auch an der Universität einen Lehrstuhl innehat. Das eigenwillige Mädchen scheint kurz vor dem Abitur wenig zu büffeln, sie nimmt am Wettschwimmen in der Moldau teil, spielt Tennis.

Als Marianne mit ihrer Schwester Hanna an einem milden Juniabend noch auf dem Graben, dem Korso der Deutschen, promeniert, fallen ihnen drei Tschechinnen auf, schlank und sagenhaft elegant gekleidet. Man dreht sich nach ihnen um, junge Männer aus der Gruppe der Deutschsprachigen rufen dem hübschen Trio Komplimente zu.

«Ah, schau, die Jesenská!»

Hanna zeigt hinüber, man grüßt, bleibt stehen. Auf die neuartigen Kostüme angesprochen, erklärte Milena mit Augenzwinkern: «Ich mache es umgekehrt wie die Gnome im Märchen, verwandle Gold in Tuch.»

«Gold?» Hanna staunt.

«Im Labor des Vaters liegt in den Schubladen massenhaft Zahngold. Was soll das? Eine Schneiderin ist dankbar dafür und kleidet meine Freundinnen und mich nach dem neuesten Pariser Katalog ein.»

Hanna findet die Geschichte eigenartig, man spricht darüber am Familientisch, Frau Werfel hat in ihrem Frauenzirkel von Milenas schlechtem Ruf gehört. Seit dem frühen Tod der Frau Jesenská fehle eben das wachende Auge der Mutter!

Auch Milena liebt die Bühne. Sie besucht oft das deutsche Theater in der Nähe des Obstmarkts. Nach der Aufführung trifft Marianne Milena mit kurzgeschnittenem dunklen Bubikopf und einem Blumenstrauß am Ausgang.

«Willst du auch ein paar Rosen für deine Lieblingsschauspieler?»

Marianne dankt, hält dann die Blumen unschlüssig in der Hand, sie kennt die Sträucher, wo diese lachsfarbenen mehrblütigen Rosen wachsen. «Vom Stadtpark?»

Milena lacht. «Wenn mir das Geld fehlt, Blumen zu kaufen, pflücke ich sie eben in den städtischen Anlagen.»

An einem Nachmittag im *Arco* begegnet die nun siebzehnjährige Marianne dem jungen tschechischen Journalisten, den Franz Werfel verschwörerisch M. nennt. Franz, von der galizischen Front zurück und in Begleitung der befreundeten Krankenschwester Gertrud Spirk, fordert M. auf, aus seinen ungedruckten Gedichten zu lesen. Die Jesenská und Marianne hören zu. Marianne gerät in den Sog dieser Rezitation. In den folgenden Tagen wird sie das eigenartig geschnittene bleiche Gesicht des Poeten nicht mehr vergessen. Franz und M., die auch im Urlaub die verhasste Uniform zu tragen haben, tauschen nach der Lesung Gedanken aus über die Absurdität des Kriegs, die Krankenschwester trägt ihren Teil dazu bei durch die Schilderung der Kriegsversehrten. M. argumentiert auf eine langsame Art, als pumpe er jede Überlegung aus sich heraus, alles klingt neu, frisch empfunden. Er lebt von den wöchentlich verfassten Zeitungsartikeln, von den schriftstellerischen Versuchen sind erst zwei Kurzgeschichten gedruckt. Franz stellt dem jungen Kollegen seine Schwester vor und empfiehlt Marianne, Geschichten aus der Feder von M. zu lesen.

M., von der jüngeren Werfel-Schwester angetan, steckt sie an mit seiner Begeisterung für das böhmische Nationaltheater, das kaum von Deutschen besucht wird, obwohl es mit seinen Ballettaufführungen brilliert. Er eröffnet ihr auch einen Zugang zu tschechischen Märchen und Mythen, eine Ergänzung zu den rationalen Denkmustern ihrer Ausbildung. Franz sorgt dafür, dass sich das Paar wenigstens nachmittags zu Spaziergängen trifft, an den Ufern der Moldau bewundert Marianne M.s Beobachtung der Natur. Warum schotten die deutschstämmigen Familien ihre Kinder von der slawischen Kultur ab? Es ist Marianne, als öffneten sich mit M.s Art zu denken neue Räume. Initiation in ein bewussteres, von Eigeninitiative geleitetes Leben.

Eine empörte Bürgerin unterrichtet die Werfels über das Liebespaar.

Dann läuft alles in rascher Folge ab: Mariannes wiederholtes Versagen in der Schule. Rügen, weil sie Freundschaft pflegt mit Gleichaltrigen im slawischen Viertel. Die Eltern aufgeregt wegen der Liebe ihrer Tochter zu einem Tschechen. Franz, der zu Marianne hält, beschwichtigt die aufgebrachten Eltern. Bringt das Kunststück zustande, dass Marianne die Minerva verlassen und Malunterricht nehmen darf. Gegen Ende des Krieges, die Spitäler sind mit Verletzten überfüllt, unterstützt er Mariannes nicht standesgemäßen Wunsch, als Krankenschwester zu arbeiten. «Krankenschwester ist jetzt der wichtigste Beruf. Oder denken die Werfels, ihre Töchter sind zu vornehm, Hilfe zu leisten? Schluss mit der Werfelschen Exklusivität!»

Das geht den Eltern zu weit.

Marianne übernimmt selbst Verantwortung. Der Journalist hat zwar die Beziehung aus Rücksicht auf Marianne und ihre Familie gelöst. Doch sie arbeitet jetzt im Spital, lebt ohne finanziellen Zuschuss der Eltern in einem volkstümlichen slawischen Viertel.

Mit so wenig zum Leben, nahe am Leben, berichtet sie ihrem Bruder später über diese Lebensphase.

Liebesgeschichten beginnen und enden. Am Ende des Krieges verabschiedet sich Franz von Gertrud Spirk, weil er der «Frau seines Lebens» begegnet ist, Alma Mahler, noch verheiratet mit dem Architekten Walter Gropius. Alles gerät in Bewegung, alle verändern sich, doch die Ereignisse damals im *Arco h*aben die Geschwister zusammengeschweißt. Mariannes geheime Liebe, die Erinnerung hat sich bei ihr eingekerbt, in seinen späteren Briefen nennt Franz den einstigen Kollegen immer noch verschwörerisch «M.»

«Übrigens, Franz», fragt Marianne, während sie ihr Malzimmer abschließt, «wie geht es M.?»

«Er leidet an der gleichen Krankheit wie Kafka. Tuberkulöse Laryngitis. Er liegt jetzt in der Wiener Universitätsklinik. Man macht ihm wenig Hoffnung. Es tut mir leid, dir das sagen zu müssen.»

Marianne schweigt, der Fingerknöchel, der über ihre Augen streicht, wird feucht.

10

AM NACHMITTAG STREUTE eine blasse Novembersonne etwas Heiterkeit über das verbaute Seeufer von Rüschlikon, die Gäste gingen nach draußen und begutachteten Tennisplatz und Parkanlage. Franz hatte gewünscht, an einer Theaterprobe im Schauspielhaus teilzunehmen, und wartete im Hof auf Ferdinand und Marianne. Die Schwester ließ auf sich warten, machte sich für die Fahrt zum Schauspielhaus zurecht, erschien frisiert und geschminkt, der kleine schwarze Filzhut mit der wippenden Blume frech und schräg auf dem Kopf. Auch der fliegende graue Kurzmantel mit dem Pelzbesatz entsprach wohl der neuesten Mode.

«Du siehst wie ein Filmstar aus», sagte ihr Bruder.

Marianne lachte. «Ach ja, ich bin hier Frau Theater!»

«Also ein Unterschied zu früher, zu deiner Spitalzeit, wo alles an dir schlicht war?»

«Ich bewege mich hier unter Schauspielern, habe meine Rolle zu spielen. Diese ‹Aufmachung›, wenn du es so nennen willst, macht mich in meiner exponierten Stellung ein wenig unnahbar. Ich will ja meinem Vater nicht die Genugtuung gewähren, seine Prophezeiung meines Scheiterns in Beruf und Ehe erfüllt zu sehen.» Sie wandte sich an das Kind, das jetzt an der Hand des bewunderten Onkels Franz ging: «Zu Hause trage ich dann meine alten bequemen Klamotten auf, nicht wahr, Mucki?»

Mucki nickte abwesend, die Familie begann sie zu langweilen. Da entdeckte sie neben dem Pförtnerhaus die kleine Else Schwarzenbach, die sich zu Bellefleur niederbeugte und ihr den Rücken tätschelte. Und jetzt, als hätte sie Mucki aus dem Augenwinkel gesehen, blickte sie hoch.

«Hallo, spielen wir Federball?»

Ferdinand hatte den Mädchen in einem geräumigen leeren Keller ein Spielzimmer eingerichtet, im Nachbargewölbe, hinter verschlossener Tür, ruhte sein kostbarer Wein- und Likörvorrat, auch waren noch ein paar Fässer gelagert, von denen gäriger Geruch bis ins Spielzimmer herüberdrang. Während Mucki das grüne Netz aufspannte, berichtete die Freundin stolz, sie habe den Weg hierher an den Villen und Gärten vorbei ganz allein gefunden. Cousin James albere mit seinen Freunden herum: «Weißt du, sie basteln hinter unserem Haus eine Stinkbombe.»

«Eine was?»

«Stinkbombe. Streng geheim. Aber da du meine Freundin bist … Also, sie wollen euer Theater ausräuchern.»

«Mit Rauch? Und Gestank?»

Else nickte heftig. «Ich habe ihnen aber beigebracht, dass sie das nicht dürfen! Darauf hat einer von James Freunden gesagt: ‹Was soll uns daran hindern, Kleine?› Darauf ich: ‹Also, das Theater gehört doch Muckis Eltern!› – ‹Eben, das Judentheater!›, hat er gerufen. Ist dein Papa Jude, Mucki?»

«Nein, Theaterdirektor.»

Nach dem Rundgang setzte sich Mama Werfel neben Ferdinand Rieser auf eine Bank, der Zürichsee schimmerte zwischen den Kuben der Villen in klarem Winterblau. Die Fenster der Uferdörfer blinkten in einer weißlichen Sonne.

«Ach, ist das noch eine friedliche Welt», seufzte die alte Dame.

Der Theaterdirektor schwieg. Er hatte soeben durch einen anonymen Telefonanruf erfahren, dass die Frontisten ein besonderes Störmanöver an einer Volksvorstellung von *Professor Mannheim* planten, eine Information, die er heute noch an die Zürcher Stadtpolizei weitergeben wollte.

Doch seine Gäste hatten noch ein paar Tage Zeit für Erholung und Stadtbesichtigung. Franz und Alma drängten darauf, Erika Manns neues Programm der *Pfeffermühle* zu besuchen, war doch der Ruf des politischen Kabaretts bis nach Wien gedrungen.

«Ihr geht zu Erika? Oh, darf ich mit?», bettelte Mucki. Sie war sich nicht bewusst, dass sich in Zürich ein Kabarett nicht für Kinder schickt. «Ich war einziges Kind dieser Theatereltern, ein Stück von ihnen, so gehörte auch ich ein bisschen dem Theater», erzählt Mucki später im amerikanischen Exil. Da ihr die Eltern fehlten, hielt sie sich an die Menschen, die oft mit ihnen zu tun hatten. *Erika Mann gefiel mir, sie schaute nur in Rüschlikon herein, wenn sie ein bestimmtes Anliegen hatte. Meist ging es um das Stück von einem Schriftstellerfreund, das sie im Theater aufgeführt sehen wollte. Wenn Mama zögerte, bekam Erika ihre strenge Stimme, die war klar, konnte Glas schneiden. Sie brachte Argument um Argument. Bis Mama versprach, ihr Anliegen genau zu prüfen.*

Hin und wieder sei Erika Mann in Begleitung Therese Giehses gekommen, und die beiden hätten sich lustig gemacht über Marianne, wenn diese den Raum verließ. Die Giehse hatte ein derart großartiges Talent, aus dem Stegreif das Wienerisch der Mutter nachzumachen, dass selbst die kleine Mucki, die hinter ihrem Lehrbuch saß und von den beiden völlig vergessen worden war, ins Staunen kam. *So kam ich zu einer eigenen Vorstellung, denn die Giehse ahmte mit Bravour das Wienerisch meiner Mama nach. Gedehnt und geziert, gesmockt, ja. Doch es war nicht abwertend gemeint, denn die beiden rühmten Mariannes Freundlichkeit und ihren literarischen Geschmack. Jedenfalls brannte ich darauf, die Giehse in der Pfeffermühle von neuem zu hören.*

An jenem Novemberabend durfte Mucki zur *Pfeffermühle* mitfahren. Der Chauffeur brachte Marianne Rieser mit ihren Gästen ins Zürcher Niederdorf zu der Wirtschaft Hirschen.

«Schau, da stehen sie schon, die Automobile der guten Zürcher Gesellschaft», bemerkte Alma. Doch schon galt ihre Verwunderung dem einfachen Lokal: «Vorne beim Eingang an kleinen Tischen die Biertrinker und hinten, wie wohl in solchen Wirtschaften üblich, weitet sich der Raum zu einem schlichten Tanz- oder Theatersaal …»

«Ach ja», sagte Marianne, «die Erika nennt es ein Kutscherlokal. Aber in diesem Raum steckt Magie! Dort auf der Bühne hat schon im Ersten Weltkrieg ein klavierspielender Philosoph gesessen; Hugo Ball, in der Nähe hat er später das weltberühmte Dada-Cabaret Voltaire gegründet.»

«Und seine Partnerin, die Hennings?», erkundigte sich Franz.

«Du erinnerst dich an sie? Ja, Männern hat sie stets Eindruck gemacht! In einem engen Lamékleidchen, hüfteschwingend, hat sie ihr ‹Nur Liebe ist Leben› gesungen. Und später, als der Krieg zunehmend ein Massaker wurde, sang sie mit kalkweiß geschminktem Gesicht Antikriegslieder.»

«Damals ein Wagnis», murmelte Alma.

Marianne nickte: «Auch heute spielt sich hier Gewagtes ab.»

«Jetzt ist es der Hass auf den Faschismus, der zur kreativen Leistung antreibt», meinte Alma. «Wie bringt Erika Mann es nur fertig, in Eigenregie das kleine Ensemble zu leiten, Texte zu schreiben und persönlich aufzutreten?»

«Sie muss eine unerschöpfliche Energie haben», staunte Franz, der sich mit seinem schweren Körper selbst für phlegmatisch hielt.

Marianne gab ihm recht. «Erika setzt alles auf eine Karte.»

«Und die Giehse? Wurde sie nicht schon in den Münchner Kammerspielen groß gefeiert?»

«So ist es. Ihr Erfolg geht weiter. Zur Freude des Publikums sieht man sie, mit ihrem Sinn für Komik, in fast jedem Programm.»

Marianne suchte nun, ihre Gäste im Schlepptau, nach den reservierten Plätzen. «Dort sind sie!», rief das Schlusslicht, die kleine Mucki. Sie hatte die von Erika handschriftlich verfasste Reservation erspäht, man setzte sich erleichtert. Immer wieder wurde Marianne im Publikum von Emigranten gegrüßt, die erst vor kurzem in die Schweiz geflohen waren. Und vorne saß, unscheinbar in einem grauen Tweedanzug, Erikas Vater, der Nobelpreisträger Thomas Mann. Der Erfolg seiner Tochter mache ihn glücklich, flüsterte Marianne. Im Januar soll er an Hermann Hesse geschrieben haben: *Ein Hauptspaß ist der kolossale Erfolg, mit dem Erika vorgestern ihr literarisches Cabaret wieder eröffnet hat. Ich freue mich mehr darüber als über den Beifall, der etwa meinem Roman zuteilwird.*

Der Star dieses Abends aber war die Giehse. Sie spielte

die «Prophetin». Eine Hausmeisterin, die Mühe hat im Umgang mit dem noch ungewohnten Telefon. Im Drang, das «undeutsche Ding», wie sie es beschimpft, auszurotten, hält sie eine hysterische Ansprache. Während ihres Wortschwalls verändert sich nach und nach ihre Stimme und ihre Physis, bis vor dem verblüfften Publikum der «Leibhaftige» auf der Bühne steht, der aus allen Lautsprechern bekannte tobende Mann mit Schnauzbärtchen und Haartolle.

Man klatschte begeistert. Doch in den Beifall hinein drangen von hinten Buhrufe. Die «Prophetin», als hätte sie auch das vorgesehen, öffnete auf der Bühne einen Schirm und hielt unter dem schützenden Dach den Schmähungen stand. Das gediegene Zürcher Publikum hielt das Ganze für eine von der Regie vorgesehene Einlage und fuhr fort zu applaudieren. Erst als Wurfgeschosse auf die Bühne zu prasseln begannen und die Kugeln, wohl Nüsse oder Rosskastanien, empfindliche Hälse und unbedeckte Köpfe trafen, begann sich der Saal fluchtartig zu leeren.

Polizisten, die draußen auf dem Platz schon Pikett gestanden hatten, stürmten herein.

«Die blöden Buhmänner», flüsterte Mucki im Hinausgehen. «Schau, Mama, den da hinten kennst du auch!» Marianne wandte sich nach den Störfrieden um und glaubte, im Halbdunkel den pomadisierten Eierkopf und die Metallbrille des jungen Schwarzenbach zu erkennen.

Doch die Polizei, präsent in der Altstadt, hatte an diesem Abend noch alles im Griff.

Es sollte jedoch in diesem Monat November ärger kommen.

Am späteren Abend traf man sich, allerdings ohne Mucki, die vom Chauffeur nach Hause gebracht wurde, noch auf einen Schlummertrunk im *Odeon*.

Erika und die Giehse wollten sich bei den Werfels gerne Ratschläge holen für die schon für Januar 1935 geplante Tournee in der Tschechoslowakei.

Wie immer nach den Vorstellungen der Theater und Kinos war das *Odeon* rappelvoll.

Auf der Galerie saßen, zum Teil angeheitert, Stammgäste, einer hatte sich über die Balustrade gebeugt und prostete mit einem Sektglas dem eben eintretenden Franz Werfel zu. Der stand jetzt ziemlich sperrig, nach freien Plätzen Ausschau haltend, in seinem Regenmantel in der Menge. Hinter seinem Rücken wurden die Köpfe zusammengestreckt, es wurde geraunt, kommentiert, getuschelt.

Die Giehse, die mit ihrer rundlichen Figur ebenfalls Mühe hatte, sich hinter Werfel durch das gefüllte Lokal zu schleusen, begann wie ein Rohrspatz zu schimpfen: «Hier sitzen ein Drittel Zürcher, ein Drittel Emigranten und ein Drittel Spitzel!»

Schließlich fand sich hinten ein Tisch, und als der Weißwein serviert war, konnte man endlich auf die Situation in Prag zu sprechen kommen.

Marianne Rieser war kürzlich in der alten Heimat gewesen, um mit Frantisek Burian und seinem Prager Avantgardetheater über Gastspiele im Schauspielhaus Zürich zu verhandeln. Sie lobte die Regierung des Staatspräsidenten Masaryk mit seinem Außenminister Benesch: «Demokratisch liberal, kulturfreundlich! Die Dichte der Theater und der literarischen Zeitungen zeugt davon.»

Franz doppelte nach: «Prag ist ein Sammelbecken antifaschistischer Künstler, ein interessanter Boden für die *Pfeffermühle*! Gebt euch nur exquisit, literarisch. Zwar soll auch dort die Zensur wachsamer geworden sein …»

Erika dankte. Erzählte von der Begeisterung ihres Vaters für die heutige Tschechoslowakei. Masaryk habe nicht gezögert, seinem Bruder Heinrich die Staatsbürgerschaft zu schenken. Ihm, Thomas, stehe wohl ebenfalls die Ausbürgerung aus Deutschland bevor, dann werde er diesen Pass mit Stolz entgegennehmen (1936 sollte es dazu kommen).

Marianne saß jetzt still, in Gedanken vertieft, unter ihrer makellosen Aufmachung war ihr plötzlich mulmig, ein schlechtes Vorgefühl, das sie immer öfters beschlich: «Zeichen mehren sich», hatten ihr Prager Theaterfreunde gesagt, «dass die Freiheit nicht mehr lange währt, eine deutsche Minderheit hängt der nationalsozialistischen Partei des Sudetenlandes an.» Sie behielt die belastenden Gedanken für sich, um Erikas Vorfreude auf die Tournee nicht zu trüben.

Alma hatte ihren Wein zügig ausgetrunken. Wie üblich begehrte sie um diese Stunde noch französischen Cognac, da ihr Lieblingsgetränk, der süße Bénédictine, im *Odeon* nicht aufzutreiben war. Auch Erika war nicht abgeneigt, mit einem Gläschen Cognac mitzuhalten, galt es doch, die Probleme rund um die *Pfeffermühle* zu verscheuchen.

Am Nebentisch hob ein älterer Herr, Liebhaber des Kabaretts, sein Glas: «Es lebe die *Pfeffermühle*!»

Und Erika grüßte lachend zurück. «Solange nicht ganz Europa den Hitlergruß übt, wird sie tapfer weitermahlen!»

Die Giehse verbat ihrer Freundin die flotten Sprüche, indem sie «Ein bisschen Vorsicht!» brummte. «Feind hört mit.» Und zu den Werfels gewandt: «Die Schweiz mit ihren Frontisten wird langsam unwirtlich.»

Marianne betrachtete mit Sympathie die Frauen: ein gutes Paar. Erika kann es sich erlauben aufzudrehen, weil sie weiß, dass die Freundin bremst. Und die stets etwas knurrende Giehse kann sich auf das Temperament der Erika verlassen. Prompt gab denn auch Erika zurück: «Ach was, du Prophetin. Das rot regierte Zürich wird dem Schwarzenbach das Krawallmachen austreiben. Bald kehrt Ruhe ein!»

II

DOCH JAMES SCHWARZENBACH hielt nichts von Ruhe.

Er sympathisierte mit dem nationalsozialistischen Deutschland, hatte doch in seiner Familie, hoch über dem Zürichsee, auf Bocken bei Horgen, diese Politik Tradition. Onkel Alfred Schwarzenbach war durch die Heirat mit einer Wille-Tochter Herr des alten Bocken-Landguts geworden, und lange Zeit stimmten die Bilanzen seiner in Thalwil und in der weiten Welt installierten Seidenwebereien. Das Volk, das die Glücklichen liebt, verehrte ihn. James' Vater Edwin kam weniger Prestige zu, das hatte James schon im Kindesalter als bittere Ungerechtigkeit empfunden. Setzten sich die beiden Brüder in den Fabriken nicht für dasselbe ein? Versuchte nicht jeder auf seine Weise, das in der Welt verstreute Textilimperium des großväterlichen Erbes am Leben zu erhalten?

Onkel Alfred Schwarzenbach war zuständig für das Finanzielle, Vater Edwin für das Technische in den Textilwerken. Doch nur Alfred wurde vom Volk Textilbaron genannt, vermutlich, weil er mit seiner Ehefrau Renée Wille das große Los gezogen hatte. Wie die Zuchtstuten in den Bockener Stallungen war sie von bester Abstammung: die Mutter eine geborene von Bismarck, und ihr Vater Ulrich Wille war im Ersten Weltkrieg General der Schweizer Armee gewesen. Nach Vaters Tod 1925 hielt die Tochter Renée, nun Schwarzenbach, das Zepter in der Hand: Sie saß als Concours-Reiterin im Herrensattel und ritt nach Art des Generals auch weiterhin politisch auf der nationalsozialistischen Welle.

Gestern, auf ihre herzhafte Art, hatte sie am Tisch bei Rösti und Zürcher Geschnetzeltem Hitlers taktische Züge gelobt. Ulrich junior, Renées Bruder in der schneidigen Uniform eines Obersten, teilte die Begeisterung: Der Führer erfülle längst gehegte Hoffnungen, verkörpere Schneid und Disziplin. Eigenschaften, die der Generalssohn, mit Einverständnis des schweizerischen Militärdepartements in Preußen geschult, als Militärerzieher auf die Schweizer Armee zu übertragen gedachte. Mit den Verwandten Wille-Rieter hatte Ulrich junior schon 1923 heimlich Hitler in Begleitung von Rudolf Hess nach Zürich in die Villa Schönberg eingeladen.

James Schwarzenbach hatte noch als sehr kleiner Junge den alten General Wille wahrgenommen, oder vielleicht erinnerte er sich nur an ihn anhand von Fotografien. Wille war 1914, trotz des Protestes der Westschweizer, zum General ernannt worden, landesweit hatte man sich an seinen Quadratschädel, seine untersetzte Gestalt und die kurzen Säbelbeine gewöhnen müssen. Schlimmer noch war die grobschlächtige Art, mit der er sich nicht nur im Heer, sondern auch im Bundesrat Autorität verschaffte, Methoden, die für das diszipliniert demokratische Land eher ungewöhnlich waren.

James' Vater Edwin wurde auf dem Gut des Bruders über Horgen nur mäßig gern gesehen. Auch James durfte als Kind höchstens zu Geburtstagsfesten oder zu kleinen Theatern nach Bocken. Als er älter wurde und gerne ritt, ließ man ihn das Gestüt besichtigen. Die Hände in den Hosentaschen, sah man ihn stumm herumgehen, er schätzte wohl heimlich den Wert des Herrenhauses, der Gartenanlagen, der Stallungen. «Komm doch her», rief dann seine Tante Renée, die man seit dem Tod des Vaters nur die Generalin nannte. «Es gibt heiße Schokolade. Die magst du bestimmt?»

Schokolade war lecker, doch James wusste: Die Tante mochte ihn nicht. Für einen Heranwachsenden war dies empfindlich zu spüren. Vielleicht liebte sie nur ihren eigenen Clan. Sie hatte zwei Mädchen und zwei Jungen geboren, wobei eine starke, wenn auch widersprüchliche Zuneigung sie mit der zweitältesten Tochter Annemarie verband, die lieber ein Junge gewesen wäre. Die Mutter hatte dafür Verständnis und kaufte ihr Lederhosen, kleidete sie ein als Page oder Rosenkavalier.

Diese Annemarie, drei Jahre älter als James, 1908 geboren, hatte schon früh sein Interesse geweckt. Es war eine Mischung aus Bewunderung und Konkurrenzgefühl, vielleicht war es auch nur der Altersunterschied, der ihn herausforderte. Die Ältere machte sich nichts aus ihm. Er aber fand sie reizvoll, eine kühne Schönheit, schmal gebaut, mit melancholischem Blick. Lachend hatte man sie kaum je gesehen. Während James mit seinem Hauslehrer noch das Pensum eines Elfjährigen paukte, war die junge Dame schon am Sprachenlernen und dachte ans Reisen.

«Was willst du werden?», hatte er sie oben auf der Terrasse gefragt.

«Weltreisende. Naturforscherin.» Sie blickte, während sie es sagte, nicht zu ihm, sondern über den See, als könne er das sowieso nicht verstehen.

Doch er verstand: Weg wollte sie.

In den kommenden Jahren sah man sie selten. Nein, auf Weltreise war sie noch nicht, nur im hochalpinen Töchterinstitut Ftan im Unterengadin.

Wohl um den bildungsmäßigen Höhenunterschied auszugleichen, schickte man James etwas später nebenan nach Zuoz ins Lyzeum Alpinum. Die Schwarzenbachs legten Wert auf Bildung in einem abgelegenen Internat. Ohne Ablenkungen durch die Verführungen der Stadt sollte der Nachwuchs seine Reifeprüfungen absolvieren.

Für einmal noch erfüllte sich die Erwartung der Eltern.

Während der Schulferien, James war jetzt fünfzehn, nahm ihn sein Vater nach Bocken mit. Inzwischen hatte die Weltwirtschaftskrise auch den Textilsektor erreicht, die Einkommen schrumpften, auf Edwin Schwarzenbach wartete eine nicht sehr angenehme Besprechung der finanziellen Lage der Firma. Es war ein heißer Sommertag, er schwitzte schon am Steuer, oben auf Bocken verschwand er schnell in der Kühle des Hauses. Doch Tante Renée, eine Reitgerte in der Hand, kam von den Stallungen her auf ihren Neffen James zu.

«Aha, gewachsen, wie?» Mit schwungvollen Gesten und einem Redeschwall empfing sie ihn, griff kräftig in sein Haar, fand seine Frisur unmodisch und kindlich.

Er grüßte höflich. Fragte dann sofort nach Annemarie.

Doch die Generalin überging die Frage. In leicht gebückter Stellung überprüfte sie, wie viel der Neffe gewachsen war. Hörte dabei, er interessiere sich fürs Dressurreiten. «Ha, da musst du noch zulegen!», rief sie. Mit der Reitgerte, die sie stets bei sich trug, schlug sie auf seine Beinmuskeln, um deren Widerstand zu prüfen. Als sie sich aufrichtete, Tante und Neffe sich Aug in Aug gegenüberstanden, kam ihre für James höhnische Frage: «Nun, was lernt ihr in Zuoz? Unsere Annemarie macht in einem halben Jahr ihren Abschluss.»

«Annemarie? Wo ist sie?»

«Dort! Siehst du sie nicht?»

Unglaublich, da schlenderte die Cousine, als hätte er sie gerufen, den Kiesweg herab. Die Achtzehnjährige trug an diesem heißen Tag kurze Jungenhosen. Als sie ihn sah, erwiderte sie nur spröde seinen Gruß. Wollte sie die Gesten und lauten Töne der Mutter meiden?

Die Mutter mischte sich denn auch sofort ein: «In der Pfarrei in Horgen geben sie ein Stück vom *Verlorenen Sohn*. Gute Schauspieler. Hansi hat es gesehen und empfiehlt es.

Entscheidet euch rasch, ich bestelle telefonisch Plätze. Der Chauffeur kann euch hinunterbringen.»

Die Mutter entfernte sich.

«Gehen wir hin?», fragte James.

Annemarie zeichnete mit der Fußspitze einen Kreis in den Kiesweg. Als sie aufblickte, streiften ihn kurz ihre schmalen Augen, es kam ihm vor, mit einem mitleidigen Blick.

«Komm doch», begann er zu locken. «Wir könnten ja nachher ein Bad nehmen im See, das Wasser ist warm.»

Diese Idee schien ihr zu gefallen. Da noch genügend Zeit war, zu Fuß zu gehen, zeigte ihm Annemarie eine Abkürzung. Bauern waren mit dem Emd beschäftigt, einer erschien am Steilhang, er trug mit gesenktem Kopf einen riesigen Heuballen auf den Schultern, grünlicher Staub flog durch die Luft, das trockene Gras roch köstlich. Über der Böschung wies Annemarie auf junge Edelkastanien, ihr Vater habe sie aus dem Tessin hierherbringen und einpflanzen lassen. «Siehst du, wie sie gedeihen? Das Klima ist mild genug.»

«Es ist wunderbar hier», entfuhr es James.

Sie blickte ihn nachdenklich an. «Ja, zauberhaft, doch hier bleiben – kann ich nicht!» Es klang nach Verzicht und Bedauern, doch nachzufragen, warum das so war, wagte er nicht. In ihrem Gesicht, das ihm jetzt sanft und mild erschien, lag Trauer.

Im Pfarreisaal waren für die jungen Schwarzenbachs zwei Plätze reserviert, die Generalin hatte angerufen.

James saß so, dass er nicht nur zur Bühne, sondern aus dem Winkel seiner Augen zu Annemarie blicken konnte. Er wunderte sich, wie marmorhaft blass ihre Stirn war, auch zogen ständig Schatten darüber. Hatte er den kräftigen Wall ihrer Augenbrauenbögen schon bemerkt? In einem Unterstand geschützt, zu einem Spalt verengt, ihr von der Seite nur knapp zu erkennendes spähendes Auge.

Nach dem Theater schlenderten sie hinunter zum Seeufer.

Wolken, graue und federleicht weiße, waren wie Segel aufgezogen. Die Cousine bemerkte es und sagte, sie wolle nun doch nicht baden. James, der sie liebend gern im Badeanzug gesehen hätte, war enttäuscht.

«Und? Wie war das Theater?», fragte er auf der Uferbank.

«*Der verlorene Sohn* … Ich hasse ihn.»

«Was hast du gegen ihn?»

«Er hat den Mut wegzugehen, kommt aber dann zurück. Wohl zu Mutters Sonntagsbraten und zu Vaters Portefeuille.»

Jahre später, im Manuskript für *Das glückliche Tal* wird sie sich daran erinnern und schreiben: *Sein Mut reichte nur so weit wie sein väterliches Erbteil (…) Nannte er es Liebe, als er sich seinem Vater zu Füßen warf? Deserteur, Feigling, Betrüger – wäre er bei seiner Schweineherde geblieben!*

James dachte, ihr zuhörend, wie recht sie hat. Und seine Gedanken tauchten ab in seine eigene Geschichte, er sah seinen Vater im Kontor der Fabrik, wie er über den schlechten Geschäftsgang stöhnte, dann betulich, übertrieben langsam, in einen gelben Umschlag Note um Note steckte. «Dein Schulgeld für das nächste halbe Jahr, James. Ich möchte, dass du bald in unserem Betrieb arbeitest. Schließlich kostet mich deine Ausbildung eine Stange Geld.»

«Wer zahlt, befiehlt», war einer von Vaters Merksprüchen.

Doch James wusste schon jetzt: Vaters Wunsch, in seine Fabrik einzusteigen, konnte er nicht befolgen, auch wenn alle Geister der Vorfahren ihn dafür strafen sollten. Er musste weg von Vaters Sorgen um das Einkommen aus sechsundzwanzig Fabriken, von der Qual um die schwindsüchtig gewordene jährliche Rendite. Im Schwarzenbach-Schloss wohnen, aber keinen Tag froh werden, immer darüber grübeln, ob die teuren Maschinen für Kunstseide doch noch angeschafft werden sollten, ob die Konkurrenz aus Südostasien für die Fabrik in Thalwil den baldigen Ruin bedeutet. Ach, Schande über diese zwanziger und dreißiger Jahre, in denen sich der modische Geschmack der Damenwelt täglich veränderte, da tat es die von Vater angekurbelte solide Jacquard-Weberei nicht mehr.

Auch Annemaries Überlegungen waren inzwischen weitere Wege gegangen. James, neben der Cousine auf der Uferbank, sah ihrer Stirn an, dass sie immer noch über die Geschichte nachgrübelte, über die Motive des verlorenen Sohns, über seine Hassliebe. Stumm, den Blick auf das trübe Uferwasser gerichtet, wo dann und wann ein Fisch an die Oberfläche kam, gründelten ihre Gedanken.

Der See hatte inzwischen seine Bläue verloren, bewegungslos trug er die Wolkenschatten, das Wasser war vergrault, vergraut.

Plötzlich stand der Chauffeur vor ihnen. Tante Renée hatte ihn ausgeschickt, um sie zu holen. Er fand die Jugendlichen nicht mehr im Saal, jedoch auf der Uferbank, das ärgerte James: «Warum schickt man ihn hinter uns her? Wir sind doch keine Kinder mehr.»

Doch Annemarie hatte dafür nur ein Schulterzucken. «Mutter ruft die Familie zusammen zum Vieruhrtee. Das ist bei uns so.»

Der Chauffeur fuhr sie die Kurven hinauf. Die Erwachsenen saßen schon auf der Terrasse im Schatten der gelben Sonnenschirme, an den Gartentischen wurden Eiskugeln und Schokoladentorte serviert, James horchte auf den gedämpften Hufschlag, der vom Dressurplatz herüberwehte, und beobachtete, wie der Schokoladendeckel der Torte zu schmelzen begann. Doch der Diener schnitt geschickt Segmente heraus, seine weißen Handschuhe blieben dabei makellos.

Als Getränk wurde englischer Tee mit Rauchgeschmack gereicht.

«In den Kolonien nimmt das in der ärgsten Hitze den Durst», belehrte die Generalin ihren Neffen.

«Magst du lieber Sirup?» Der Diener fragte es James mit einem Augenzwinkern.

Nein. James gab sich erwachsen.

Über den Rand seines Teeglases schaute er zu, wie Annemarie ihre Schokoladentorte mit einer puppenkleinen Kuchengabel zerdrückte. Mit ihrem Schokoladefleck auf der Oberlippe glich sie jetzt anderen jungen Mädchen. Nun ist sie keine marmorne Statue mehr, dachte er, das ist beruhigend.

Als die Schatten der Kastanien sich auf dem Kiesweg zu verlängern begannen, brach die Teegesellschaft auf. James schlenderte mit Annemarie hinauf zu den Stallungen.

Bevor sie ihre Stute aus der Koje führte, um noch ein paar Runden zu reiten, wagte er sie zu fragen: «Gibt es auch verlorene Töchter?»

Sie blickte ihn an, zum ersten Mal offen, interessiert.

Doch eine Antwort blieb aus.

12

ANNEMARIE HATTE IN RÜSCHLIKON Marianne Rieser in einer Theaterangelegenheit aufgesucht.

Marianne kannte die Schwarzenbach-Tochter von Soireen auf Bocken, die Generalin hatte früher großzügig Künstler aus der Region eingeladen. Man hörte damals

Konzerte der Wagner-Interpretin Emmy Krüger, die Renée überschwenglich verehrte. Die Krüger, eine üppige Erscheinung im Bayreuther Kostüm der Isolde, schien die Tochter nicht zu interessieren, nur selten tauchte Annemaries schmales Gesicht am Rand der Gästeschar auf.

Nun, 1931, mochte Annemarie etwas über zwanzig sein, großgewachsen, schlank, mit einem ausdrucksvollen, ernsten Gesicht. Mucki hatte die junge Frau in ihrem Automobil einfahren sehen, dann beobachtet, wie sie ausstieg und zum Haus ging, graziös und würdevoll, eine Prinzessin. Neugierig geworden, schlich das Kind vor dem Besuch ins Wohnzimmer, verkroch sich auf einen großen rustikalen Stuhl, hinter dessen hoher Lehne es sich unsichtbar glaubte.

Mama führte die Besucherin herein. Sie zeigte sich erfreut, die nun erwachsene Tochter Schwarzenbach zu empfangen.

«Verzeihen Sie die Störung», begann die junge Frau. «Ich bewundere den Mut des Schauspielhauses und komme, um über ein Theaterstück zu sprechen.»

«Ihr eigener Text, Annemarie?»

«Ach, nein.»

«Aber Sie schreiben doch? Eben habe ich Ihren Roman *Freunde um Bernhard* zur Lektüre auf meinen Nachttisch gelegt …»

«Ich würde nie einen eigenen Text empfehlen», sagte die Schwarzenbach. «Das Stück *Geschwister* ist von Klaus Mann.»

«Sie empfehlen es für unser Sprechtheater?»

Sie nickte, lächelte schmal.

Mucki, die zwischen den Holzsprossen der Lehne hervoräugte, blickte erstaunt in das Gesicht der Schwarzenbach. So schön sind doch nur Engel, dachte das Kind. Und wie zurückhaltend sie spricht! Andere, sie hat es oft gehört, rühmen ihre Stücke über den grünen Klee, um Mamas Neugierde zu wecken.

Schon nach kurzer Zeit erhob sich die Besucherin, um zu gehen.

«Schon?»

«Ich weiß um Ihre Verpflichtungen, das Nötige ist ja gesagt.»

Mucki, beflissen, den Gast noch von nahem zu sehen, begann aus ihrem Versteck zu klettern. Doch ihr Röckchen blieb am strohbespannten Sitz hängen, die Lehne kippte, vor Schreck fiel die Kleine auf die Knie.

«Mucki, was tust du hier?», rief die Mutter erschrocken.

Annemarie blickte sich amüsiert nach dem Kind um. «Ah, du bist Mucki? Die Erika hat mir von dir erzählt. Du hast ihr gefallen, weißt du, sie schreibt auch Stücke für Kinder.» Und zu Marianne Rieser gewandt: «In Darmstadt wurde mit Erfolg *Jan's Wunderhündchen* aufgeführt.»

Marianne fragte nach, sie hatte noch wenig von Erikas Kinderstücken gehört. Doch da erklang draußen eine Hupe, der Riesersche Chauffeur wartete.

«Aber ich!», rief Mucki eifrig, «ich habe Zeit! Darf ich die Annemarie hinunterbringen?»

Die junge Schwarzenbach gab sich über die kindliche Begleiterin erfreut. Unten im Hof, beim Pförtnerhaus, stand schwanzwedelnd, voller Erwartung, Muckis Hündin. «Oh schau, das ist Bellefleur … Leider darf sie nie in unser Haus.»

«Auch nachts nicht?»

Mucki nickte.

«Und wenn es kalt wird?»

«Dann hat sie einen Schlafplatz beim Pförtnerhaus auf der Treppe. Unser Haus, meint Mama, ist zu sauber. Die Bellefleur ist immer ein bisschen schmutzig. Sie riecht nach Moder, eben, ein dahergelaufenes Tier.»

Annemarie verstand. «Eine kleine Emigrantin also.» Sie bückte sich und fand lobende Worte für die Hundeaugen. Auch für die weichen, lang herabhängenden Ohren, hinter denen sie nun die Hündin kraulte.

«Genau das mag sie. Kommst du bald wieder, Annemarie? Bellefleur und ich, wir würden uns freuen.»

«Leider nein.» Die junge Frau war schon behende in ihren Wagen gestiegen. Und durchs Fenster: «Weißt du, ich reise ab.»

«Oh, weit weg?»

«Ja. Und für lange.»

Bei den Familientees der Schwarzenbachs wurde in der folgenden Zeit oft von der abwesenden Annemarie gesprochen. Die in der Ferne Weilende wurde mit üppigem Lob überhäuft, auch James, der nur selten zu Hause erschien, bekam es mit. «James, vom Fleiß deiner Cousine kannst du dir eine Scheibe abschneiden! Erst Matura in Ftan, dann Studium in Zürich. Und jetzt, fast in Rekordzeit, mit dreiundzwanzig Jahren das Doktorexamen!»

Dass ihr literarischer Erstling *Freunde um Bernhard* im selben Jahr erschien, erwähnte man nur am Rand, ihre Familie hielt diese Arbeit eher für unnötig.

«Wo steckt sie denn, die Cousine? … Aha, in Berlin.»

Eine frisch Promovierte zieht es halt zur Kunstszene und ins pulsierende Leben der Großstadt! Sehr verständlich. Mutter Renée schickte eifrig Adressen von Bekannten, die für standesgemäße Beziehungen sorgen könnten. Schließlich war Annemarie jetzt eine junge Dame, die Männer wie Frauen mit ihrer Schönheit und ihrem Wissen entzückte. Zeit für eine Heirat, dachte man auf Bocken, zumal viele gute Familien sich einen Anschluss an die Schwarzenbach-Willes erhofften.

Doch Annemarie schwieg. Nur selten kam auf Mutters Briefe eine Notiz zurück, die ebenso kurz wie beunruhigend war: Es gehe schlecht.

Was war denn los?

Die Mutter tippte auf das häufige Zusammensein mit Erika und Klaus Mann. Die Geschwister, die ihr früher willkommen waren, machten Renée ihrer politischen Einstellung wegen Verdruss. Erika schien nur noch den Mund zu öffnen, um antifaschistische Ansichten kundzutun.

Doch Annemarie schien für die schlechten Eigenschaften der Geschwister blind zu sein. Diese Freundschaft, so schrieb sie nach Hause, vermittle ihr neue Einsichten und lasse ihr das bisherige Leben wertlos erscheinen.

Die enttäuschte Mutter, von Wutanfällen heimgesucht, ahnte mehr.

Als Annemarie, aus Deutschland kommend, sich für einen kurzen Besuch auf Bocken zeigte, bestätigten sich die Befürchtungen. Auf die Fragen der Mutter gab sie ohne Umschweife zu: «Die Freundschaft mit Erika? Sie hat sich in Liebe verwandelt. Ich habe festgestellt, dass nur eine Frau in mir Leidenschaft entfachen kann.»

Die Tochter verschwieg, wie schmerzhaft die unerwiderte Liebe war. Zu Beginn der Beziehung hatte sie an Erika geschrieben: *Ich glaube überhaupt nicht, dass es so etwas wie eine glückliche Liebe gibt, es ist immer scheußlich, ernüchternd und grenzenlos vereinsamend.*

Die Mutter las auf dem Gesicht der Tochter Trauer, auch waren die schlaffen, wie mondsüchtigen Bewegungen der einst so Sportlichen verdächtig. Die zwei Tage auf Bocken lag Annemarie im Halbschatten im Liegestuhl, in tiefe Melancholie versunken. Doch dann, wie aus heiterem Himmel, schoss sie auf, holte die Reisetasche. «Ich muss gehen. Nein, halte mich nicht zurück.»

«Großstadtluft ist ungesund», sagte die Mutter beim Abschied. «Komm zurück zu uns aufs Land.»

«Ich reise aber nach Persien.»

«Wohin? Muss das sein? Fährt Klaus mit?»

«Andere sind auch dabei», murmelte die Tochter, schon zum Gehen gewandt.

«Erika?»

Keine Antwort mehr.

Renée blieb wie erstarrt stehen. Da ging die Tochter, ging wie in Trance, wie von einem fremden Willen gelenkt. Aus der Entfernung sah die Mutter zu, wie sie sich hinter das Steuer ihres von Papa geschenkten Automobils drückte. Als das Fahrzeug sich entfernte, stand die Mutter noch immer da, ein schrecklicher Verdacht schien sie festzunageln.

Während der letzten gemeinsamen Stunden hatte Annemarie vergeblich die mütterliche Frage erwartet: «Nimmst du Drogen?» Und mit ihrer von klein auf verblüffenden Ehrlichkeit hätte sie die Antwort bereit gehabt: «Weißt du, Mama, in München und Berlin sind Drogen in diesen Krisenzeiten allgegenwärtig, abends in den Gassen werden sie in aller Öffentlichkeit zum Kauf angeboten. Klaus und Erika? Machen davon nur selten, bei besonderen Gelegenheiten Gebrauch, so wie man zur Feier eine gute Flasche Wein öffnet. Dann können meine Freunde es für lange Zeit auch wieder lassen. Und ich? Ja, da liegt der Fall anders … Es ist mir unmöglich, Widerstand zu leisten, das Pulver hat mich sofort im Griff gehabt.»

Klaus, bekennender Homosexueller, spürte Annemaries Enttäuschung und ihre gefährliche Verunsicherung. Wenn «das verliebte Kind», wie Erika sie manchmal im Familienkreis zu nennen pflegte, mit ihren Sehnsuchtsattacken nahte, schürzte sie Arbeit vor. Dann nahm sich Klaus der

Unglücklichen an. Er war von Annemaries Intelligenz und ihrem Liebreiz angetan, auf freundschaftliche, ja fast geschwisterliche Art fanden sie sich bald auch auf Reisen zusammen. Der Belesene vertiefte sich in ihre frühen literarischen Texte und versuchte ihr Mut zu machen, sprach von Veröffentlichung in seiner Zeitschrift *Die Sammlung*, die im Emigrantenverlag Querido in Amsterdam erschien. Im Gegenzug finanzierte Annemarie mit dem Geld der konservativen Schwarzenbachs großzügig diese immer darbende antifaschistische Zeitung. Eine gemeinsam geplante Reise nach Persien musste kurzfristig abgesagt werden. Ricki Hallgarten, Jugendfreund der Mann-Geschwister, hatte sich am Vortag der Abreise das Leben genommen.

Annemarie, vertraut mit Todessehnsucht und Einsamkeit, reiste zu einem späteren Datum allein.

James und Annemarie trafen sich erst Jahre später, 1934, nochmals auf Bocken.

Zur Überraschung der Eltern war die Tochter früher als vorgesehen, schon Mitte November, in die Schweiz zurückgekehrt. Sie war in diesem Jahr nicht nur in Persien gewesen, im August hatte sie mit Klaus Mann in Moskau den Allunionskongress der Sowjetschriftsteller besucht, ein Ausflug, der bei Vater Schwarzenbach auf Unverständnis stieß.

Nun kam die junge Frau gerade von einem Ausritt zurück und stieg vom Pferd.

James gab ihr die Hand. Mit Genugtuung stellte der Jüngere fest, dass er in der Zwischenzeit dem eher langen Mädchen entgegengewachsen war, auch der Altersunterschied war kaum noch zu bemerken: mit sechsundzwanzig und dreiundzwanzig Jahren waren beide flügge.

Annemarie schien ihm in ihrer Art verändert, sie wirkte

weicher, doch diese Weichheit konnte auch ein Ausdruck von Traurigkeit sein.

Als sie ihm bei der Begrüßung erstmals ein Lächeln schenkte, fühlte er von neuem ihre Magie. «Erinnerst du dich an jenen Sommer mit dem Stück vom verlorenen Sohn? Ich muss noch oft daran denken», begann er das Gespräch.

Sie nickte. «Und im Anschluss daran deine Frage: ‹Gibt es auch verlorene Töchter?›»

«Ja, du Schlimme, du hast mich damals ohne Antwort gelassen.»

«Nun, in der Zwischenzeit habe ich meine Antworten gelebt», sie sagte es mit einem kleinen Seufzer. Und fuhr schnell fort, als verlasse sie, wenn sie zu zögern beginne, der Mut: «Ich liebe. Tönt für dich wohl banal? Doch meine Liebe gilt einer Frau.»

Er stand stumm da, wie vom Blitz getroffen: eine Lesbe also.

Ein Reitknecht kam und führte das Pferd weg. Doch sie stand immer noch da, und James erinnerte sich, dass man in der Familie etwas von ihrer Drogenerfahrung wusste.

«In Berlin machen junge Leute wohl auch Bekanntschaft mit Drogen?», fragte er etwas verlegen.

«So ist es. Und du? Hast du schon Erfahrungen?»

«Aus Furcht, nicht mehr davon loszukommen, hüte ich mich davor …»

«Du hast nicht unrecht. Liebst du eine Freundin, so liebt sie dich nicht unbedingt zurück. Doch das weiße Pulver ist treu und mag dich nicht mehr loslassen.»

Ihre Offenheit war neu und machte ihn verlegen.

Es ging schon gegen Abend, vom See herauf wehte ein kühler Wind. Bräunliche Kastanienblätter wirbelten über den Kiesplatz. Sie zog fröstelnd die Schultern hoch, murmelte etwas von Kälte, die im Hochland von Persien allgegenwärtig gewesen sei, einmal habe das Zelt im Schnee gesteckt.

James schlug vor, sich ins Wohnzimmer der Villa zu setzen.

Wie immer war der von Renée gemiedene Salon leer, das Fenster hinter der Sitzgruppe stand eine Handbreit offen, vom Reitplatz her Hufschläge. James schob das Fenster zu, dann setzten sie sich um den gläsernen Clubtisch.

Noch immer stand James unter dem Eindruck ihres Berichts, und es schien ihm fair, ebenfalls über seine Lebensumstände Auskunft zu geben. Diese Cousine und er – sie waren schließlich unter ähnlichen Bedingungen aufgewachsen, trotz aller Verschiedenheit ergab sich daraus so etwas wie eine Schicksalsgemeinschaft. Doch er war es nicht gewohnt, über Persönliches zu sprechen, er rang um die rechten Worte, und seine Augen, die jetzt leicht hervorquollen, verrieten die Anspannung. «Annemarie, unsere Väter kümmern sich von früh bis spät um die Erträge ihrer zahlreichen Fabriken in aller Welt. Sie fürchten sich vor schlechten Bilanzen. Ich kann mir kein Leben in Abhängigkeit dieser Dinge vorstellen.»

Sie unterbrach ihn. «Ich höre aber, du studierst wie ich Geschichte? Gegen den Willen des Vaters?»

Er nickte. «Und mein Vater, das sage ich ihm zu Ehren, bezahlt mein Studium.»

«Und trotzdem?»

«Trotzdem. Ich bin ein ‹verlorener Sohn›.»

Unverkennbar, in seiner Aussage lag Stolz. Sein feierlicher Ernst, mit dem er diese Worte aussprach, reizte Annemarie zum Lächeln. «Ach was, James? Liebst du Männer?»

«Nein.»

«Oder sind es doch Drogen?»

«Nein, schlimmer noch.»

«Was gibt es für die Bürger noch Schlimmeres?»

«Ich habe mich im Frühjahr vergangenen Jahres katholisch taufen lassen.»

Das schlug ein, sie schwieg überrascht. In den Kreisen ihrer Familie war niemand Katholik, und niemand dachte daran, es je zu werden. Die zürcherischen Industriellen waren Zwinglianer, selten einmal bezeichnete sich einer als Atheist. Doch katholisch, was für ein Rückschritt in eine altväterliche, vorindustrielle, emotionale Konfession! Man dachte an Weihwassergefäße, an die schwarze Madonna von Einsiedeln! In ihren Kreisen konnte man eher Buddhist werden als Katholik.

James genoss ihre Verwirrung. «Ich habe in Zürich Konvertitenunterricht genommen. Bei Doktor Gutzwiller, er ist Jesuit. Für meinen Vater ein weiterer Greuel.»

«Kann ich mir denken», sagte sie. «Und wie hat er reagiert?»

«Auf seine Art: ‹James, du schadest unserem Geschäft! Dieser Schritt muss rückgängig gemacht werden! Ein Schwarzenbach zu sein ist eine Verpflichtung!›»

«Mir scheint, ich höre ihn», sagte Annemarie lächelnd. «Mein Vater hätte wohl etwas Ähnliches gesagt. Und, was hast du entgegnet?»

«Vater, die Verpflichtung, ein Schwarzenbach zu sein, nehme ich ernst! Ich will nur ein anderer Schwarzenbach sein, für ein neues Weltbild aktiv werden. Warte ab, ich werde unseren Namen noch berühmt machen, man wird noch von mir hören!»

Sie stutzte. Das brachte sie jetzt auf einen ganz anderen Zusammenhang.

Da saß er vor ihr, seit neuestem Pfeifenraucher. Die Pfeife klebte, wenn er sprach, im rechten Mundwinkel, wippte wie höhnisch, zu allem nickend, mit den Bewegungen seiner

Lippen. Sie erkannte plötzlich in seinem Gesicht einen fanatischen Zug, ein schäbiges, zynisches Lächeln.

«James», rief sie mit unerwarteter Heftigkeit, «man hört bereits von dir! Dinge, die mich und andere entsetzen!»

Er blickte sie fragend an, seine Augenlider zuckten.

«Fanatiker! Du willst klug sein und hängst doch an den unmenschlichen Strategien dieses Hitler, sabotierst die Vorstellungen der *Pfeffermühle* ...»

Er hatte die Pfeife aus dem Mund genommen, zwei seiner Finger drehten den Kopf aus Wurzelholz. «Stimmt, ich nehme für die Nationalsozialisten Partei. Und was deine *Pfeffermühle* betrifft: Das Emigrantenkabarett, diese Unterhaltung für Juden und Bolschewiken, muss fort aus unserem guten Zürich!» Er machte eine Pause, holte zu einem weiteren Schlag aus: «Übrigens, Annemarie, deine Mutter Renée denkt wie ich.»

Das fuhr ihr durch Mark und Bein. Hellwach sprang sie von ihrem Platz auf. «James, heraus mit der Wahrheit! Stimmt es, dass einige unserer Familie euren faschistischen Einsatz mit Geld unterstützen?»

Nochmals erschien auf seinem Gesicht dieses, wie sie fand, schäbige Lächeln. Wie widerlich und zynisch sieht er jetzt aus, durchfuhr es sie. Wo er doch gerühmt wird als smarter, hübscher Kerl! Mit diesem Intelligenz verratenden Schwarzenbachschen Eierkopf!

Und sie hörte ihn jetzt sagen: «Frontisten, viele aus einfachen Verhältnissen, müssen finanziell gestützt werden. Wer genau unterstützt – darüber herrscht Stillschweigen. Du kannst dir nur denken, dass es gutsituierte und rechtdenkende Bürger sind.»

«Also auch gewisse Schwarzenbachs? James, ich bin erschüttert.»

Sie hatte sich wieder in ihren Sessel gedrückt, saß da wie

zerknautscht, in sich versunken. War das alles zu viel für sie? Er versuchte auf der Tischplatte nach ihrer Hand zu greifen, doch sie entzog sich. Mit einem Schulterzucken nahm er es hin. «Annemarie», sagte er gedehnt, «lass dir sagen, du gehst gefährliche Wege.»

«Und du, Cousin James, blähst dich auf wie ein Frosch!» Sie war nochmals aufgestanden und wandte sich zum Gehen. «Kopfschmerzen. Ich ziehe mich zurück. Gute Nacht!»

«Sehen wir uns noch?»

«Kaum.»

13

IM NOVEMBER 1934, als die junge Weltreisende Annemarie Schwarzenbach auf Bocken zurückkehrte, kam sie rechtzeitig, um Zeugin eines Familienskandals zu werden, der die Schwarzenbach-Sippe schwer erschütterte.

In der Schweizer Bundesversammlung hatte der Sozialdemokrat Friedrich Schneider den Antrag gestellt, Oberstkorpskommandant Ulrich Wille sei zur Verantwortung zu ziehen und seines Amtes zu entheben. Die Neutralität des Landes missachtend, habe er sich ohne Wissen der Regierung im März in München mit Adolf Hitler getroffen. Damit nicht genug: Es sei auch in der Deutschen Botschaft in Rom zu einem Treffen mit Goebbels und in Kiel zu einer Kontaktnahme mit dem deutschen Reichswehrminister Blomberg gekommen.

Renée Schwarzenbach sah durch diese Motion die militärische Karriere ihres Bruders Ulrich bedroht. Wie schon ihr Vater, General Ulrich Wille, war sie maßlos im Zorn, der sich bald auch gegen die *Pfeffermühle* der Erika Mann wenden sollte.

Durch Zufall, nicht mit Absicht, war die *Pfeffermühle* mit diesem Skandal in Berührung gekommen. Erika hatte auf einer Gasttournee in Holland ein neues Chanson gedichtet mit dem Titel «Weil ich will». Es griff die Willensmacht des deutschen Führers an und die Folgsamkeit der Schafe. Die Wille-Schwarzenbach-Familie jedoch bezog die fünfte Strophe des Liedes auf den durch die Schneider-Motion geschmähten Ulrich: *Was so ein Wille will, / Ist wirklich einerlei, / Wenn er das Schlechte will, ist's auch egal. / Es kommt nur darauf an, / dass einer wollen kann, / denn dann gehorchen wir / Ihm allemal.*

Annemarie, die an ihrer Freundschaft mit Erika und Klaus Mann festhielt, bekam den Unwillen der Mutter zu spüren.

«Deine Freunde, dieses Flüchtlingsgesindel! Sie sollen sich hier nicht mehr blicken lassen, Hausverbot auf Bocken!»

«Die kommen ja schon seit einer Weile von selbst nicht mehr», gab Annemarie zurück.

Auch Thomas Mann, der Renée vielleicht noch willkommen gewesen wäre, ließ sich nie mehr blicken.

Mehr denn je fühlte sich Annemarie zerrissen zwischen ihren dem Faschismus zugeneigten Eltern und der tiefen Verbindung mit den Mann-Kindern, deren Ansichten auch die ihren geworden waren. Doch der finanziellen Unterstützung wegen konnte sie die Familienbande nicht durchschneiden, zudem war da noch eine tiefe emotionale Nähe zu ihrer Mutter.

Thomas Mann, der dies durchschaute, war um Erika und ihre geliebte *Pfeffermühle* besorgt. Er warnte die Tochter, zugunsten ihres politischen Kabaretts möge sie sich vor einer zu engen Verbindung mit Annemarie Schwarzenbach hüten.

Doch Annemarie, zurück in Zürich, zog es zu ihrer Freundin.

Sie stattete der *Pfeffermühle*, die ausnahmsweise noch im Hotel Hirschen proben durfte, einen Besuch ab. Erika war in Aufruhr. Sie zeigte Annemarie einen dieser Zettel, die jetzt in der Innenstadt herumflogen, um Stimmung gegen das «Emigrantenkabarett» zu machen: «Nationalrat Schneider und die ‹Pfeffermühle›! Erika Mann hat ein Verhältnis mit dem Basler Politiker Schneider! Zudem ist sie Mitglied der Kommunistischen Partei Deutschlands.»

Erika zerknüllte wütend den Zettel. «Ein perfider Witz! Ich habe diesen Politiker noch nie gesehen, und außerdem bin ich kein Parteimitglied!»

Auf einem anderen Flugblatt wurde Erika Mann sogar als «Kinderschänderin» bezeichnet. War das ein Hinweis auf ihre Freundschaft mit der jungen Schwarzenbach? Wer konnte das ersonnen haben? Die schreckliche Vermutung, die «alte Schwarzenbach» stecke dahinter, hing nun im Raum. Annemarie, schon wund von den stetigen Vorwürfen der Mutter, war bleich geworden. In ihrer wie immer verhaltenen Art, darum bemüht, den Schmerz zu überspielen, äußerte sie gewisse Vermutungen. Erwähnte Mitglieder der Schwarzenbach-Familie, deren Rachelust sie kenne.

«Ist genau auch mein Verdacht», gab Erika zu. «Gestern in der Vorstellung, als die Giehse ‹Weil ich will› sang, ging es los. James hat mit seiner Ordonnanzpfeife das Signal zum Krawall gegeben.»

«James also! Meine Mutter Renée kann ihn nicht ausstehen. Doch politisch stecken sie unter einer Decke.»

Im Verhör mit der Zürcher Stadtpolizei am 20. November 1934 sprach Erika Mann offen: *Allmählich fasste Frau Renée Schwarzenbach einen leidenschaftlichen Hass gegen mich. Sie war der Ansicht, dass ich an dem ganzen Leben von Anne-*

marie schuld sei und sogar erotische Bindungen zwischen Annemarie und mir bestünden, eine Behauptung, die ich zurückweisen muss.

Zum Glück hielt der Stadtrat zur *Pfeffermühle* und setzte sich für einen neuen Spielort ein. Während die *Pfeffermühle*-Freunde in Holland auf Tournee war, hatte sich im *Hirschen* ein neues Kabarett in das leere Nest gesetzt, das von Walter Lesch gegründete *Cornichon*.

Für die Mann bedeutete das *Cornichon* höchstens Konkurrenz, aber keine Gegnerschaft, kämpfte doch die kleine Essiggurke wie die *Pfeffermühle* gegen Hitler.

Zwar fehlte dem *Cornichon* eine charismatische Giehse, doch mehr und mehr füllte die Österreicherin Mathilde Danegger die Lücke. Unvergessen ihre Persiflage der Zara Leander, der aufgedonnerten Filmdiva des Dritten Reiches, deren Schicksal es war, die führenden Staatsmänner lieben zu müssen – die Danegger spielte die Rolle mit deftiger Komik, sie gab auch vielen anderen Nummern Profil und Kraft.

Dank seiner schweizerischen Autoren konnte sich das *Cornichon* es leisten, die einheimischen Spießbürger aufs Korn zu nehmen. Auch die unmenschlichen Aspekte der Schweizer Flüchtlingspolitik kamen zur Sprache, berühmt wurde in Zürich das Gedicht «Mensch ohne Pass» von Max Werner Lenz, das mit den Versen beginnt: *Ich bin aus aller Ordnung ausgetrieben / Sie nennen mich ein Emigrantenschwein, / Sie sagen, wärst du doch zu Haus geblieben!* Der Flüchtling verweigert den Hitlergruß, flieht vor der Verfolgung und landet in der nächsten Misere, der Heimatlosigkeit. *Ich habe keinen Pass. / Ich stehe daneben und bleibe daneben – / Den Beamten ein ewiger Hass.*

Trotz dem *Cornichon* blieb der *Pfeffermühle* ihr Stammpublikum erhalten. Der Stadtrat hatte Erika Mann im November die Bewilligung erteilt, an prominenter Stelle im Kursaal aufzutreten.

Hier am Alpenquai kam es jedoch bald zu peinlichen Vorkommnissen.

14

FÜR THOMAS MANN kam das Jahr trotz der politischen Turbulenzen allmählich wieder in ruhigere Gewässer. Der Schriftsteller setzte sich vormittags mit buchhalterischer Pünktlichkeit an seinen wiedergewonnenen Mahagonischreibtisch. Dann nahm er in standesgemäßer Umgebung sein Mittagsmahl – zu Katjas Überraschung war auch ein Teil des Tafelsilbers zurückgekommen –, dann folgte der Mittagsschlaf unter seiner *geliebten purpurnen Seiden-Steppdecke*. Für den Spaziergang hielt die Natur am Küsnachter Berg erfreuliche Abwechslung bereit. Zur nachmittäglichen Teestunde meldeten sich Besucher an. Zürich erwies sich wie München als ein Knotenpunkt für Freunde auf der Durchreise, so mangelte es nie an anregenden Begegnungen, auch brachten deutsche Freunde die neuesten, meist aufwühlenden Nachrichten über die Zustände im Reich.

Seltener ging man selbst auf Einladungen außer Haus. So berichtet das Tagebuch von einem *üppigen Frühstück* in *üppigem Hause* bei Marianne und Ferdinand Rieser in Rüschlikon. Bei Raschers am Limmatquai hielt man auf dem Balkon Ausschau nach dem historischen Festzug des *Sechs Uhr Läutens* zur Austreibung des Winters. Bruno Walter lud nach dem Konzert ein ins *Baur au lac* zu Lachs und Champagner.

Bewegung durch Ortswechsel gab es genügend. Nach dem üblichen Winteraufenthalt in Arosa folgte Mitte Mai eine Schiffsreise nach New York, die Spesen übernahm der amerikanische Verlag Alfred Knopp, Mann hatte Lesungen an der Yale-Universität zu bestreiten. Zurück in der Schweiz, brachte eine Auswahl kleinerer Reisen Abwechslung: zu Hesse nach Lugano, zu Lesungen aus eigenen Werken und zu den Gastvorstellungen von Erikas *Pfeffermühle*.

Im Oktober notierte Thomas Mann, es sei nun ein Jahr her seit dem Hausbezug an der Schiedhaldenstrasse. Und spricht von einer *Installierung in Küsnacht, wo wir eine Daseinsform gefunden, die der Münchener so verwandt und ihr in vielen Stücken vorzuziehen ist.* Trotzdem stellt er fest: *Meine Nerven sind nicht im besten Zustande. Die Neigung zu Erregungs- und Angstzuständen besteht immerfort.*

Dieses Unbehagen physischer und psychischer Natur sollte sich im November aus Sorge um seine Tochter steigern.

Nach dem Skandal um die Flugblätter und die Verleumdungen von Erika findet sich in Thomas Manns Tagebuch am 12. November 1934 folgendes Notat: *Nach E.s Überzeugung steht im Hintergrund die alte Schwarzenbach, ihre Hysterie und ihr kapitalistischer Angsthass. E. hat Schneider nie gesehen. Der Fall hat schaurigen Zeitstil und kennzeichnet auch die Verhältnisse in der Schweiz.*

Doch das sollte erst der Auftakt sein zu einer Reihe misslicher Vorkommnisse. Zwei Tage später gegen Mitternacht hörte der Vater die heimkehrende Tochter über Störungen in der *Pfeffermühle* klagen, es hätten *von der Schwarzenbach bezahlte Rowdys Skandal gemacht.*

Dem bald sechzigjährigen, dünnhäutigen Schriftsteller bekamen die Aufregungen schlecht. Seine Physis geriet in Aufruhr: Entzündung der Halsdrüsen, nach dem Aufwachen dröhnendes Kopfweh, tagsüber schmerzten Zahnfleisch und Zähne, zahllose Behandlungen wurden nötig.

Mit innerer Spannung nahm er wahr, wie seine Tochter sich auf der Bühne exponierte, stellvertretend für ihn und andere stumm Leidende, wurde sie zur Zielscheibe einer Aggression, die zumindest zum Teil auch ihm galt. Sie, seine weibliche Erstgeborene, *sein herrliches, tapferes Kind* sprach offen aus, was er, der Nobelpreisträger, nicht über die Lippen brachte. Noch immer vermied er die Konfrontation mit dem neuen Deutschland. Noch immer erschienen seine Bücher im Berliner S. Fischer Verlag, von Gottfried Bermann Fischer geführt, noch immer bestand er darauf, dass seine Landsleute weiterhin seine Bücher lesen konnten. Doch Abend für Abend, wenn Erika auch für ihn in Zürich auf der Bühne stand, durchlitt er die Reaktionen mit ihr. Keine andere Person nimmt in seinem Tagebuch, dem Niederschlag seiner Emotionen, solch breiten Raum ein.

Weckte ihr Mut in ihm Ängste, war er doch auch von Stolz erfüllt, davon zeugt eine Bemerkung nach der Novemberpremiere der *Pfeffermühle*: *Fuhren dann zur Premiere der ‹Pfeffermühle› im Kursaal, die großen Erfolg hatte. Liebevoll erschüttert von Erika, besonders von ihrem ‹Lügenprinzen›. Merkwürdig, dies außer einem Wirken eines Kindes, Geist und Fleisch vom eigenen, selbständig geworden.*

15

DIE GÄSTE IN RÜSCHLIKON warteten immer noch auf die Volksvorstellung von *Professor Mannheim*, für die man sich aus Prag und Wien am Zürichsee eingefunden hatte. Ferdinand und Marianne Rieser ertrugen die verschiedenen Ansprüche und die ständige Anwesenheit der Verwandten schlecht. Die Novembertage waren kühl und stürmisch, für Spaziergänge wenig geeignet, so entluden sich in der Villa längst aufgestaute familiäre Konflikte.

Die alten Eltern Werfel, gesundheitlich angeschlagen, waren zum Glück frühzeitig nach Prag abgereist. Noch blieb die Unrast der Alma Mahler zu ertragen. Gegen Abend, wenn ihr Alkoholkonsum stieg, wurde sie ausfällig mit ihren zur Gewohnheit gewordenen antisemitischen Bemerkungen: Den Juden mit ihrer Arroganz geschehe recht, dass man sie aus ihren hohen Stellungen vertreibe. Der jüdische Charakter gehe ihr auf die Nerven.

Marianne fand diese Äußerungen im Haus der jüdischen Gastgeber geschmacklos. «Alma, findest du deine Bemerkungen witzig? Mit Ausnahme von Gropius hast du immerzu Juden geheiratet.»

Franz Werfel floh an diesen Abenden nach Zürich in kleine literarische Zirkel, Zusammenkünfte, die Marianne für ihn arrangiert hatte. Er kannte die Hirngespinste seiner Frau, monatelang hatte er ganze Nächte mit Alma debattiert. *Wir zerfetzen uns, wir tun einander weh, wir vergessen,* hatte er sie in einem Brief gemahnt. Doch sie war nicht zu belehren. Einmal verbrachte Franz die Abendstunden in Rüschlikon, und Alma, die Flasche Bénédictine neben sich, bekam wieder den Rappel. Die Frau berühmter Männer, einst begehrt als schönstes Mädchen von Wien, saß vom Alkohol aufgedunsen am Tisch und schimpfte mit glasig blauen Augen über den Ehemann Nummer eins, den «kleinen Juden Mahler». Ihr Zusammenleben mit Juden habe sie von sich selbst entfernt ... Hitler tue gut daran, die arroganten Juden zu maßregeln.

Das waren keine Selbstgespräche, Ehemann Nummer drei, der Jude Franz Werfel, saß ihr ja gegenüber. Marianne ertrug dieses Geschwätz nicht mehr, sie ging hinüber zu

Ferdinand, der sich wohlweislich schon in sein Büro zurückgezogen hatte: «Ferdi, du glaubst es nicht! Franz sitzt bei Alma und lässt alle diese Anwürfe an sich abgleiten. Seine Unterwürfigkeit dieser Frau gegenüber empört mich.»

Rieser, in familiären Belangen immer souverän, lächelte nur. «Es muss andere Seiten in dieser Beziehung geben, die ihn an Alma binden.»

«Ach, welche denn?»

«Nun, das Bett wird nach zehn Jahren Zusammenleben wohl nicht mehr so wichtig sein, obwohl sich die Alma mit fünfzig nach wie vor für unwiderstehlich hält. Ich höre, sie hat nun einen katholischen Geistlichen im Schlepptau, den in Österreich berühmt gewordenen Theologen Hollnsteiner.»

«Der neulich im Schauspielhaus diesen Vortrag gehalten hat, bei dem auch Thomas Mann dabei war?»

Rieser nickte. «Doch was Franz betrifft – sie treibt ihn eisern zu schöpferischen Höchstleistungen an. Hat er nicht erzählt, dass er täglich fünfzehn Stunden an der Endfassung des *Musa Dagh* gearbeitet hat, nur befeuert von einem unmäßigen Zigarettenverbrauch? Almas Ehemänner und Liebhaber sind alle Künstler gewesen. Und sie, intelligent und empathisch, hat es verstanden, sie zu fördern.»

Doch nicht Alma, sondern Franz fühlte sich bemüßigt, bei den Gastgebern für diese allabendlichen verbalen Attacken um Verzeihung zu bitten.

«Nimm es ihr nicht übel», sagte er, als Marianne einen Moment mit ihm allein war. «Alma leidet wegen Manon. Den Sommer über hat sie in Wien ihre achtzehnjährige Tochter, die nun den ganzen Tag im Rollstuhl sitzt, nicht aus den Augen gelassen. Auf meinen Wunsch hin hat Alma mich nach Zürich begleitet, doch ihre Gedanken kreisen um Manon.»

Die Geschichte von Almas behinderter Tochter aus der Ehe mit dem Bauhaus-Architekten Walter Gropius hatte Marianne mit Betroffenheit verfolgt. War sie doch zur selben Zeit, als in Venedig die grässliche Krankheit ausbrach, mit Mucki für ein paar Tage in der Lagunenstadt gewesen. Das war im vergangenen April, und damals hatte sich Manon plötzlich unwohl gefühlt, der beigezogene Arzt beruhigte, hielt Kopfschmerzen und leichte Übelkeit für eine harmlose Erkältung. So fuhren die Eltern zu einem Mahler-Konzert nach Wien, während Manon darauf bestand, mit der Gouvernante in Venedig, in Almas Casa Mahler, zu bleiben. Kaum zurück in Wien, erreichte die Werfels der alarmierende Bericht: Es gehe Manon schlecht, die Ärzte befänden auf Kinderlähmung. Es war in der Presse verschwiegen worden, dass in Venedig eine Polioepidemie ausgebrochen war.

Sofort flogen die Werfels wieder nach Venedig, trafen das Mädchen schon teilweise gelähmt, ein Transport nach Wien wurde erst nach Wochen möglich. In Österreich hofften die Ärzte, die junge Frau erhole sich von den Lähmungen, zumal gegen den Sommer hin eine leichte Besserung zu Optimismus Anlass gab. Manon konnte wieder stehen, den Oberkörper bewegen, sie begann erneut zu lesen, Briefe zu schreiben. Doch im Herbst stagnierte der Heilungsprozess. Dann und wann kamen Erstickungsanfälle hinzu, die Ärzte waren ratlos. Nun begann Alma das Schicksal der todgeweihten Tochter zu verklären: «Das Kind von Gropius, mein einziges arisches Kind! Auserkoren zu früher Vollendung!»

Einer der jungen Besucher, der mit der älteren Tochter Anna befreundete Schriftsteller Elias Canetti, berichtet später in seinem Buch *Das Augenspiel*, die Mutter habe das kranke schöne Mädchen wie eine Heilige vorgeführt.

Die Riesers hatten damals mit Mitgefühl und der Angst, auch Mucki könnte die Lähmung bekommen, das Leiden der jungen Manon verfolgt. Kaum zurück in Rüschlikon, erkrankte Mucki. Sie hatte hohes Fieber und phantasierte, Atemnot stellte sich ein.

Der Arzt diagnostizierte eine Lungenentzündung. Marianne saß Tag und Nacht am Bett der Kleinen, zwei Wochen lang kam sie nicht mehr aus ihren Kleidern, man erwartete ebenfalls die Poliolähmung. Doch das Fieber sank, der Arzt, der die Beweglichkeit des Kindes prüfte, konnte Entwarnung geben. Nur die Atemlosigkeit blieb. Seit der Krankheit hatte sich das Kind verändert, leicht bekam es Fieber, die Lunge blieb geschwächt. In diesem Zustand sah es manchmal Dinge, die andere nicht sehen konnten, ein frühreifes Kind.

16

DER GROSSE ERFOLG von Bruckners *Die Rassen* und Wolfs *Professor Mannheim* hatte bei der Gesellschaft für Schweizerische Dramatiker und im Schweizerischen Schriftstellerverband Begehrlichkeiten geweckt.

Warum wurden so wenige Stücke von Schweizer Autoren gespielt? Warum kamen auf der Bühne keine schweizerischen Themen zur Sprache?

Felix Moeschlin, Autor und Präsident des Schweizerischen Schriftstellerverbands, sympathisierte mit den faschistischen Bewegungen in Italien und Deutschland. In seinem Roman *Barbar und Römer* bearbeitete er literarisch seinen Besuch bei Mussolini in Rom und ließ seinen Protagonisten sagen: «Ich ahne eine Gerechtigkeit, die über jener Gerechtigkeit ist, die Blut und Tränen zählt, und ich beuge mich befreit.»

Ende September 1933 versammelte er seine Schriftsteller im Zunfthaus zur Waag, einziges Traktandum war eine Diskussion über das Schauspielhaus Zürich. Die Eröffnungsrede des Präsidenten Moeschlin wollte kein Ende nehmen, mit Ungeduld sahen einige der Hörer sein farbloses, dreieckiges Gesicht wie ein Wimpel über dem Rednerpult schweben. Cäsar von Arx, begabter Dramatiker, vertiefte sich von Berufs wegen gern in Physiognomien und die Mimik beim Sprechen: Moeschlins breite, fliehende Stirn, umkränzt von schlohweißem Haar, räumt der unteren Gesichtspartie lächerlich wenig Platz ein. Der Mund, schmal und fast lippenlos, an eine Zange erinnernd, verkündet mit missionarischem Eifer die Botschaft: Man müsse sich wehren gegen die internationale Gesinnung des Schauspielhauses und gegen die Stückewahl des Jud Rieser, der, wie bei seinesgleichen üblich, nur auf die Kasse schaue!

Kaum war die Rede zu Ende, schnellten auch schon Finger in die Höhe, Moeschlin, der seine Pappenheimer kannte, sah, dass es Zahn, Autor und früherer Präsident des Theatervereins, und von Arx waren, die Widerspruch anmelden wollten. Der Präsident erinnerte an die Möglichkeit zur freien Aussprache nach dem Mittagessen – wohl in der Hoffnung, die einsetzende Verdauung mache seine Rebellen träge. Jetzt am Vormittag sei Arbeit angesagt, es gelte, Forderungen an das Schauspielhaus Zürich zu stellen. An drei langen Tischen äußerten die Mitglieder Vorschläge, Moeschlin ging von einer Gruppe zur andern und munterte zur Kritik an den Zuständen auf. Gegen Mittag hatte man sich im Plenum zu einer Forderung an die Leitung des Schauspielhauses entschlossen, es seien pro Saison mindestens acht Werke von Schweizer Autoren zu spielen, auch begehre man die Anstellung eines schweizerischen Dramaturgen! Um diesen Forderungen Nachdruck zu verleihen, schlug Moeschlin ein Ultimatum vor, das den Mitgliedern des Verbands verbot, vor Ablauf einer Frist mit Rieser zu verhandeln oder ihm Stücke anzubieten.

Ferdinand Rieser, der einzige Theaterdirektor der Schweiz mit einem Schweizer Pass, verweigerte die von ihm geforderte Kooperation.

Die *Neue Zürcher Zeitung*, sonst eher zur Konfrontation mit Rieser geneigt, nahm den Theaterdirektor in der Ausgabe vom 5. Oktober 1933 in Schutz: Ein Privatunternehmen in einem Rechtsstaat müsse sich eine solche Einmischung nicht bieten lassen!

Doch Moeschlin, noch entschiedener geworden, berief erneut eine Versammlung ein. Als der Jurist Siegfried Rieser, der Bruder des Theaterdirektors und Mitglied des Bühnenverbands, ans Rednerpult trat, wollten einige Schriftsteller aus Protest den Raum verlassen, der Exodus konnte gerade noch verhindert werden. Während Riesers Rede erlaubte sich jedoch Moeschlin Zwischenrufe: «Seit dem Fackelzug Hindenburgs ist auch in der Schweiz eine neue Zeit angebrochen! Wir wollen auf der Bühne die Anliegen dieser neuen Schweiz dargestellt sehen!»

Dem hielt der gemäßigte Ernst Zahn entgegen, der Dichter solle in einem Land, das auf alle Nachbarn angewiesen sei, nicht die Absonderung, sondern das Gemeinsame zeigen.

Und Caesar von Arx lobte das Schauspielhaus, die Aufführungen der Schweizer Stücke seien von hoher Qualität.

Hatte Moeschlin überhaupt zugehört? Da stand er für die Abschlussrede verkrampft am Pult, weißgesichtig, verbissen in seine eigenen Ideen. Trotz der vorausgegangenen positiven Voten schloss er die Versammlung mit der Behauptung, das Schauspielhaus unter Rieser werde nicht vom Geist, sondern vom Geld regiert.

Ein weiteres Mal trieb er seine Schriftsteller zusammen. Diesmal tagte man im Schwurgerichtssaal Zürich. Vor öffentlicher Versammlung ließ Moeschlin seine Lieblingsidee aus dem Sack: Er verlange ein Schweizertheater, unterstützt von der Stadt Zürich! Ein Instrument der neuen Schweizer Gesinnung!

Doch der Stadtrat setzte sich zur Wehr: Ein solches Unternehmen übersteige seine Kompetenzen, der finanzielle Aufwand wäre höchstens auf nationaler Ebene tragbar. Weshalb aber brauche es ein Schweizertheater, solange das Schauspielhaus regelmäßig, und das sehr gut, Schweizer Stücke spiele? Die Unabhängigkeit des Rieserschen Privattheaters komme allen zugute. Gerade die internationalen Uraufführungen hätten zur schweizerischen Landesverteidigung beigetragen und zur Stärkung der Identität. Auch die *Pfeffermühle* übernehme hervorragend diese Aufgabe.

Inzwischen hatte die Polemik um das Schauspielhaus weite Kreise gezogen.

Der Architekturstudent Max Frisch setzte sich im Brief an seine jüdische Freundin Käte Rubensohn vom 26. August 1934 auf eine heute überraschende Weise mit dem Problem auseinander: Er lobt das Schauspielhaus selbst, bemäkelt aber den Spielplan, insbesondere die Uraufführungen. Frisch befürchtet, das Theater könne es mit seiner Toleranz übertreiben und zum Sammelbecken verbotener Autoren werden, zum *Emigrantentheater. Diese Geschäftsmanöver sind so ohne alle Gesinnung und das Unglückliche daran ist, dass hier in jener leichtfertigen Deutschfeindlichkeit gemacht wird, bloß, weil es rentabel ist. (...) Wir sind Schweizer und müssen es leidenschaftlicher denn je sein (...) Wir haben weder für noch gegen Deutschland zu sein.*

Der dreiundzwanzigjährige Frisch ist noch ohne die Eindrücke seiner Deutschlandreisen und ohne die Erkenntnisse, die ihn später *Andorra* schreiben lassen. Das Stück, das am Beispiel des Antisemitismus die mörderische Wirkung von Vorurteilen zeigt, wird erst am 2. November 1961 zur Uraufführung gelangen – im Schauspielhaus Zürich, unter der Regie von Kurt Hirschfeld! Unterdessen sind sechs Millionen Juden ermordet worden. Und Ferdinand Rieser, der im Schauspielhaus wohl gerne Premiere mit *Andorra,* dem Stück eines begabten Schweizers, gefeiert hätte, liegt aufgerieben von seinen Kämpfen schon seit einer Weile unter der Erde.

17

EINES ABENDS, NACH anstrengenden Proben, unternahmen Marianne und Ferdinand Rieser noch einen Spaziergang, um frische Luft zu schnappen. Wie üblich blieben sie in der Rämistrasse vor dem Schaufenster des Oprecht & Helbling Verlags stehen. Im Mai 1933 hatte Emil Oprecht hier einen kleinen Scheiterhaufen ausgestellt mit Büchern, die eben in Deutschland verbrannt worden waren. Sein Mut hatte Entrüstung und Betroffenheit ausgelöst. Heute sah man in diesem berühmt gewordenen Schaufenster Publikationen des frisch von Oprecht gegründeten Europa Verlags, die sich mit dem Faschismus beschäftigten, etwa Walther Rodes *Deutschland ist Caliban* und Konrad Heidens *Geburt des Dritten Reiches*. Das Fenster, kürzlich von Frontisten eingeworfen, hatte man, neue Attacken erwartend, nur notdürftig mit Klebeband geflickt. Goebbels hatte Heiden zu einem persönlichen Feind erklärt, auch Verleger Oprecht wurde mit dem Tod bedroht. Schien es Oprecht wenig zu kümmern? Im Laden war noch Licht, Rieser sah durch die defekte

Scheibe die Umrisse des massigen Verlegers an seinem Pult. Nach einem Klopfzeichen an die verschlossene Tür kam Emil Oprecht mit seiner Frau Emmie zu einem Schwatz heraus. Es war aber zu kalt, um sich zu unterhalten, und man beschloss, noch hinüber in die Kronenhalle auf ein Bierchen zu gehen.

Hinter den bemalten Scheiben der Gaststätte, im trüben Licht der Leuchter, waren fast keine Gäste mehr zu sehen, sie konnten also reden, ohne Lauscher befürchten zu müssen. Die Riesers sahen in Oprecht einen Mitstreiter, der den mundtot gemachten Schriftstellern eine Stimme verlieh. Zu seinen Autoren gehörte auch Friedrich Wolf.

Emmie Oprecht lobte die Aufführung von *Professor Mannheim* im Schauspielhaus, insbesondere Langhoffs Darstellung habe beeindruckt. Emil, der erst seinen Durst löschen musste, mischte sich nun mit seiner kräftigen Stimme ein. Lobte Langhoffs vielseitige Begabung: «Seine *Moorsoldaten* sind ja leider nicht bei mir erschienen, und jetzt ist es ein Bestseller! Für viele Leser sind die genauen Schilderungen der Haft der erste richtige Einblick in die Wahrheit des Faschismus.»

Marianne antwortete: «Wie man hört, veröffentlicht Ihr Verlag demnächst Langhoffs Erinnerungen an sein Schauspielerleben?»

Der Verleger bestätigte das und griff darauf den Schriftstellerverband an: Moeschlin neide dem Autor wohl seinen Bucherfolg und spreche von Schmutzkonkurrenz! «Langhoff hat, so giftet er, eine Niederlassungsbewilligung als Schauspieler, nicht als Schriftsteller.»

«Moeschlin missbraucht seine Stellung im Schriftstellerverband», warf Rieser ein. «Hat er nicht neulich eine Pilgerreise nach Berlin unternommen, zu Goebbels deutscher Schrifttumskammer?»

«Ja, und was für ein Bittgang!», rief Oprecht erzürnt. «Demütig hat er gebeten, Schweizer Schriftsteller, die in Deutschland publizieren, möge man nicht nötigen, dem deutschen Verband anzugehören. Und für diese achttägige Reise in die Höhle des Löwen verlangt man vom Bund mehr finanzielle Unterstützung. Dafür hätte eine Postkarte genügt!»

Der junge Kellner erschien, um die letzte Bestellung aufzunehmen. Wie Oprecht verlangte Marianne noch einen Schlummerbecher. Warf dann ein: Sie habe von Schriftstellern sagen hören, wenn Mitglieder des Schweizer Schriftstellerverbands begehrten, dem Reichsverband deutscher Schriftsteller beizutreten, dann meine Moeschlin, das sei jedem freigestellt.

Darauf Oprecht: «Und dies im Moment, wo die Elite der deutschen Schriftsteller, um die Freiheit des Geistes zu retten, sich weigert, das schmachvolle Dokument der Schrifttumskammer zu unterzeichnen.»

«Was steht denn in dem Dokument?», fragte Marianne.

Worauf der Verleger auswendig zitierte: *«Ich erkläre mich vorbehaltlos bereit, jederzeit für das deutsche Schrifttum im Sinne der nationalen Regierung einzutreten und den Anordnungen des Reichsführers des RSD Folge zu leisten.»*

Als die vier die Kronenhalle verließen, schlenderte eine Gruppe Polizisten die Rämistrasse herab, offensichtlich war es in der Innenstadt ruhig geblieben.

«Heute wohl nur ein Boulevardstück im Stadttheater», bemerkte Oprecht lächelnd.

«Und was ist mit der *Pfeffermühle*?», wollte Rieser wissen.

«Sorgt wohl am neuen Spielort, dem Kursaal, für Aufruhr», sagte Emmie bekümmert.

18

16. NOVEMBER 1934.

Im dichtbesetzten Kursaal stand Erika Mann als Erste auf der Bühne. Erwartungsvolle Gesichter, die im Kabarett nach Wahrheiten verlangten, die man in bestimmten Kreisen besser nicht mehr aussprach.

Erika liebte ihr Publikum.

Aus der Novemberkälte war es zu ihr gekommen, mit frostig angehauchten Wangen, ein bisschen Rauhreif in den Haaren. Sie wollte diese Menschen erlösen aus ihrem Alltag, nichts war vorauszusetzen an literarischen oder politischen Kenntnissen oder Sympathien. Es galt, das Publikum zu wärmen mit der eigenen Energie aus Grimm und Hoffnung.

Als sie zu sprechen begann, klang ihre sonore Stimme vom vielen Rauchen leicht brüchig. Sie wandte den Kopf mit dem dunklen, kurzgeschnittenen Haar, ihre Augen sandten kleine Blitze aus. In Zürich waren ihre großen, sprechenden Augen ein Thema, sie hätten den Landesführer der Nationalen Front, Dr. Rolf Henne, ein bisschen verhext. Und da die Mann nichts von Henne wissen wolle … habe es ihn aus Frust zu den Frontisten getrieben! Ein Scherz? Der Gedanke ließ Erika, zu Beginn der Vorstellung, ein bisschen lächeln.

Noch ahnte sie nicht, dass der Verhexte mit seinen Kumpanen in der Menge saß. Hatte doch die Kassiererin noch keine Gelegenheit gehabt zu sagen, dass für die Vorstellung auf einen unbekannten Namen dreißig Plätze en bloc verkauft worden waren.

«Kalt? Ist es nicht kalt geworden?», fragte die Mann ihr Publikum, frierend zog sie die schmalen Schultern hoch. Begann dann das Lied von der Kälte:

Kalt ist die Welt – sie macht sich nichts zu wissen,
Von dem und jenem, was es leider gibt.
Gleichgültigkeit, dies kühlste Ruhekissen,
Ist sehr gefragt und allgemein beliebt.

Auf der Leiter erschien die Giehse als Frau Holle. Aufgeblasene Backen, in den Händen ein gutgepolstertes Federbett, aus dem es jetzt zu stöbern begann: Hunderte von Federn und Federchen, die unter ihrer Puste davonschwebten, ein Gruß aus der Kälte.

Nach einer musikalischen Einlage des Pianisten Markus Henning zeigte sich dann eine ganz andere Giehse: diesmal als Dummheit, ganz in Rosa, mit einer widerlichen Engelsperücke:

Der Leute Hirn verklebe ich,
ich nag' an der Substanz …

Die Dummheit, eine übergroße Puppe, schwafelte diesen apokalyptischen Unsinn, den man aus den Lautsprechern kannte, ohne direkte Hinweise wurde sie vom Publikum erkannt und entlarvt.

Andere Nummern folgten. Die Mann bekam viel Beifall für ihren «Lügenprinzen». Gegen Schluss begann die Giehse das Lied vom Willen anzustimmen: «Weil ich will …»

Da ertönte das Signal.

Die durchdringenden Töne aus der Pfeife von James Schwarzenbach ließ das Programm jäh abbrechen. Dreißig junge Männer stürmten auf die Bühne, sprangen mit dem Ruf «Harus!» in den Zuschauerraum, warfen Stühle und Tische um, vertrieben das Publikum. Polizei rückte an, drängte die Randalierer hinaus ins Freie, wo sie sich mit einer größeren Anzahl Demonstranten vereinten. Von allen Seiten hörte man jetzt am Alpenquai Sprechchöre: «Juda, verecke!», «Use mit de Emigrante!», «Die Schweiz den Schweizern!» Auf die Automobile von vermeintlichen Besuchern flatterten Zettel mit Hakenkreuzen und den Worten: «Schweizerland, wach' auf!» Eine Gruppe von Bürgern, von den Hitleranhängern als «Bolschewiken» beschimpft, begannen die «frontistischen Brüllaffen» auseinanderzutreiben.

Laut Polizeibericht wurden in den folgenden Straßenschlachten vierundzwanzig Personen festgenommen.

Thomas Mann erhielt noch am selben Abend vom Impresario Kayser aus der *Pfeffermühle* telefonisch Bericht über die Unruhen. Später kam ein Anruf von Klaus, der aus Davos nach Zürich zurückgekehrt war und Augenzeuge der Krawalle wurde, seine Schwester und er wollten zur Sicherheit die Nacht in einem Hotel verbringen.

Erika kehrte, übernächtigt und immer noch schockiert, erst am hellen Morgen nach Küsnacht zurück. Beim gemeinsamen Frühstück erhielt der Vater Rechenschaft über den genauen Hergang des Geschehens, und er notierte:

Spät auf. Beim Frühstück (…) Erörterungen des Tumults von gestern: Sturm der Frontisten auf das Kurhaus, Schüsse der Polizei, Verhaftungen (darunter der junge Schwarzenbach)… Tatsächlich bildet die alte Schwarzenbach sich ein, dass Erika die Bewegung gegen ihren Bruder Wille inspiriert habe.

Nach den Krawallen erschienen in den Tageszeitungen von Frontisten gesteuerte Leserzuschriften: Die *Pfeffermühle* verletze die schweizerische Neutralität. Sie mische sich in rein schweizerische Belange und belästige die Nation mit ihrem Privatdreck.

Darauf Erika Manns Antwort in der Presse, wie immer souverän: *Welche Ideale werden in den Schmutz gezogen? Sind die Verbrechen, die auf der Welt geschehen, unser Privatdreck? Welches Gastrecht wird missbraucht, wendet sich einer gegen Unterdrückung und Gewalt?*

Mutig stellte sich auch das offizielle Zürich zu der *Pfeffermühle*, es stellte Abend für Abend bis Ende November Polizeischutz zur Verfügung, damit die Aufführungen weitergehen konnten. Manchmal begleitete der Dorfpolizist von Küsnacht die Kabarettistin nachts bis vor die Haustür an der Schiedhaldenstrasse.

Wie sehr Thomas Mann um seine älteste Tochter besorgt war, zeigt der Tagebucheintrag vom 24. November 1934: *Mittags mit Erika über ihre Angelegenheiten. Nachmittags schlief ich ein und träumte, dass ich Erika küsste und zu ihr sagte: ‹Gott segne dich!›*

Am folgenden Tag beobachtete Mann Polizisten, die ihr Haus an der Schiedhaldenstrasse im Auge behielten, auf seine Frage hin hieß es, man erwarte noch Verstärkung aus Zürich, die Lage sei ernst. Das spiegelt sich in seiner Notiz: *Eine Entführung Erikas (nach Deutschland) sei geplant. Schauderhafte Vorstellung. Heute Abend wird E., die im Carlton übernachtete, unter Bedeckung heimkehren.*

Am 27. November dann: *Den ganzen Tag niedergeschlagen und verstimmt über die verdammte Ähnlichkeit, die der Gang der Dinge in der Schweiz mit dem in Deutschland aufweist.*

Die ‹fanatischen› Rüpeleien der Frontisten mit patriotischem Aushängeschild, äußerst gefährlich und verwirrend für das Bürgertum.

Wie tapfer sich Erika auch verhielt, die Frontisten hatten ihren Zweck erreicht: Die *Pfeffermühle* geriet in Misskredit. Für die geplante Dezembertournee durch die Schweiz wurde vor Krawallen gewarnt, einige Kantone zogen darauf die Spielgenehmigung für das Kabarett zurück. Auch Zürich hatte genug. Man beschloss, um aufwendige Polizeiaktionen zu vermeiden, ein Verbot für ausländische Kabaretts mit politischer Tendenz.

19

FÜR DIE VOLKSVORSTELLUNG von *Professor Mannheim* im November war nach den Ereignissen rund um die *Pfeffermühle* Schlimmes zu befürchten.

Die Front, das Organ der Frontisten, rief zum Boykott der Vorstellung auf. *Viele hatten in den letzten Monaten mit verbissener Wut zugesehen, wie sich der Kulturbolschewismus immer frecher hervorwagte. Sie sahen, wie unser Volk langsam verseucht und vergiftet wurde (...) Allen diesen gab das frische Vorgehen der jungen Frontisten neue Hoffnung und Zuversicht, dass noch nicht alles verloren ist.*

Ferdinand Rieser ließ sich von den Drohungen, die teils in derber Form von der Straße, teils etwas diplomatischer von der deutschen Botschaft kamen, nicht einschüchtern. Wie sehr er jedoch im Stillen litt, wusste nur seine Frau. Und wahrscheinlich merkten es die Katzen: Sie erhielten, wenn er in geknickter Stimmung war, mehr Streicheleinheiten, auch hatte er die Gewohnheit, leise, mit einer von Trauer gezeichneten Stimme ihnen zuzureden.

Was die Sicherheit der Schauspieler und des Personals betraf, war Rieser nicht untätig. Er ließ sich von der Polizei beraten und rüstete seine Leute gegen mögliche Angriffe mit Gummiknüppeln aus. Es hieß, auch der Direktor, dem man in anonymen Anrufen den Tod androhe, trage eine Pistole auf sich.

Die Stadtpolizei ihrerseits verstärkte die Abwehrbereitschaft, sie rüstete ihre Männer mit Helmen und Karabinern aus, für die erwarteten Straßenschlachten standen Gefangenenwagen bereit.

Franz Werfel und seine Alma waren mit dem Studebaker des Theaters zu der nachmittäglichen Volksvorstellung gefahren worden.

Mucki ließ man mit der Bonne zu Hause.

Das Hauspersonal – es hatte das Stück bereits gesehen – benutzte die Abwesenheit der Herrschaft und saß bei Kaffee und Kuchen in der Küchenstube.

Mucki fühlte sich ausgestoßen. Ihr schien, sie hätte ein Recht darauf gehabt, ihren Freund Langhoff spielen zu sehen. Schmollend zog sie sich in das im Keller gelegene Spielzimmer zurück.

Da hörte sie ein Auto in den Hof einfahren. Bremsgeräusche, Kies knirschte. Es war die Lipski, die nun die Wagentür zuschlug und, ohne Mucki zu bemerken, in das Spielzimmer stürmte, an ihrer Hüfte rasselte ein großer Schlüsselbund. Sie schloss den Weinkeller auf, bückte sich und verschwand in dem niedrigen Gewölbe, aus dem ein gäriger Geruch wehte. Als sie nach kurzer Zeit wiederauftauchte, trug sie in jedem ihrer stämmigen Arme zwei Weinflaschen. Erst jetzt entdeckte sie Mucki im Spielzimmer und erschrak. «Ach, Mucki, du bist nicht mit euern Gästen im Theater?»

«Im Auto war kein Platz für mich. Die Tante Alma ist dick geworden und trägt so viele Kartoffelsackröcke.» Mucki schnitt eine Grimasse, dann starrte sie auf die Flaschen in Lipskis Armen.

«Nun ja, die Flaschen», sagte die Lipski etwas verlegen. «Mein Freund Elias, der vom Pelzgeschäft, hat Wein so gern, da wollte ich ihm eine Kostprobe aus dem Rüschliker Keller bringen. Er wartet draußen in seinem Firmenauto und bringt mich gleich zum Schauspielhaus. Der Theaterschreiner hat mir auf der Balustrade noch Plätze besorgt, und da die Schwägerin krank ist, wäre noch ein Sitz frei.»

«Das heißt, du könntest mich mitnehmen? Oh, Lipskili!»

Mucki hatte es voll Begeisterung gerufen, durch die ungestüme Bewegung ihres Kopfs hatte sich eine der Zopfspangen gelöst, überall befreiten sich Locken. Und dann, etwas nachdenklicher, weil sie nicht sicher war, was Mama davon hielt: «Die Mama… Sie sitzt mit den Verwandten in der Loge, nicht wahr? Mich kann sie im oberen Rang, unter den vielen Zuschauern, wohl nicht sehen?»

«Nein, wir sitzen mittendrin. Und nach der Aufführung geht's schnell zurück. Bis die andern im *Pfauen* noch etwas getrunken haben, schläfst du wie ein Murmeltier in deinem Bett.»

Der Spätnachmittag ist trüb, vor dem Schauspielhaus streuen die Laternen gelbliches Licht in die Nebelwatte.

Lipskis Elias, auf der Suche nach einem Parkplatz, schimpft auf die omnipräsente Polizei und ihre großen Wagen. Und dort, vor dem Eingang des Theaters, eine Menschenschlange, Wachen kontrollieren die Besucher einzeln, das ist ungewöhnlich. Einmal im Innern, werden Lipski und Mucki von der Menge die Treppen hinaufgedrängt zu ihren Plätzen auf der oberen Bühne. Beinahe tausend Plätze umfasse das Theater, hat Mama einmal gesagt, und jetzt sind sie im Nu alle besetzt! Muckis Gesicht verschwindet unter der hölzernen Balustrade, die Nase reibt sich am Samtbesatz, nur die Augen bleiben frei. Nun, da es dunkel wird, sind sie groß aufgesperrt, ihre Blicke schießen wie Hummeln von hier nach dort, bis sie Freund Langhoff auf der Bühne entdeckt haben. Nur für ihn hat sie fortan Augen. Er spielt den jungen Arbeiter, hager, als hätten alle Mahlzeiten in der Rieser-Villa nichts gefruchtet. Seine Augen brennen, er redet sich in Eifer. Wofür er kämpft, versteht Mucki nicht, doch sie fiebert mit.

Pause. Vor dem geschlossenen Bühnenvorhang erscheint

Papa im Frack. Bittet das verehrte Publikum, um der Sicherheit willen heute auf den Plätzen zu bleiben.

«Sicherheit, Sicherheit über alles», murmelt die Lipski. «Schau, dein Papa trägt einen Revolver zur Sicherheit!»

Mucki reckt den Hals. «Wo denn?»

«In der inneren Jackentasche.»

Da ist plötzlich ein gewaltiger Knall zu hören. Im unteren Zuschauerraum schreit jemand auf.

Nun tritt ein Aufseher auf die Bühne, spricht von einer Petarde auf dem Männerabort, aber keine Aufregung, alles unter Kontrolle.

Mehr ereignet sich an diesem späten Nachmittag nicht, das Schauspielhaus ist von Polizei umstellt, auch die Bühnenzugänge sind bewacht.

Nach der Vorstellung, als die Zuschauer, noch vom Stück beeindruckt, sich entfernen wollen, geht der Krawall los. Von der Rämistrasse herauf johlende Frontisten. Auf dem Heimplatz beschimpfen sie die Theaterbesucher als Kulturbolschewiken, wer sich wehrt, wird angespuckt und verprügelt. Eben haben die Theaterbesucher das wahre Gesicht des Nationalsozialismus auf der Bühne erkannt. Und nun zeigen auch die Frontisten ihre wahren Absichten!

Das Theater geht nahtlos weiter, es hat sich nur nach draußen verlagert, vermengt sich mit dem wirklichen Leben.

Am Tag danach, dem 27. November 1934, berichtet die *Basler Nationalzeitung*:

Die kunstliebenden Zürcher, die Montagabend im Stadttheater die Volksvorstellung ‹Professor Mannheim› besuchten, waren schon beim Betreten des Gebäudes um ein seltenes Schauspiel reicher! Die Längsseite des Theaters flankierten Polizisten in Stahlhelm und mit Karabinern. Vor dem Theater parkierten die Mannschaftswagen der Stadtpolizei, bald auch der geräumige Gefangenenwagen. Wohlbedacht waren die neuesten Errungenschaften der Technik, mit denen die Polizei sich gegen den Strassenkampf ausrüstet: Ein Auto mit Lautsprecheranlagen, ein Wagen mit Stacheldraht und ein dritter geheimnisvoller Wagen, über dessen Inhalt Stillschweigen bewahrt wird (...) Die Demonstranten nahmen das Einschreiten der Polizei jeweils mit Pfuirufen und Schimpfworten auf. Während der Strassenschlacht gab es 108 Verhaftungen, unter ihnen Dr. Henne, der Landesführer der Nationalen Front.

Werfel, in seinen Briefen an die Schwester Marianne ein Kritiker der politischen Ausrichtung des Theaters, hatte die Riesers oft als «leidende Fanatiker» gesehen. Nun kam er selbst leidend, an zähen Gedanken kauend, aus der Volksvorstellung. Die Politik, rührte sie nicht an Existentielles, wie konnte man in extremen Zeiten noch reiner Ästhetik huldigen? Auf gespenstische Art hatte *Professor Mannheim* in ihm Ahnungen, innere Bilder beschworen: Österreich am Ende. Kanzler Schuschnigg lässt, um Blutvergießen zu vermeiden, die Hitlertruppen kampflos einmarschieren. Werfel, der Visionär, sieht das Ereignis, das sein Leben zerschlagen wird: eine Flutwelle aus halbwüchsigen Burschen, übermüdet, marschierend in somnambuler Trunkenheit, den Ruf «Sieg-Heil! Sieg-Heil!» auf den Lippen. Ein Mordgesang, der das Land überflutet. Der Schriftsteller, Überbleibsel aus einer erledigten Zeit, auf der Flucht.

An diesem Abend war auch Alma ruhig, sie blieb auf ihrem Zimmer, packte Koffer, man wollte am anderen Morgen abreisen.

Beim Abschied erwähnte Ferdinand Rieser eine bevorstehende Geschäftsreise nach Wien. Das Theater in der Josephstadt, die größte Wiener Privatbühne, sei ihm unter der

Hand angeboten worden, es gelte erst die Sachlage an Ort und Stelle zu prüfen, noch wisse die Presse nichts davon.

Alma schlug vor, die Riesers nach Neujahr, wenn Mariannes Premiere über die Bühne sei, in Wien zu beherbergen. Der neue Wohnsitz, die Villa Ast, riesengroß und beinah unbewohnt, lechze nach Leben und Gästen! Mucki, die ja noch Ferien habe, müsse schon der armen Manon wegen unbedingt mitkommen, ihre Gesellschaft werde der Kranken guttun. Es stehe auch noch eine Überraschung bevor, ein besonderes Familienfest, im Mittelpunkt Manon!

20

FÜR MARIANNE BEGANNEN unterdessen die Proben für die Silvesterrevue *Schwarz auf Weiß*, die Zusammenarbeit mit dem Musiker Tibor Kasics schien ihr zu glücken und gab ihr Schwung.

Der ungarische Vollblutmusiker, fünf Jahre jünger als Marianne, war von Rieser als Musikleiter und Hauskomponisteur unter Vertrag genommen worden. Schon mit fünfzehn war Tibor von Budapest nach Zürich gekommen, zusammen mit seiner Mutter, der berühmten Sängerin Ilona Durigo, die an das Konservatorium Zürich berufen worden war. Der junge Ungar studierte in der Folge Musik, sein Wunsch war, Karriere zu machen im klassischen Bereich. Doch die Zeichen der Zeit standen auf leichte Muse.

In Berlin, mitten in der dortigen Aufbruchsstimmung, wo Kabaretts und Kleintheater wie Pilze aus dem Boden schossen, wurde Kasics mit Werner Finck und Curt Bry zusammen Mitbegründer des berühmten Musikkabaretts Die Katakombe. Auch brachte seine Band, die Tibor Blue Boys, Swing und Jazz in die Berliner Nachtlokale.

Doch 1932, als die Berliner Szene mehr und mehr von nationalsozialistischen Gedanken durchsetzt und bedroht wurde, nahm Kasics mit feinem Gespür die Veränderungen wahr und kehrte in die Schweiz zurück.

Rieser schätzte seine kompositorische Innovation und stellte ihn, immer nur für das eine oder andere Stück, im Schauspielhaus an.

Tibor Kasics blieb ein Grenzgänger. Er komponierte schmissige Musik, sehnte sich aber nach ruhiger Klassik. Doch die klassische Musik wurde ihm auch später wie ein verschlossener Garten Eden verweigert, es fehlte ihm, wie bei einem Ausländer nicht unüblich, an Beziehungen im Beruf. Auch Curt Bry, der hochbegabte Kabarettist, hatte als Emigrant in Holland Mühe, sein Auskommen zu finden. Als Kasics davon hörte, bat er Bry, im Einverständnis mit Marianne Rieser, um Mitarbeit an der Revue *Schwarz auf Weiß*. Aus Amsterdam trafen nun per Post Vorschläge und redigierte Texte ein, dann, um die Proben zu verfolgen, kam der Künstler auf Einladung des Theaters für eine Woche nach Zürich. Tibor hatte Curt Bry strahlend in Erinnerung, sein ausdrucksvolles Gesicht im Schaukasten des Kabaretts hatte damals als Magnet gewirkt. Nun schien er um Jahre gealtert, sein Ausdruck farblos und erloschen, verletzt, denn er hatte seine Freunde, seine Wurzeln, sein regelmäßiges Einkommen verloren.

Mit Beklemmung beobachtete Kasics diese Veränderung und sann über die Würdelosigkeit des Emigrantenlebens nach, vermehrt begann er an seine eigene Sicherheit zu denken.

Marianne spürte Tibors depressive Seite. Der Musiker mit der vielgerühmten virtuosen Leichtigkeit, der übersprudelnden Kreativität ließ in Abgründe blicken. In Marianne, die in ihrer Krankenhauszeit einen wachen Blick für die

Nachtseite des Lebens bekommen hatte, wurden Erinnerungen an den geliebten Journalisten M. in Prag wach.

Eines Abends, als sie seinen Absturz in tiefe Traurigkeit bemerkte, schlug sie nach der Probe vor, im nahen Café Ost noch gemeinsam etwas zu trinken.

Es wehte ein eisiger Wind, und Marianne, in einen Mantel gehüllt, trippelte vorsichtig mit ihren pelzgefütterten Stiefelchen an Tibors Seite. Die Straße war eine Eiszunge, Tibor reichte ihr den Arm. Er selbst trug keine Jacke, nein, er brauche keine, ihm sei noch heiß von den Proben! Seine Musik hatte ihn offensichtlich nur durstig gemacht, im Lokal trank er erst zwei Gläser Bier, stumm, mit abwesendem Blick.

«Bedrückt dich etwas?», fragte Marianne.

Er schaute sie zögernd an, die Prinzessin, die Frau des Direktors. Doch ihre Augen luden ihn ein zu sprechen.

«Ich habe heute einen traurigen Bescheid bekommen», gestand er. «Mein Gesuch um Einbürgerung in der Schweiz wird abgelehnt. Und dies, obwohl meine Mutter, immerhin die Durigo, seit bald zwanzig Jahren die besten Schweizer Stimmbegabungen am Konservatorium Zürich ausbildet. Das demütigt mich!»

«Sie werden dich schon noch einbürgern, Tibor. Hier ticken die Uhren langsamer.»

«Schon … Aber es geht um jetzt, ich lebe jetzt!», rief Kasics ungehalten.

«Du ungeduldiges Temperament.»

Er blickte sie an und fragte mit verhaltenem Ärger: «Nun, wie sollte ich je heiraten können? Mit dieser Art von Anstellung, immer nur Sicherheit für ein paar Wochen?»

«Hast du denn eine feste Freundin?», fragte sie. Und spürte, als sie in sein ausdrucksvolles, herbes Gesicht blickte, einen kleinen Stich, dort, wo ihr Herz war.

«Eine Braut? Ach, viele! Doch alle unfest!» Er lachte.

Sie wollte ihn besänftigen und erzählte, die Eltern ihres Mannes seien vor Jahren aus dem Badischen in die Schweiz gezogen. «Vor der Geburt der Söhne haben sie sich hier einbürgern lassen. Ich selbst stamme aus Prag. Du siehst, dieses kleine Land inmitten der Berge ist ein Schmelztopf.»

Er nickte. «Ich bin hier aufgewachsen, meinem Gefühl nach bin ich Schweizer. Nur meine Mutter zieht es nach Ungarn zurück. Und weißt du, weshalb?»

Sie blickte ihn fragend an, da huschte ein Lächeln über sein Gesicht: «Meine Mutter will endlich Osman Kasics, meinen Vater, heiraten. Vor dreißig Jahren, als ich in Budapest zur Welt gekommen bin, hatten meine Eltern dazu weder Zeit noch Geld. Doch ist es für die Liebe je zu spät?»

Marianne lachte. Gegen ihre Gewohnheit lachte sie ein bisschen zu laut. Man starrte vom Nebentisch herüber. Dort saß der Schauspieler Parker mit dem neuen Maskenbildner, einem jungen Franzosen. Parker beugte sich zu seinem Gegenüber, flüsterte: «Schau mal, die Frau des Direktors mit dem ungarischen Musiker.»

«Eine schöne Frau», bemerkte der Franzose.

Parker nickte. «Sie hat, wie es bei euch in Paris heißt, den Esprit érotique.»

Marianne, die gut hörte, fühlte sich im sogenannten *Oestli*, trotz dichter Rauchschwaden, den Blicken und Bemerkungen ausgesetzt. Sie rechtfertigte sich vor sich selbst, dass Tibor Kasics mehr Zuwendung von ihr bekam als andere. Was ist daran ungehörig?, dachte sie trotzig. Schließlich arbeiten wir zusammen und sprechen jetzt bei einem Glas über die Weltlage. Doch das Schauspielhaus ist ein Ungeheuer mit hundert Augen und Ohren, spätestens morgen früh wird Ferdinand von der Lipski mit dem Kaffee das Neueste aus der Gerüchteküche serviert. Man weiß um seine

Neigung zur Eifersucht, gönnt dem allmächtigen Herrn Direktor gern ein bisschen Aufregung.

Sie blickte auf ihre Uhr. Erhob sich. Vor den Fenstern, im Schein der Straßenlampe, hatte es zu schneien begonnen. Sie verabschiedete sich von Kasics spröder als sonst. «Bleib doch. Die paar Schritte tue ich allein.»

Doch er bestand darauf, sie auf dem vereisten Weg zu begleiten.

So ging sie an Kasics Arm, eingehüllt in ihren Mantel, im Schneegestöber hinüber zum Theater, wo nicht nur der Chauffeur, sondern auch Ferdinand im Auto auf sie wartete.

Kasics trat sofort den Rückweg zum *Oestli* an, und Marianne klopfte an das Wagenfenster.

«Du lässt uns warten», sagte der Gatte eher düster.

«Ich dachte, du wärst längst zu Hause. Ich habe nur eben mit Kasics ein Bier getrunken.»

«Neue Gewohnheiten?»

«Nach der Probe muss man sich entspannen.»

Ferdinand schwieg, doch sie wusste, sein Unbehagen würde andauern, konnte noch tagelang in ihm schwelen.

Zurückgelehnt im Fond des Wagens, fand sie in ihrem silbernen Etui noch eine letzte Zigarette, sie machte zwei, drei gierige Züge, seufzte. Dachte an Vaters Prophezeiung von der frühen Scheidung. Damals sprach ja ganz Prag von der verkrachten Ehe ihrer Schulfreundin Milena Jesenská. Auf Teufel komm raus, trotz Vaters Proteste, der keinen jüdischen Schwiegersohn wollte, hatte sie diesen seltsamen Kaffeehausphilosophen Ernst Pollak heiraten wollen. Der Vater verbot es. Sie flennte, nahm Drogen. Man steckte sie in eine psychiatrische Anstalt, doch kaum kam sie frei, heiratete sie den Pollak. Der Vater, mürbe geworden, war jetzt halbwegs einverstanden, vorausgesetzt, das Paar lebte weit fort aus seinen Augen, in Wien.

Pollak, der auf einer Bank arbeitete, behielt sein Einkommen für sich. Doch Milenas Mitgift war längst aufgezehrt, sie kam in Not, war froh um jede Krone, die sie mit Übersetzungen ins Tschechische verdienen konnte. Manchmal schleppte sie am Bahnhof auch für die Reisenden Gepäck. Pollak verbrachte die Abende ohne seine Frau in den Cafés der Literaten. Dort lernte er bald frischere, besser gekleidete Damen kennen. Milena, als emanzipierte Frau, die sie sein wollte, tat, als wäre sie nicht eifersüchtig und tolerierte Pollaks Nebenfrauen. Natürlich war sie krank vor Eifersucht. In ihrer Verlassenheit schrieb sie eigenwillige Texte für Zeitungen, die man herumreichte, weil sie betroffen machten. Dann begann die Jesenská mit Franz Kafkas Zustimmung einige seiner Geschichten ins Tschechische zu übertragen. Der Briefwechsel der beiden, nach Kafkas Tod veröffentlicht, wurde berühmt, denn er ließ für einmal in die private Sphäre des Schriftstellers blicken und sprach von einer behutsamen Liebe zwischen schwierigen Menschen. Doch Milena blieb weiterhin Pollak verfallen, bis er sie aus der Wohnung warf und zur Scheidung zwang.

Kurz vor Mariannes Heirat machte in Prag Jesenskás Ehegeschichte die Runde, wohl zur Abschreckung der heiratswilligen jungen Frauen.

Wie ernst es Vater Werfel mit seiner Warnung vor Mariannes Heirat war, hatte er ihr mit der unüblichen Art der Mitgift gezeigt: kein Bargeld, nur Gutscheine für Wiener Qualitätsmöbel, Marke Gerstl.

«Nach einer Trennung werden dir Betten, Tische, Schränke als dein Eigentum erhalten bleiben», hatte er mit zynischem Lächeln gesagt.

Und sie, ebenso zynisch: «Aha, als Grundsteine für eine neue Verbindung?»

Vater drückte ihr damals zu den Möbeln noch einen

Schein von hundert Schweizer Franken in die Hand. Über die Bedeutung dieser symbolischen Gabe schrieb sie später in einem Brief an ihren Bruder Franz: *Ich wusste also, dass ich mir eine individuelle Freiheit nur mit sofortiger ernstester Arbeit, das heißt mit Geldverdienen bewahren konnte. Ich hatte zu lange und zu schwer unter materieller Abhängigkeit gelitten und durfte sie mir nicht mehr leisten. Ich musste mich also von der Schmiere bis zum Theater emporarbeiten: Dekorationen, Kostüme entwerfen, mit Schauspielern und Regisseuren verhandeln und vor allem Manuskripte lesen, manchmal mehr als drei im Tage und oft mehr als 300 im Jahr. Ernste, sachliche unbarmherzige Tag- und Nachtarbeit.*

Und an anderer Stelle: *Die Beziehung zwischen Rieser und mir war von Anfang an eine beruflich-menschliche und keineswegs eine leidenschaftliche Liebe. Er hätte mich auch ohne Ehe an sein Theater verpflichtet.*

Hauptprobe von *Schwarz auf Weiß*.

Wie bei Proben üblich, saß Ferdinand Rieser neben dem Regiepult, Parkett, siebte Reihe. Im Gegensatz zu seiner modischen Frau trug er den ewig gleichen grauen Regenmantel, denn der Bühnenraum war ungeheizt. Seine Zigarette, in einer schwarzen Spitze aus Ebenholz, war erloschen. Kaum hatte das Spiel begonnen, vergaß er seinen Vorsatz, den ungarischen Musiker zu beobachten, sein Talent überzeugte, die Musik riss mit. Auch die Dialoge der Revue waren geschliffen und witzig. Gegen seine Gewohnheit lachte Rieser ein paarmal laut. Mit Befriedigung dachte er an das Publikum der kommenden Silvesternacht, viel Eleganz vom Zürichberg, in der Pause wird unentgeltlich Champagner serviert, das hilft wohl, die politischen Programme unter dem Jahr besser zu verdauen.

Als die Probe beendet war, setzte sich Marianne neben ihn, die Lipski brachte Kaffee.

Ferdinand umarmte seine Frau: «Kompliment, Mizzi. Alles funkelt, die Dialoge, die Musik!» Sie strahlte über das ganze Gesicht. Dass er wirklich begeistert war, erkannte sie am Umstand, dass er sie mit ihrem Prager Mädchennamen ansprach.

«Danke, Ferdi. Ich bin ebenfalls zufrieden.»

«Nun, dieser Kasics», sagte er. «Können wir ihn weiterhin verpflichten?»

«Da bin ich mir nicht sicher. Ich höre, er hat für das Frühjahr dem *Cornichon* zugesagt. Viel wird er dort nicht verdienen, doch ist er wenigstens fest angestellt, bei uns wird er ja nur pro Stück verpflichtet. Er behauptet, seine finanzielle Lage hier sei so prekär, dass er nicht wird heiraten können, bevor er fünfzig wird.»

«Bei seinem ungarischen Temperament wohl nicht zu verantworten?» Ferdinand, der offensichtlich bester Laune war, zwinkerte ihr zu.

Sie lachte.

«Nun», sagte Ferdinand, «seinen Übermut kühlt er offenbar auch auf andere Weise. Die Lipski hat mir gestern einen Jux-Vertrag zugespielt, ein von Hand geschriebenes Papier, das im Konversationsraum der Schauspieler liegengeblieben ist. Geschrieben hat es Tibor Kasics. Vermutlich nutzt er sein Temperament auch, um seine Kollegen zu unterhalten. Der von ihm zusammengestellte Vertrag endet bei Rückfall der Direktion in die Spirituosenbranche! Ha, ha, nicht schlecht! Einige der Paragraphen sind dann auch Seitenhiebe auf die Knausrigkeit des Direktors.»

«Ärgert es dich?»

«Na ja, mein Ärger ist schon verraucht. Die Seitenhiebe sind witzig. Da, lies selbst.» Er reichte Marianne das Blatt.

Nach der Silvesterrevue spendete die Presse einmütig Lob, das hatte Seltenheitswert und sorgte bei Rieser für eine anhaltend gute Stimmung.

So schrieb die *NZZ* vom 3. Januar 1935: *Die Silvesterpremiere* Schwarz auf Weiss *von Marianne Rieser, Kurt Bry und Tibor Kasics ist eine mit Witz und Geist gemachte Antipresserevue.* Dann kommentierte die Besprechung die zweiundzwanzig Bilder der Revue, zum Beispiel: *Ein ganz prächtiger Einfall ist ‹Ente und Dementi›: Was sie aufbauscht, dementiert er, der Dementerich.*

Als Dank für die erbrachten Leistungen lud Rieser die Beteiligten zu einem Essen in die Kronenhalle ein.

Die Schauspieler folgten der Einladung erfreut, am Tisch jedoch drückte man sich um die Pflicht, neben dem Direktor zu sitzen, was aufgetischt wurde, ließ man sich allerdings schmecken. Als am Ende Briefumschläge mit den Gagen verteilt wurden, fand Kasics einen höheren Betrag als im Kontrakt vereinbart, ein Versehen?

Nach dem Dessert beim Espresso, der damals in Zürich einfach «schwarzer Kaffee» hieß, trat er verlegen zu dem Direktionspaar. «Ein Irrtum – in meinem Umschlag steckt zu viel drin.»

Ferdinand Rieser schaute lächelnd in das verdutzte Gesicht. «Isch scho rächt, Kasics.»

Als sich später wieder einmal eine solche Zugabe in einem Umschlag befand, für den Schauspieler Erwin Parker, und Rieser es wieder mit einem «Isch scho rächt» absegnete, kam es Langhoff zu Ohren. Er, der im Schauspielhaus eine rote Zelle leitete und im Ensemble als Obmann waltete, verurteilte den Zustupf als «typischen Fall kapitalistischer Willkür», die man abzulehnen habe.

Nun, Tibor Kasics dachte anders darüber.

21

DER JANUAR BLIEB KALT, die Straßen waren vereist.

Das hielt den begeisterten Automobilisten Rieser nicht davon ab, am Steuer seines Zweitwagens, eines cremefarbenen Buick, mit Frau und Töchterchen nach Wien zu reisen.

Franz und Alma Werfel erwarteten die Verwandten in ihrem neuen Wohnsitz, der Villa Ast. Sie stand im Edelviertel der Stadt auf der sogenannten Hohen Warte, eine Jugendstilvilla mit sandfarbener Fassade und zwanzig Zimmern. Der Erbauer, reich geworden in der Baubranche, hatte an nichts gespart, überall Marmor, die Zimmer luxuriös eingerichtet, geschmackvoll die Möbel aus der Wiener Werkstätte. Über dem Kanapee prangte, vom ehemaligen Geliebten Oskar Kokoschka gemalt, überlebensgroß die Hausherrin.

Jetzt wurde in einem Rollstuhl die junge Manon hereingeschoben, das Gesicht sorgfältig bemalt, eine kostbare Decke auf den Knien.

Die Gelähmte war Besucher gewohnt. Ein steter Strom von Mitfühlenden und Neugierigen zog vor ihrem Rollstuhl vorüber, und sie war es etwas müde geworden. Doch über den Besuch der kleinen Mucki schien sie sich aufrichtig zu freuen. Bevor Manon vor einem Jahr von der heimtückischen Krankheit erwischt worden war, hatten sich die beiden noch in Venedig gesehen, damals war Manon bei der Rialtobrücke herumgehüpft, ein rehschlankes, übermütiges Mädchen.

«Wunderbar, ihr seid gerade rechtzeitig gekommen», sagte Alma zu den Gästen. Und geheimnisvoll fügte sie hinzu: «Übermorgen ist Manons großer Tag.»

Und Marianne: «Ach, was denn? Geburtstag hat sie doch nicht?»

«Sie wird verlobt», sagte Alma lächelnd.

Die Zürcher Gäste schauten verdutzt.

«Nun, es ist ein so reizender Bräutigam, ein junger Politiker. Die Liebe wird zu ihrer Heilung beitragen.»

Ferdinand Rieser seufzte. Bestimmt hatte Alma sich das ausgedacht, er hasste Almas gesellschaftliche Betriebsamkeit. Zum Glück schlug Franz Werfel vor, mit den Gästen einen Rundgang durch Haus und Gartenanlage zu machen.

Draußen auf der Terrasse gestand der Hausherr, er möge den pompösen Palais nicht, Alma habe die Villa ausgesucht. Doch auch ihre Begeisterung habe inzwischen nachgelassen. Sie glaube, in den luxuriösen Marmorwänden wohne der Tod.

«Warum denn das?», fragte Marianne.

«Der frühere Besitzer und Erbauer, einer der erfolgreichsten österreichischen Baulöwen, hat nicht nur in der Weltwirtschaftskrise einen großen Teil seines Vermögens verloren, auch zwei seiner Kinder sind in diesem Unglückshaus, wie Alma es jetzt bezeichnet, gestorben. Und nun», Franz seufzte, «leiden wir ja unter der tragischen Erkrankung von Manon …»

«Mit wem soll sie denn verlobt werden?»

«Mit Erich Cyhlar. Er ist achtundzwanzig.»

«Ach, ich erinnere mich», sagte Marianne. «In Venedig, vor Manons Erkrankung, hat Alma ihn uns vorgestellt. Aber Manon schien mir über die Bekanntschaft nicht gerade begeistert zu sein.»

Werfel nickte. «Nun, er ist ein liebenswürdiger junger Mann, ein Protégé des Moraltheologen Hollnsteiner. Er liebt Manon. Hollnsteiner und Alma finden, seine Zuneigung werde der Kranken guttun.»

Das alles klang sehr nach Almas Inszenierung. Kein Wunder, dass man in den Klatschspalten der Wiener Presse bereits über das bevorstehende Ereignis lesen konnte.

Am Vortag werden denn auch rund um die Uhr weiße Blumenbouquets ins Haus geliefert.

Am Tag des Festes erscheinen die Gäste und sitzen mit leicht betretener Miene in Almas Salon. Unterhalten sich gedämpft. Das Wohnzimmer der kranken Braut, erklärt die Hausherrin, bleibe noch vor fremden Blicken durch einen Vorhang geschützt.

Erst als Hollnsteiner die Szene betritt, kommt Bewegung in die Gäste, als Zeremonienmeister ordnet er alle im Halbkreis an.

Geigenmusik erklingt, Hollnsteiner reißt den Vorhang beiseite.

Da sitzt die Braut, sorgfältig hergerichtet, neben dem Rollstuhl steht der Bräutigam im Smoking.

Ein junger eifriger Staatssekretär. Aufgeplusterte Wangen unter kreisrunder Hornbrille. Er neigt sich zur Braut, lächelt, «Küss die Hand». Und küsst lilienweiße Fingerspitzen.

Was für ein Bild! Die Pressefotografin kommt nach vorn und kauert sich hin für eine Aufnahme. «So ein Paar hat man noch nie erlebt. Rührend, dass der junge gutaussehende Mann sich opfert», flüstert eine Dame mit Pelzstola, ihre Freundin nickt und entnimmt ihrem Ridicule das gestickte Taschentuch.

Da und dort betupft man sich die Augen. Schneuzt sich zart.

Die Lilien, seit jer in der Kirche ein Symbol der Reinheit, verbreiten aus den üppigen Bouquets Friedhofsgeruch.

Manon, wächsern, mit Rouge auf den Wangen, schaut nicht unfreundlich, doch ziemlich gleichgültig.

Hollnhofer, nun wieder inmitten der Gästeschar, erzählt in einer kurzen Ansprache, dass es der Wunsch der Braut gewesen sei, Schauspielerin zu werden. Noch immer könne sich dieser Wunsch erfüllen, sei doch, o Wunder!, ihre Stimme trotz der Lähmung sanft und samten geblieben. Der Theologe, Almas Seelenhirt und nach Aussage intimer Kennerinnen auch mehr, wünscht dem Paar in Bälde eine glückliche Hochzeit, überstrahlt von einer Gesundung durch Liebe!

Wunderbare Worte. Der Bräutigam steht dazu, die Braut muss er sitzen lassen.

Im Hintergrund der Gäste eine junge Frau, sie schüttelt den Kopf über Hollnsteiners Rede, verkneift sich ein Lachen: Es ist Anna, Almas Tochter aus der Ehe mit Mahler. Neben ihr Verehrer und Begleiter, der junge Dichter Elias Canetti, der später einmal den Nobelpreis erhalten wird. Alma kann ihn nicht ausstehen, in ihrem Tagebuch beschreibt sie ihn als halb verkrüppelten, nihilistischen Juden, einen literarischen Anfänger. Anna, mit ihren sechsundzwanzig Jahren schon zweimal geschieden, wird den Liebhaber auswechseln. Wer hat ihr in erotischen Angelegenheiten den schnellen Wechsel vorgemacht? Wohl die Mutter, heißt es in Wien.

Zum Schluss der Zeremonie, um die Braut zu beglückwünschen, gehen die Besucher einzeln nach vorn. Man beugt sich vor der jungen Braut – oder ihrem Schicksal? –, küsst ihr die linke Wange. Mucki geht als Letzte, tippelt hin auf Zehenspitzen.

Hält beim Küssen vorsichtig Manons Kinn, eine Braut aus Glas.

Nach der Verlobung muss sich die Manon von dem Ereignis erst tüchtig erholen. Doch schon am nächsten Morgen verlangt sie nach Mucki.

Mucki setzt sich neben den Rollstuhl, zeichnet auf ein Blatt. Erzählt dazu: «Das hier ist Bellefleur. Unser Emigrantenhund. Zürich ist, weißt du, voller Emigranten. Papa ist froh um sie, sonst wäre seine Bühne leer.»

Manon kichert.

«Auch Mama und Papa sind zugezogen», fährt Mucki fort. «Ist nicht jeder Mensch irgendwann eingewandert? Ganz früher wohnten wir ja alle mit Adam und Eva im Paradies, wo die Bäume mit den roten Äpfeln stehen.»

«Die Mucki», so erzählt Manon der Mutter, «ist noch ein bisschen naiv, aber was sie so daherplappert, ist erfrischend. Wenn sie bei mir ist, ist mir weniger fad. Sie leistet mir Gesellschaft wie im Buch der Johanna Spyri die Heidi, die aus den Schweizer Bergen nach Frankfurt kommt. Du weißt doch, zu Fräulein Klara, die auch im Rollstuhl saß.»

Alma ist erfreut, dass die beiden Mädchen sich so gut verstehen, möchte die Mucki noch einen Monat in Wien behalten. Doch Ferdinand Rieser pocht darauf, dass sie Ende Woche bei schönstem Winterwetter heimreisen. Morgen muss er noch nach Salzburg, hat dort in der Nähe eine geheime Mission. Und Mucki? Sie darf nach den Ferien nicht schon wieder in der Schule fehlen.

«Kommst du wieder, Mucki?», fragt Manon.

«Nächstes Jahr.»

«Dann bin ich tot.»

Alma, die es gehört hat, schluchzt auf.

«Mama», sagt Manon, «du wirst damit fertig werden. Wie du schon mit vielem fertig geworden bist.»

Wochen später, im April, wird Manon auf dem Grinzinger Friedhof begraben.

Alban Berg, kinderlos, ein Freund des Hauses, widmet der Toten das Violinkonzert *Dem Andenken eines Engels*. Ein Werk aus farbigen, durchsichtigen Klängen, in Zwölfton gesetzt, der gläserne Flügel des Engels zersplittert.

Und Elias Canetti malt Manon mit seinen Worten: *Sie verbreitete Scheu mehr noch als Schönheit um sich, eine Engelsgazelle vom Himmel.*

22

AM NÄCHSTEN TAG fuhr Ferdinand Rieser schon früh mit seinem Wagen nach Salzburg. Eine geheime Mission, hatte er zu Marianne gesagt, er hoffe, gegen Abend zeitig zurück zu sein.

Der Tag war kalt, doch sonnig heiter, Alma schlug vor, Marianne zum Einkaufsbummel in ihre Lieblingsgeschäfte mitzunehmen, anschließend wollten sie Kaffee trinken in einer der berühmten Konditoreien in der Wiener Innenstadt.

Da waren die zwei Frauen an einem Marmortischchen bei üppigem Gebäck, Alma in wallendem rosa Kleid und in bester Laune. Das Gespräch kreiste um Almas Lieblingsthema, die Liebe. Der Schwägerin war während ihrer Zeit in Zürich nicht entgangen, dass Marianne Rieser die Zusammenarbeit mit einem ungarischen Musiker überaus reizvoll fand.

Marianne, peinlich berührt, lächelte schmal. Wiegelte ab: «Nun, Kasics ist ein netter Kerl. Ich mag ihn und seine Musik.»

Doch Alma ließ ihr Komplizenlachen hören, ihr strohfarbener, dauergewellter Kopf rückte näher. Marianne, das schwere Parfüm riechend, war gefangen in dem Dunstkreis.

«Pass auf», sagte jetzt Alma vertraulich. «Musiker sind für euch Werfel-Töchter eine Versuchung.»

«Werfel-Töchter? Wie kommst du darauf?»

«Muss ich dich daran erinnern, was sich zwischen Hanna und Alban Berg abgespielt hat?»

Widerlich, sie kann auch Hanna nicht in Ruhe lassen,

dachte Marianne. Erklärte dann kurz angebunden, die damaligen Besuche Alban Bergs in der Prager Wohnung hätten Franz Werfel gegolten. Und fuhr dann fort: «Die meisten Freunde meines Bruders verehrten Hanna, das war normal, ich, die Jüngere, war damals noch ein halbes Kind. Von Berg hieß es später, Hanna habe ihn zu seiner Lulu inspiriert. Aber meine Schwester war sanft und fügsam, sie beugte sich damals ganz dem elterlichen Regiment, das sie zu einer frühen Heirat mit dem Papierfabrikanten Fuchs-Robetin drängte.»

«Aha.» Alma lächelte. «Und darauf hat Berg, wohl aus Liebeskummer, in seinem Elternhaus die sechzehnjährige Küchenhilfe geschwängert.»

«Nun, junge Männer und das Dienstpersonal – zur damaligen verklemmten Zeit wohl ein heißes Eisen», kommentierte Marianne. «Hanna hat nach ihrer Heirat Alban Berg wohl nicht mehr wiedergesehen.»

«Da irrst du», gab Alma zurück.

«Die Fuchs-Robetins lebten ja damals in Wien.»

«So ist es. Nach ihrer Heirat mit dem musikbegeisterten Papierfabrikanten kam Alban Berg oft in das Haus des jungen Paars. Erst jetzt gingen Hanna die Augen für ihn auf, es entstand eine heimliche Liebe, von der weder Bergs Frau Helene noch Hannas Mann Herbert etwas ahnten.»

«Unmöglich», murmelte Marianne. «Hanna hat ja damals schon ihre zwei Kinder gehabt, Munzo und Dodo ...»

Alma nickte. «1926, Munzo war wohl schon gegen neun Jahre alt, wurde Hanna von Bergs Liebespfeil getroffen. Ich spielte damals, weil ich Vertrauen besaß, abwechselnd mit Adorno den Liebeskurier. Doch Berg schrieb kaum Briefe. Was in Worte zu fassen nicht schicklich gewesen wäre, vertraute er den Tönen an. Es entstand damals die *Lyrische Suite* für Streichquartett. Vermutlich wusste ich als Einzige, dass er in diese zauberhafte Musik immer wieder Hannas und seine Initialen, HF und AB, hineinwob. Auf die Partitur, die ich ihr heimlich überbringen musste, schrieb er: *Jeder Satz, jede Phrase steht in Beziehung zu uns. Ich habe dies und vieles andere Beziehungsvolle für dich (für die allein ja jede Note des Werks geschrieben ist) in diese Partitur hineingeschrieben – möge sie so ein kleines Denkmal sein einer großen Liebe.*

Marianne, verstört von dieser Nachricht, sagte kein Wort, obwohl Alma in heimlichem Triumph darauf wartete. Marianne hatte es die Sprache verschlagen, sie spürte: Es war die Wahrheit.

Alban Bergs *Lyrische Suite* war eins ihrer Lieblingsstücke, sie hatte vom ersten Moment an die Zärtlichkeit dieser Musik gemocht. Dann den von Schönberg beeinflussten Aufruhr und den Wirbel der Töne, hinüberfließend in die dissonanten neutönigen Klangfarben des Schmerzes.

Alles jetzt in einem neuen Licht.

Eine Partitur voller Bezüge, unterschwelliger Aussagen: Allegro misterioso. *Noch war alles Geheimnis, uns selbst Geheimnis,* hatte Berg in Handschrift daneben gesetzt.

Der Rausch dieser gegenseitigen Anziehung, wie hätte Hanna sich ihm entziehen können? Liebe als Fügung und Schicksal. Über den Schluss der *Lyrischen Suite* hatte Marianne immer gerätselt: Presto delirando. Tenebroso. Largo desolato.

Marianne, die alles bedenken wollte, musste jetzt allein sein. Sie war angewidert von den Tortenstücken hinter Glas, von Almas üppigen Geheimnissen aus allen Bereichen ihres Liebeslebens. «Verzeih. Ich nehme jetzt eine Taxe, um in meinem Zimmer auszuruhen.»

«Gehen wir beide», entschied Alma. Und murmelte im Hinausgehen: «Die Werfel-Töchter, ich sage es ja, sind empfindlich.»

Der ärgste Schock des Tages war aber noch nicht ausgestanden.

«Wo bleibt Ferdinand? Er sollte längst zurück sein.» Marianne ging in der Dämmerung durch die leeren Räume der Villa Ast, in jedem Zimmer eine andere Art von Marmor: grün geädert, schwarz getupft, rubinfarben wie Blutgerinnsel, jede Platte eine andere Art von kühlem Tod. Draußen im Park brannten ein paar trübe Laternen, warfen Baumschatten auf den verschneiten Rasen.

Von Ferdinands Auto auf dem Parkplatz der Villa keine Spur.

Es war dunkel geworden, in den Räumen gingen die Lichter an.

«Zu Tisch!», rief Franz.

Man setzte sich zum Abendbrot, doch Marianne mochte nicht essen, in einer Ecke plärrte der kürzlich erworbene Grammophon.

«Marianne liebt es klassisch», sagte Alma zu Franz. «Magst du die *Lyrische Suite* hören?», fragte sie die Schwägerin mit einem Augenzwinkern.

Marianne vermochte ihre Unruhe nicht mehr zu verbergen. Eine heftige Angst überkam sie, die ihr bewusst machte, wie sehr sie an Ferdinand hing. Damals, als sie sich kennenlernten, war es kein Coup de foudre gewesen. Keine Leidenschaft, die in Brand steckt und schnell verglüht. Eher eine Flamme, die stetig und ruhig brennt, den Alltag erhellt und erwärmt. Sie hatten nicht nur einander gewählt, sondern zugleich ihre Leidenschaft, das Theater, geheiratet, sie blickten in dieselbe Richtung. Durch das gemeinsame Erleben und die gemeinsame Arbeit war das Gefühl ihrer Zusammengehörigkeit gewachsen.

Ihre Schulfreundin Milena Jesenská hatte sich in einem ihrer bekannten Artikel über die Jagd nach dem kleinen persönlichen Glück lustig gemacht, das man sich durch Heirat von dem andern erhoffe. Milena befürwortete dennoch das Zusammenleben, weil man nicht mehr ohne den anderen leben möge; Heiraten, das heiße, den anderen in seiner Eigenart anzunehmen, ihn zu unterstützen. Zusammenzuhalten in einer Zeit, in der alles um einen herum drohe auseinanderzufallen.

Franz, der seine Schwester in Gedanken versunken sah, bemerkte: «Ich sehe, du machst dir Sorgen um deinen Mann.»

Marianne nickte. Deutete an, Ferdinand habe von einer geheimen Mission gesprochen. Wie immer in solchen Fällen habe sie ihn machen lassen, nicht nachgefragt. Doch nun werde sie von der Vorstellung nicht losgelassen, er sei in der Nähe von Salzburg über die deutsche Grenze gefahren.

«Wozu sollte er das tun?», fragte Franz.

«Für eine seiner Rettungsgeschichten.»

«Ich will dich nicht unnötig beunruhigen», sagte Franz nach einer Pause des Nachdenkens. «Doch solche Fahrten sind durch die Aufpasser im Grenzgebiet richtig gefährlich geworden.»

Sie wusste das. Auch zu Hause war Ferdinand oft gewarnt worden. Seine Schauspieler wussten, wie viel er riskierte, wenn er jemandem aus der Not half. Der Schweizerpass schütze ihn zwar, doch als Jude und Theaterleiter mit einem antifaschistischen Programm müsse man an das Schicksal der Brüder Rotter denken.

Den Werfels war die Rotter-Geschichte nicht bekannt.

«Jüdische Brüder waren es, erfolgreiche Theaterbesitzer in Berlin», erklärte Marianne. «Mit populären Aufführungen, vom Geschmack her sicher oft zweifelhaft, haben sie viel Geld gemacht und sind nach der Machtübernahme der Nazis ins Fürstentum Liechtenstein emigriert. Dort wohnten sie in einem Hotel, führten mit ihren Ersparnissen ein angenehmes Leben. Den Nazis war das ein Dorn im Auge. Sie schickten zwei Männer, die sich im selben Hotel wie die Rotters einnisteten. Mit denen haben sie sich langsam und gezielt angefreundet, bis sie ihnen vertrauten. Eines Tages wurden die Rotters eingeladen, mit den Freunden eine kleine Spritzfahrt zu unternehmen. Die Fahrt dauerte länger als vorgesehen, es ging über eine kurvenreiche Bergstraße. Als die Brüder Verdacht schöpften, man wolle sie über die nahe deutsche Grenze schaffen, beschleunigte der Fahrer das Tempo. Dem einen der Brüder gelang es, die Wagentür zu öffnen. Er stürzte hinaus, schlug mit dem Kopf auf einen Felsen, war tot. Dem zweiten gelang es, in die Schweiz zu entkommen. Unterdessen hatte man in Konstanz ein Essen für die Mörder gerichtet, ihre Heldentat sollte gefeiert werden.»

«Hör auf!» Franz hielt entsetzt die Hände vor den Mund.

Alma erzählte weiter von ähnlichen Fällen in Österreich und in der Tschechoslowakei.

Es ging gegen zehn Uhr. Da läutete im Flur das Telefon, Alma nahm ab.

Man hörte, dass es die Polizei war. Es gehe um einen Schweizer, der, zurück aus dem deutschen Rosenheim, von der Grenzwacht verhört werde. Er habe eine junge deutsche Schauspielerin bei sich im Wagen, die angeblich ihre Kinder in Rosenheim bei der Mutter habe abgeben müssen, nun erwarte man sie für ein Engagement in der Schweiz. Sie habe einen Vertrag mit dem Schauspielhaus Zürich. Der Befragte gebe an, er wohne zurzeit in Wien bei Alma Mahler-Werfel und ihrem Ehemann.

Alma bestätigte alle Angaben. Rieser habe in dieser leider schwierigen Zeit internationale Verpflichtungen, es gehe nicht, ohne buchstäblich Grenzen zu überschreiten. Freundlich, aber bestimmt fügte sie hinzu: «Darf ich Sie um

Ihren Namen bitten, Herr Inspektor …? Odenmüller? Nun, unser Kanzler Curt von Schuschnigg wird Ihnen, Herr Odenmüller, alles bestätigen.»

Die Worte schienen ihre Wirkung nicht zu verfehlen. Die Werfels waren in Österreich hoch respektiert. Unvergessen Franz Werfels markige Worte nach der Wahl Schuschniggs: *die feste und vornehme Führerhand Schuschniggs* für ein Österreich, das am Abgrund steht. Der gestresste Kanzler, heißt es, pflege sich in der Villa Ast zu entspannen, Alma Mahler-Werfel lese ihm Sonette von Goethe vor. Außerdem: War nicht gerade in der Zeitung über die Verlobung der kranken Mahler-Tochter mit dem Staatssekretär Erich Cyhlar berichtet worden? Die Sache war entschieden.

«Ihre Verdienste, gnädige Frau – und die Ihres Gatten –, sind landesweit bekannt. Ich gestatte mir die Meldung, Ihr Herr Schwager aus der Schweiz wird unverzüglich aus der Haft entlassen. Er wird noch diese Nacht in Wien eintreffen.»

«Ich bin Ihnen sehr verbunden», sagte Alma.

Sie hängte die Hörmuschel ein, hob eine Hand als Zeichen für die Zuhörer, die im Halbdunkel des Salons standen: «Ihr seht, ich habe das Menschenmögliche getan.»

Im Morgengrauen klingelte Ferdinand Rieser an der Dienstbotenpforte der Villa Ast.

Die junge Frau, die mit einem Koffer aus seinem Auto stieg, brach vor Erschöpfung in Tränen aus, ließ sich dann von der Haushälterin in das Gästezimmer bringen. Ferdinand fand Marianne noch wach, gezeichnet von den vergangenen Stunden. Sie lächelte schwach, ihre Augen, von Sorgenfalten umkränzt, wollten nicht mitlachen.

Der Ehemann umarmte sie schweigend. Dann sagte er: «Du hattest Angst? Es tut mir leid. Doch es musste sein.»

Sie sah in sein blasses, von der schlaflosen Nacht mitgenommenes Gesicht, die randlose Brille hing ihm schief im Gesicht. Sie zwinkerte, versuchte klarer zu sehen hinter einem Tränenschleier. Dann presste sie seine Hand, seinen Arm, beruhigte sich langsam, weil sie seine Körperwärme spürte. «Ferdi?»

«Ja?»

«Du warst hoffentlich das letzte Mal in Hitlers Reich, mein Wilder?»

Er nickte schuldbewusst. «Ohne meinen Beistand hätte die Schauspielerin ihr Leben verwirkt. Ich traf sie nicht mehr in Salzburg, sie hatte ihre zwei Kinder zu ihrer Mutter nach Rosenheim gebracht. Der deutsche Grenzposten ließ uns passieren, aber in Österreich hat man uns, wegen Verdacht auf Spionage, an der Einreise gehindert.»

Marianne sah ihn an, ließ sich umarmen, sagte dann mit beschlagener Stimme: «Nun, du hast es wieder einmal geschafft, Ferdinand. Es ist gut so.»

Mit der Josefstadt hatte Rieser während seines Aufenthalts in Wien nur kurzen Kontakt und dabei die Bestätigung erhalten, dass Dr. Otto Preminger, der in den zwanziger Jahren am Schauspielhaus Zürich beschäftigt gewesen war, das Amt des Direktors in der Josefstadt aufzugeben gedenke. Da Rieser aber nicht mieten, sondern kaufen wollte, war nicht bekannt, ob Max Reinhardt, der Besitzer der größten Wiener Privatbühne, seinerseits in einen Verkauf einwilligen würde.

Erst als es auf den Sommer zuging, sollte sich das klären und Verhandlungen begonnen werden. Das *Neue Wiener Journal* berichtete respektvoll über den Interessenten Dr. Rieser, der für das Theatergebäude neunhunderttausend Schilling auf den Tisch zu legen gewillt sei!

Die *Wiener Sonn- und Montagszeitung* holte mehr aus der Story heraus und porträtierte für die klatschsüchtigen Leser den Kandidaten: *Die Persönlichkeit des Doktor Rieser ist außerordentlich interessant. Er ist einer der reichsten Männer der Stadt Zürich. Er gilt als überaus energische, kraftvolle und im Allgemeinen sympathische Persönlichkeit. Doktor Rieser genießt den Ruf eines überaus fleißigen Arbeiters, der schon am frühen Morgen in der Direktionskanzlei sitzt und sowohl am künstlerischen wie auch administrativen Betrieb aktivsten Anteil nimmt. Nebenbei ist Doktor Rieser ein leidenschaftlicher Autofahrer. Für die lebendige Tatkraft Doktor Riesers spricht wohl der Umstand, dass im Zürcher Stadttheater mindestens in jeder Woche eine Premiere steigt.*

Doch Ferdinand Rieser schien sich den Kauf gründlich zu überlegen. Er wolle das Schauspielhaus Zürich, mit so viel Einsatz aufgebaut, keinesfalls aufgeben. Die Josefstadt als gleichwertige Bühne sollte mit Zürich einen Austausch von erfolgreichen Aufführungen pflegen, in diesem Sinn dachte er über einen Stellvertreter nach.

Von seinem Team erschien ihm einzig Leopold Lindtberg fähig, eine Wiener Filiale mit Umsicht zu führen. Lindtberg, der den Direktor oft mit seinem Eigensinn herausforderte, war ihm ebenbürtig und einer schwierigen Aufgabe gewachsen. Die Zusammenstöße mit ihm hatten sich meist während der nervösen Anspannung der Proben ergeben, wenn der Regisseur die Einwände des Direktors nicht ertrug und rechthaberisch auf seiner Ansicht beharrte.

Rieser erkannte darin jetzt Stärke und Einsatz, die für ein gemeinsames Ziel hilfreich sein konnten.

Eines Abends, er war zurück in Rüschlikon, weihte er den Hoffnungsträger in seine Pläne ein.

Lindtberg darauf erstaunt: «Zwei Theater! Was für ein Kraftakt! Sie leisten ja jetzt schon das Äußerste.»

Rieser lächelte und bot seinem Gegenüber eine Zigarre an. «Zugegeben, ich kann nicht alles machen und suche einen Doppelgänger. Meine Wahl fällt auf Sie, Lindtberg. Falls es mit dem Kauf der Josefstadt klappt, mache ich Ihnen ein fürstliches Angebot.»

Das alles klang für Lindtberg überraschend, ehrenvoll, verlockend. Doch er erbat sich eine Gedenkpause, er müsse darüber schlafen.

Am nächsten Tag, im Büro des Direktors, dankte der Regisseur für das Vertrauen und lehnte ab. «Ich will in Zürich lieber weiterhin mein Bestes geben und mein Team nicht im Stich lassen. Weniger scheint mir hierbei mehr zu sein.»

Rieser schwieg. Einmal mehr war er von Lindtberg beeindruckt.

Sein Verzicht wurde Anlass, die Idee mit der Josefstadt nochmals komplett zu überdenken, zumal auch Marianne zur Vorsicht mahnte. «Bei der jetzigen Lage in Österreich? Der austrofaschistische Ständestaat ist so diktatorisch und unerfreulich, dass eine Aufführung des *Professor Mannheim* zurzeit in Wien nicht möglich wäre. Sich gegen diese Staatsvertretung durchzusetzen, erscheint mir zu riskant für einen Theaterkauf, für den wir mehr als unser ganzes Vermögen einsetzen müssten.»

Bald darauf zog Rieser in Wien sein Angebot zurück.

Der Fortgang der Ereignisse sollte Mariannes Einschätzung recht geben: Im März 1938 fiel Hitler in Österreich ein und «arisierte» jüdischen Besitz.

23

DIE SCHWEIZ, EINE kleine Insel inmitten von Staaten im Umbruch, schottet sich ab, es wird im Land enger, die Luft wird stickig. Die wenigen, die hier noch das Sagen haben, kleine Potentaten, die ihre eigenen Gesetze schaffen, lassen andere verstummen.

Moeschlin wird für die Fremdenpolizei eine quasi behördliche Instanz, auch im Namen des Dritten Reichs spielt er den Zensor. Eigenmächtig, nur im Zweifelsfall unterstützt von Eduard Korrodi, dem Feuilletonchef der *NZZ*, senkt sich sein weißes Gesicht über die Bücher der Emigranten und scheidet *gute Autoren von schriftstellerischer Spreu*. Zweitrangigen Schriftstellern soll eine Aufnahme in die Schweiz verwehrt werden. Gibt es dann Einspruch wie bei Robert Musil und Alfred Polgar, lässt man die Schriftsteller zwar hier wohnen, doch Lesungen, Mitarbeit bei Zeitungen und Rundfunk werden verboten, die Autoren werden beruflich und finanziell kaltgestellt.

Verlegern, die im Dritten Reich keine Bleibe mehr haben und sich in der Schweiz niederlassen wollen, wird ebenfalls, wie Moeschlin es nennt, «ein Riegel geschoben». Die Furcht, sie könnten zur Konkurrenz einheimischer Unternehmen werden, geht im Land um. So erhält auch der Verleger Thomas Manns, Gottfried Bermann Fischer, vom Schweizerischen Verlegerverband in Zürich eine Abfuhr.

Und was passiert mit Langhoff, der nun bei Oprecht publiziert? Wer hat dem Schauspieler erlaubt, Bücher zu schreiben? Dazu noch erfolgreiche? Der Schriftstellerverein verbietet Lesungen aus seinen Werken. Was da nämlich gelesen werde, sei Politik, nicht Literatur.

Oprecht wehrt sich, die Memoiren Langhoffs seien kein politisches Buch!

Doch Moeschlin hat das Manuskript schon durchforsten lassen und weist auf verdächtige Stellen hin. So wird Langhoffs geplante Lesereise durch vierzehn Kantone verboten. Die Fremdenpolizei entschuldigt sich: Kritische Geister seien ruhigzustellen, um frontistische Krawalle zu verhindern.

Dann würden sie eben mit Langhoff privat, in ihren eigenen Räumen eine Lesung veranstalten, entscheidet Oprecht.

Oprechts Haus befindet sich am Hirschengraben 20, pikanterweise ganz in der Nähe des deutschen Generalkonsulats, aus dem Fenster dort hängt seit einer Weile die Hakenkreuzfahne.

Die handverlesenen Gäste sitzen im Salon. Man blickt sich um, wundert sich: Oprechts Wohnung ist erstaunlich repräsentativ, geradezu großbürgerlich. Spielt denn der Verleger nicht eine Rolle in der sozialistischen Partei? Sind die Sozialisten in Zürich zu Bürgern geworden? Wie dem auch sei, Oprecht lässt sich nicht so leicht auf einen Nenner bringen. Er, der schweizerische Patriot, fühlt sich zugleich als Europäer, und Thomas Mann wird 1952 bei der Abdankung Oprechts sagen: *Er war mein Freund, war mir gerecht und treu, und hier will ich sagen, dass ich die Freundschaft dieses schweizerischen Europäers als Zierde meines Lebens empfunden habe.*

Emmie Oprecht, die Innenministerin des verlegerischen Unternehmens, steht freundlich da, hinter ihr die Bücherregale, gefüllt mit Werken von Else Lasker-Schüler, Ernst Bloch, Walter Mehring, Alfred Polgar, Heinrich Mann, Ignazio Silone.

Sie lässt reichlich Kaffee und Kuchen servieren.

Anschließend begibt sich Langhoff zu einem Lesepult. Er blickt ins Publikum, entzündet sich an erwartungsvollen Blicken, öffnet sein Buch. Liest langsam Satz um Satz, bis in die Schlusskonsonanten genau. Als höre ihm nicht nur das Schauspielhaus, sondern ganz Zürich zu.

«Ein Genuss, seine Diktion», lobt ein Kollege.

«Seine Art zu sprechen ist edler als seine Art zu schreiben», bemerkt neben ihm der Schriftsteller Rudolf Jakob Humm, ein verschmitztes Lächeln im mageren Gesicht.

Langhoff macht jetzt eine wirkungsvolle kleine Pause, während der Oprecht ankündigt: «Achtung! Nun folgt die von Moeschlin als politisch beanstandete Stelle!» Der Schauspieler, über den Text gebeugt, liest im Volkston: *«Sei doch nicht dumm! Wenn's weiter nichts ist, als die Dreckfahne raushängen, soll's mir recht sein! Wenn die wollen, hänge ich mir auch ein Dutzend Hakenkreuze an, hinten und vorn – da hinein und da hinein können sie nicht schauen! Das ist mir doch die Hauptsache!»*

Einige der Zuhörer stutzen, andere beginnen zu lachen, in den vorderen Reihen spendet einer Beifall.

Emmie Oprecht steht auf und öffnet ein Fenster, drüben am Konsulat flattert im Föhnwind gut sichtbar die Fahne.

24

ENDE NOVEMBER BEI den Schwarzenbachs auf Bocken.

Gleichzeitig mit dem Ausbruch des *Pfeffermühle*-Skandals war ein Telegramm aus Teheran eingetroffen: Annemarie kündigte ihre Verlobung an mit dem französischen Diplomaten Claude Clarac. Seltsame Koinzidenz der Ereignisse. Grund genug, die Nachricht mit Misstrauen entgegenzunehmen, nur Großmama Wille, stets auf Versöhnung bedacht, schrieb: *Gesegnet sei die Reise nach Persien, so wollen wir hoffen, dass es der Richtige sei und Annemarie zur Ruhe kommt.*

Bei den Manns in Küsnacht nahm man die Nachricht ebenfalls mit gemischten Gefühlen auf, vor allem Klaus war deprimiert. Annemarie und er hatten auf dem Moskauer Schriftstellerkongress enger zusammengefunden, es sei zwischen ihnen abends zu *amitié* gekommen, nun bedeutete diese Verlobung wohl für ihn *la fin de l'amitié*.

Könnte ich mit Annemarie leben?, hatte er sich diesen Herbst oft selbst gefragt. Doch über eine mögliche Heirat hatten sie nie geredet, nun schockierte Annemaries Verlobung mit einem ebenfalls Homosexuellen.

Erika reagierte mit Spott: «Mal abwarten. Annemarie muss erst auf Bocken anfragen, ob sie einen französischen Katholiken nehmen darf.»

Die Kabarettistin hatte sich in letzter Zeit von Annemarie entfremdet. Schuld daran war, dass die Schwarzenbach-Tochter sich weigerte, ihre Mutter als Hauptverantwortliche des *Pfeffermühle*-Skandals anzusehen. Annemarie litt unter der Abkühlung der für sie so wichtigen Freundschaft, versuchte nach Küsnacht Zeichen ihrer Loyalität zu geben: In der Zeitung *Zürcher Post* schrieb sie lobend über die *Pfeffermühle*. Zu Weihnachten schickte sie Blumen an Katja und Thomas Mann. In einem Brief teilte sie Klaus mit, sie sei beeindruckt von seinem neuen Roman *Flucht in den Norden*, in dessen Protagonistin Johanna unschwer Annemarie zu erkennen war. Doch der eigentliche Zweck ihres Schreibens, gestand sie, sei die Aussöhnung mit Erika, *weil ich jeder Trennung von ihr doch einfach nicht gewachsen bin (...) Du, Klaus Heinrich, weißt es doch, dass man nicht ohne Eri auskommt. Ich wusste es auch, immer schon.*

Klaus Mann, mit der Absicht, erneut den Kontakt aufzunehmen, bat Annemarie, ihn auf einen Tee bei Marianne Rieser zu begleiten. Vordergründig ging es darum, der Theaterfrau seine Emigrantenzeitschrift *Die Sammlung* zu empfehlen, finanzielle Schwierigkeiten ließen ihn Abonnenten und Sponsoren hinterherjagen. Heimlich aber hoffte er, Annemaries historisches Stück *Cromwell* könnte bei Marianne endlich Gefallen finden; entschloss sich das Schauspielhaus zu einer Aufführung, war von der Autorin eine der Rollen Erika Mann zugedacht.

Trotz der Proben für *Schwarz auf Weiß* nahm sich Marianne gerne Zeit für Klaus. Die Theaterfrau schätzte die Präsenz des immer etwas gehetzten jungen Mannes, dessen literarische Proben sie für bemerkenswert hielt. Jedes Mal, wenn er in der Rieser-Villa bei ihr zum Tee war, spürte sie in ihm eine Art von Schwingung, als erzeuge etwas tief in ihm Klänge, ruhige Akkorde meist, doch dann, wenn sein Kopf heftig auffuhr, waren es zornige Dissonanzen. Sie mochte seinen Wortwitz. Seine Integrität. Seine Unbeugsamkeit und leidenschaftliche Teilnahme an politischen Fragen. Sie war ihm herzlich zugetan. Doch sie ahnte, wo seine Liebe hinfiel: Im Schauspielhaus hatte sie ihn kürzlich in Begleitung eines blonden schlanken Mannes gesehen, und Klaus hatte ihn vorgestellt als «mein Freund Friedrich». Als Marianne ihn ansprach, errötete Friedrich und sprach zu schnell, wie es oft junge scheue Leute machen, wenn sie ihre Unsicherheit verbergen müssen.

Heute hatte Marianne Rieser das Vergnügen, neben Klaus auch die Schwarzenbach zu sehen. Noch immer beindruckte ihre androgyne Schönheit: die freie helle Stirn, das schmale Gesicht, der Hinterkopf, schwungvoll ausladend wie der eines kühnen Knaben.

In einem von Annemarie unbewachten Moment, sie sprach gerade mit Mucki, schob Klaus der Rieser das Manuskript von *Cromwell* zu. «Hier. Annemarie ist scheu», flüsterte er. «Sie würde es Ihnen nicht überreichen. Sie hat Mühe, an sich zu glauben.»

Marianne nahm die Blätter an sich. Sie mochte Annemaries Texte: der leise Anschlag, die pastellfarben verwischten Szenen, die Gedanken wie hingeflockt.

Nun kamen sie auf Thomas Mann zu sprechen. «Ich weiß», sagte sie zu Klaus, «Ihr Vater schätzte die Aufführung von *Professor Mannheim* nicht besonders. Ich hoffe mit ihm, es wird wieder eine Zeit kommen für leisere Töne.»

Klaus nickte. «Jetzt braucht es wohl das Schrille. Jetzt steht die Verteidigung im Vordergrund, nicht wahr?»

«So ist es. Leider.»

Mucki hatte sich zum ersten Mal nicht auf ihrem Spionierstuhl klein gemacht, sondern sich neben die Gäste gesetzt.

Die Mutter bemerkte erfreut: «Sie wird bald zehn, sie wird reifer.»

Mucki vergaß, ihren Kakao zu trinken, sie konnte sich an den beiden schönen jungen Leuten nicht sattsehen.

Als sie gegangen waren, sagte das Kind zur Mutter: «Nicht wahr, die beiden werden einander heiraten? Sie wird seine Frau und er ihr Mann?»

Marianne überlegte, wie sie ihr Prinzip, stets die Wahrheit zu sagen, dem Verständnis Muckis anpassen konnte. Nach einer Weile sagte sie: «Mucki, es ist nicht so einfach, wie du denkst mit der Liebe. Klaus liebt Friedrich. Doch Klaus kann nicht bei Friedrich ankommen, denn er hat sich in ein Mädchen verguckt. Und die Annemarie? Liebt die Erika. Doch die Annemarie kommt nicht bei Erika an, denn Erika liebt die Giehse.»

Mucki schwieg. Sie dachte lange nach, dann hob sie den Kopf und fragte: «Ist die Liebe denn ein Bahnhof, auf dem man nie ankommt?»

25

ENDE DEZEMBER HATTE Annemarie Schwarzenbach sich in Bern an einer Anti-Frontisten-Demonstration beteiligt, zumindest ideell stellvertretend auch für Erika und Klaus Mann, die sich als Emigranten nicht exponieren durften. Nach dem Marsch zum Bundeshaus hatte ein Redner die Zustände im neuen Deutschland geschildert, in den Mittelpunkt rückte er das blutige Geschehen des Röhm-Putschs vom 30. Juni 1934: Hitler ließ Röhm und zweihundert weitere Offiziere, darunter ehemalige Freunde, ermorden. Über dieses Ereignis wurde viel gesprochen. Hatte man früher, um das rote Zürich auszutricksen, die bürgerlichen Wahllisten mit den Frontisten zusammengelegt, bezog nun der neue *NZZ*-Redaktor Willy Bretscher dezidiert Stellung gegen den Röhm-Putsch. In der Folge wurde der Verkauf der *NZZ* in Deutschland offiziell verboten. Sogar auf Bocken, im hitlerfreundlichen Klima, hatte die Kunde von der brutalen Säuberungsaktion Turbulenzen verursacht. Zwar fiel Mamas Hitlerporträt nicht vom Schreibtisch, aber Großmama Clara Wille gab sich entsetzt: «Wir sind so betrübt, nie hätte man das in Deutschland für möglich gehalten.» Und Annemarie schrieb an ihren Bruder Hansi: *Weißt du, dieses Hinweggehen über alle Begriffe uralten Völkerrechts und Friedens, dieses «Führerprinzip», welches einfach die Bindungen und Freiheiten des einzelnen Staatsbürgers leugnet …*

Müde von all den Eindrücken in Bern fuhr Annemarie Richtung Bocken. Doch auf der Seestrasse Richtung Horgen überkam sie in ihrem von Papa gestifteten Mercedes die Furcht, sie könne Mama jetzt nicht gegenübertreten, ihren sarkastischen Bemerkungen über den Verlobten Clarac und die Manns. Sie fühlte sich dem nicht gewachsen. Und alle Einwände in den Wind schlagen konnte sie auch nicht, die

Mutter stand ihr zu nahe. Wenn Freunde und Verwandte auf die äußere Ähnlichkeit von ihr und Mutter hinwiesen, war Annemarie jedes Mal verblüfft. Doch am Abend, allein vor den Fotoalben, blickte sie irritiert auf Nasen- und Kinnformen, auf die Haltung des Gesichts, die Art des Lachens. Die Ähnlichkeit sprang sie an. Wie konnte das sein? Die Mutter mit ihrem Hitlerschreibtisch, mit ihren herrischen Anfällen? Mit ihrer singenden Busenfreundin Emmy Krüger, die Papa wochenlang im Haus tolerierte? Diese Frau war doch eine ganz andere. Aber es stimmte, die Ähnlichkeit war nicht nur äußerlich. Mutter wusste, was ihre Tochter anging, meist ohne Worte Bescheid, sie blickte in sie hinein: «Eine Verlobung mit Clarac? Ist das eine Farce? *Ich bin die Einzige, die du nicht belügen kannst, und du weißt es.*»

Die Tochter ahnte: Sie kennt jede meiner Regungen wie ihre eigenen, die sie nie ausgelebt hat.

Da wendete Annemarie den Wagen, fuhr zürick nach Zürich und auf der anderen Seeseite nach Küsnacht.

Thomas Mann vermerkt in seinem Tagebuch am 28. Dezember 1934 die Ankunft der hungrigen und erschöpften Annemarie: *Erika stärkte sie mit Eiern und Thee.*

Von einer anderen, eher berauschenden Nahrung in den oberen Gemächern der Schiedhaldenstrasse – während Thomas Mann in den unteren sinnierte – berichtet am gleichen Tag der Eintrag von Klaus Manns Tagebuch: *Abends: Annemarie: Versöhnungsbesuch. Sie ist schön, mager und lieb. Sehr dem Thun verfallen. Zusammen von dieser Speise gespeist (zu dritt).*

Die Besucherin durfte mit dem Einverständnis der Eltern Mann ein kleines Kämmerchen neben Erikas Zimmer beziehen. Erika kam und wünschte Annemarie gute Nacht, strich ihre Bettdecke glatt: «Schlaf gut, Kind.» Sie ließ die

Tür offen, Annemarie konnte den Atemzug der Freundin hören. Sie wünschte nichts anderes als diese Geborgenheit, diese Ruhe, sie fühlte sich aufgehoben in der schwesterlichen – oder war es eine brüderliche? – Nähe.

Über Neujahr fuhren Erika, Klaus und Annemarie hinauf ins Engadin in die Ferienwohnung der Schwarzenbachs. Erika, die gute Köchin, sorgte für das Abendessen. Nach der Mahlzeit stand Klaus auf und sagte mit spitzbübischem Lächeln: «Nun fehlt uns nur noch ein bisschen Thunfisch?»

Thunfisch war sein Codewort für Kokain. Erika wehrte ab, sie hasste seine Sucht, wollte ihn aus der Abhängigkeit herausziehen. Doch Annemarie begehrte, als sie das Wort Thunfisch hörte, die Droge ebenfalls heftig. Zwei gegen eine, so gab Eri klein bei: «Also, zur Feier des Jahreswechsels, ausnahmsweise!» Sie spritzte das Bukodal ihrem Bruder in die Armvene, Klaus spritzte es der kleinen Schwarzenbach, Eri bediente sich selbst. Annemarie spürte sofort die euphorisierende Wirkung. Sie saßen auf dem lilafarbenen Divan der Ferienwohnung Seite an Seite, umschlungen, in Verbundenheit wie damals in Berlin, es war, als glitten sie zu dritt sachte dahin unter einem lauen Wasserspiegel. Wesenlos, weiß, leicht. Waren sie schon geboren?

Klaus, seit langem süchtig, stieg als Erster an Land. Der Einfluss der Droge wich wie eine Welle vor ihm zurück, sie spuckte ihn aus, weißer Schaum stand auf seinen Lippen. Voll Unrast begehrte er eine weitere Spritze.

In Berlin, vor zwei Jahren, hatte Mopsa Sternheim Klaus und Annemarie in das Spritzen von Bukodal eingeführt. Eri hatte übrigens vor der Sternheim ausdrücklich gewarnt. Zwecklos. Annemarie spritzte damals nur in Gesellschaft, der junge Schriftsteller Wolfgang Hellmert, Morphinist, hatte sie begleitet, der schwer Süchtige starb bald darauf während einer Entziehungskur.

Erika hatte in Zürich mit einem tschechischen Theaterautor und der Giehse ein Treffen vereinbart, in zwei Tagen wollte sie aus dem Unterland zurück sein. Klaus und Annemarie, wieder auf den Geschmack des Morphiums gekommen, griffen in dieser Zeit ohne Erikas Aufsicht häufiger zur Droge, das lila Kanapee wurde zum Floß, auf dem sie stundenlang mit der Strömung trieben.

In einem klaren Moment kam Klaus über die Verlobung in Persien zu sprechen: «Warum Clarac?»

Annemarie beschrieb den Charakter des Auserwählten. «Er ist tolerant, liebenswürdig, er lässt mir meine Freundschaft mit euch beiden. Und die Eltern werden, wenn ich einmal verheiratet bin, Ruhe geben.»

Klaus verstand. Doch in die Leere hinein, die nun entstanden war, begehrte er erneut Thunfisch.

Als Erika ins Engadin zurückkam, fand sie die Freunde in einem verheerenden Zustand. Wie schon mehrmals nach unkontrolliertem Drogenkonsum hatte Klaus ein Nesselfieber bekommen. Auch Annemarie fühlte sich sterbenskrank.

Erika war entsetzt, bestand auf einem sofortigen Entzug. Klaus versprach, diesen in Amsterdam zu machen. Annemarie war auf Erikas strenges Zureden bereit, von der Freundin in die Klinik Dr. Ruppaner in Samedan gefahren zu werden.

Auf Bocken wurden die Eltern Schwarzenbach von Dr. Ruppaner unterrichtet: «Ihre Tochter Annemarie ist längst von Drogen abhängig, sie ist Morphinistin.» Die Nachricht schlug wie ein Blitz ein, wieder sah man in Erika Mann und ihren Freunden die Ursache.

Vater und Mutter schrieben nach Samedan je einen Brief, so harte Worte hatte die Tochter, vor allem von ihrem ruhigen Vater, noch nie gehört. Die Tage oben im Engadin wurden nicht nur zum Drogenentzug, sie waren auch zum Liebesentzug geworden.

Am 12. Januar versuchte Annemarie Schwarzenbach sich mit einer Überdosis Schlaftabletten das Leben zu nehmen.

Das Entsetzliche, ja, das wirklich Entsetzliche ist, dass ich noch immer bedaure, damals in Samedan nicht einfach weggestorben zu sein. Ja, sie lebte noch. Aus diesem Grund haderte sie mit der Zimmernachbarin. Die hatte die Verzweiflungstat bemerkt und in der Nacht Dr. Ruppaner geweckt.

Von Bocken kam die aufgescheuchte, verzweifelte Mutter. Die Mutter, die einen Hut trug, warf ihren Schatten auf Annemaries Bett, das jetzt auf der Terrasse der Klinik stand, ausgesetzt der Höhenluft und der winterlichen Engadiner Sonne. Lange stand sie so, stumm, endlich setzte sie sich, den Hut in der Hand, auf den Bettrand.

Die Tochter verstand nur zu gut, welchen Schmerz sie ihretwegen ausstand. Sie kannte ihr Denksystem, sie war ja darin ernährt und großgezogen worden. Die Liebe zur Mutter aus sich herausreißen, wurzellos werden, war das möglich? Entwurzelte, das würde sie bald auf ihren Reisen erfahren, wirbeln, von jedem Windstoß erfasst, durch die Welt, finden nirgends mehr Boden.

Anderntags saß die Freundin Erika auf demselben Bettrand. Auch sie sprach auf Annemarie ein, errichtete ein Gebäude aus Wörtern, in dem die Kranke ebenfalls ein und aus ging. Sie war wieder zum Kind geworden, ohne feste Konturen, in dem alle Möglichkeiten wohnten, mal diese, mal jene Facette aufblitzte, je nach Gegenüber sich farbige Steinchen neu fügten in einem inneren Kaleidoskop.

Auch die Qualen des Entzugs veränderten ihre Welt, sie sah alles wie durch Schleier, flach, schattenlos. Die Sonne hatte sich von der Terrasse verabschiedet, es schneite quer durch diese Engadinertage.

Vor den Fenstern Schneestaub.

Nirwanastimmung.

26

THOMAS MANN SAH im Januar 1935 seinem sechzigsten Geburtstag mit gemischten Gefühlen entgegen, das Ereignis, erst im Mai fällig, warf Schatten und Glanz voraus. Man lud den erfolgreichen Schriftsteller zu Lesungen ein. Dem tschechischen Prag, noch immer ein Ort deutschsprachiger Literatur, galt sein und Katjas erster Besuch. Hier gastierte Erika mit ihrem Kabarett, man sah die Premiere ihrer *Pfeffermühle*, das *Prager Tagblatt* sprach von einem *rauschenden Erfolg*. Doch auch Thomas Mann, der anderntags im Kino Urania las, trat vor überfülltem Saal auf.

Anschließend jagten sich seine weiteren Termine: Fahrt nach Brünn, Lesung. Weiterfahrt nach Wien, wo eine Lesung im Konzerthaussaal stattfand, zum Abendessen erschienen Politiker und Würdenträger aus dem Kulturleben.

Zwei Tage später Budapest. Ähnliches Programm.

Dann, schon als Rückreise gedacht, nochmals Wien, Lesung im ausverkauften Urania-Saal.

Nach einer Lesung im Burgtheater luden die Werfels zu einem Galadiner im Grand Hotel ein, eine Tafel mit Freunden, Marianne Rieser aus Zürich saß neben Paul Zsolnay und dem G.-B.-Shaw-Übersetzer und Autoren Siegfried Trebitsch.

Erika, die Einsicht hatte in die Reise- und Lesedaten ihres Vaters, bewunderte seine Energie und seinen Durchhaltewillen während des Veranstaltungsmarathons. Dass seine hochintelligente Frau Katja alle Reisen und Anlässe mitmachte, überall still daneben saß, schien weiter nicht merkwürdig. Und doch war in diesen Jahren ihre physische Kondition weniger robust als die des Gatten, sie war ständig erkältet, es schlug ihr auf die Stimmbänder. Meist saß sie stumm neben Thomas an den Galadinners, was nicht weiter auffiel, empfanden die Gäste wohl wie die Ehefrau selbst als deren vornehmste Aufgabe, im Windschatten eines berühmten Ehemanns zu bleiben.

Die Wiener Tage wurden zum Höhepunkt. Das Publikum zeigte sich auf eine charmante Art begeisterungsfähig, Glanz und Ruhm hatten hier Tradition und waren Bedürfnis, und Thomas Mann zeigte sich nicht unempfindlich für diese Art der Verehrung. So freute man sich, den bedeutenden Schriftsteller bei Laune zu sehen. Immer wieder wurde die Frage gestellt, ob denn die Manns sich nicht lieber in Wien anstatt in der Schweiz niederlassen wollten?

Eine Idee, die Mann für wert befand, bedacht zu werden.

Im Schlepptau der Werfels, Gastgeber des letzten Abendessens, kam also auch Marianne Rieser. Die Theaterfrau hatte in Prag ihre Eltern besucht, an der Moldau ihre Schulfreundin Milena getroffen, dann mit Emil Burians Theatergruppe über das Gastspiel in Zürich verhandelt. Beim Abendessen im Grand Hotel vertiefte sie sich in ein Tischgespräch mit Siegfried Trebitsch. Der schon etwas in die Jahre gekommene Autor ermunterte sie zu eigenem Schreiben: «Mutig einen neuen Schritt tun, Marianne, nach den Revuen nun ein eigenständiges Theaterstück!» Marianne verriet, die Figur der Turandot lasse sie nicht los, sie möchte die Protagonistin nicht als Männermörderin, sondern mit mehr Einfühlung in die weibliche Psyche darstellen. Trebitsch fand den Stoff reizvoll, gerade für eine Pragerin. Schließlich habe ja in Böhmen die Libussa-Sage Tradition, wo dieses Motiv des Geschlechterkampfes aufscheine. Er riet ihr, das Stück in Versen zu schreiben. Gerne werde er bei seinen häufigen Besuchen in Zürich nachfragen, wie es mit der Arbeit stehe, und sie versprach, sich trotz der Belastung ihres Alltags dafür Zeit zu nehmen.

Am nächsten Abend, im Speisewagen des Schnellzugs von Wien nach Zürich, traf Marianne Rieser auf den allein am Tisch sitzenden Thomas Mann.

Er begrüßte sie mit einer Andeutung von Handkuss, entschuldigte dann seine Frau, die von einem Katarrh geplagt werde und sich schon in ihr Abteil zurückgezogen habe. Er bat Marianne, Platz zu nehmen, und verschwand dann lange hinter der Menükarte. Nach eingehendem Studium bestellte er, seiner Verdauungsprobleme wegen, nur eine Omelette. Während er mit der Gabel in der Eierspeise herumstocherte, hieb Marianne lustvoll von einem tellergroßen Wienerschnitzel mundgerechte Stücke ab. Sie wolle von ihrer Lieblingsspeise noch profitieren, so knusprig gelinge sie keinem Koch in Zürich! Ihr Gegenüber nickte und blickte mit einigem Unbehagen auf die langen, mit rotem Lack gepanzerten Fingernägel, bald schon, auf Lesereise in den Vereinigten Staaten, würde er sich über diese Frauenmode noch häufiger ärgern.

Da Thomas Mann stumm speiste, hielt Marianne es für ihre Aufgabe, für seine Unterhaltung zu sorgen. «Im Pfauentheater, schon nächste Woche, geben wir ein Stück von Zuckmayer. Sie lieben doch Zeitgenössisches? Eine Sensation ist wohl das Avantgarde-Theater aus Prag: Burian, den ich eben kontaktiert habe, will unter anderem die *Dreigroschenoper* von Brecht aufführen. Und dies mit einer eigenwilligen, modernen Technik des Spiels, die neu ist für Zürich …»

Thomas Mann, der schweigend und mit aufreizender

Langsamkeit aß, ließ die Stimme der Rieserin an sich abperlen. Als sein Teller schließlich leer war, der in der Ecke wartende Kellner herbeistürzte, um abzuräumen, erkundigte sich Marianne nach den Stationen seiner bald beendeten Reise. Sie hörte aufmerksam zu, resümierte dann erstaunt: «Auftritte in Prag, Brünn, Wien, Budapest! Was für eine physische und psychische Leistung, das ist doch schon für Jüngere ermüdend.» Höflich verzichtete sie auf die Erwähnung seiner bald vollendeten sechzig Jahre.

«Ja, hektische Tage.» Mann zeigte ein schmales Lächeln. Doch merkwürdig, er fühle sich frischer als bei seiner Abreise von Küsnacht. Und auf ihre erstaunte Frage, wie er sich das erkläre, kam der Satz, den er in Gedanken aufhob und abends dem Tagebuch anvertraute: *Die Kundgebungen der Sympathie für meine Existenz, die ich überall erfuhr, sind selbstverständlich eine Nerven-Wohltat.*

Die Theaterfrau hatte dafür Verständnis. Erwähnte ihre Bühnenkünstler, die ebenfalls ein Echo bräuchten, einen Anstoß. Wien sei wohl, nach den eher stillen Tagen in Küsnacht, sehr anregend? Marianne erinnerte sich an die Vorstöße während des Abendessens, die Manns möchten sich doch in Wien niederlassen. Alma Werfel, die prominente Nachbarn liebte, war augenblicklich in ihre soziale Betriebsamkeit gefallen und hatte vorgeschlagen, den Manns ein leerstehendes Haus zu zeigen. Ganz in der Nähe ihrer Villa, auf der Hohen Warte!

«Und – haben Sie mit Alma noch das Haus besichtigt?»

Mann winkte ab. Katja habe die Lage dort oben nicht gefallen, auch die marmorne Villa der Werfels sei in ihrem kalten Prunk unheimlich.

Marianne ließ ihr klangvolles Lachen hören. «Wem sagen Sie das! Auch ich würde Ihr luftiges Haus in Küsnacht vorziehen, am Hang über dem See, im Grünen.»

«Allerdings etwas sehr ländlich», bemerkte ihr Gegenüber. Er unterdrückte ein Gähnen, begann überhaupt schlecht verhohlene Zeichen der Ermüdung zu zeigen, bat diese zu entschuldigen. Er hoffe, diese Nacht in dem rumpelnden Wagen etwas schlafen zu können. Darauf entnahm er einer silbernen Dose eine Tablette, halbierte sie geübt mit dem Daumennagel und schluckte sie mit dem Rest des Tafelwassers. Nun ziehe er sich, wenn sie erlaube, zurück, er habe auch die Gewohnheit, im Bett noch ein wenig zu lesen.

«Puschkins *Hauptmannstochter*», sagte er, als sie nach dem Titel des Buches fragte.

«Wie reizvoll. Auf mich hingegen wartet noch Pflichtlektüre für das Theater», gestand sie. «Darf ich Sie, um Ihre ländliche Ruhe in Küsnacht zu unterbrechen, zur nächsten Premiere einladen?»

In seinem Tagebuch, wo alle Tageseindrücke notiert wurden, stand später keine Zeile über Marianne Rieser. Da er Frauen eher kritisch beurteilte, sucht man nach einer Bemerkung, wie: Sie rede zu viel, er ertrage den Klang ihres «gesmockten» Wienerisch schlecht. Frauliche Schönheit? Sie berührte ihn selten, eher fand in seinen Aufzeichnungen der bloße Oberkörper eines jungen Gärtnergehilfen in Küsnacht literarische Beachtung. Für diesen Abend jedenfalls notierte er anderes: *so geht eine Reise zu Ende, die an erfreulichen Eindrücken und Erfahrungen reich war wie kaum eine frühere. Es gab ein helles Aufleuchten meiner Existenz ...*

27

EIN DEMOKRATISCHES LAND kennt wenig Glanzlichter, ist seinem Wesen und seiner Lebensgestaltung nach eher nüchtern, vielleicht bieten die künstlichen Lichter auf den Brettern, die die Welt bedeuten, gerade deshalb eine willkommene Abwechslung.

Schon zwei Tage nach der Heimkehr der Eltern sahen die Jüngsten der Manns, nach Art der Familie immer noch als Kinder bezeichnet, doch mittlerweile zu Teenagern geworden, das Ungetüm des Rieserschen Theaterautos an der Schiedhaldenstrasse 33 vorfahren. Im Schatten des schreibenden Vaters zum Musikschüler geworden, freute sich Michael über eine Ablenkung vom langen Üben. Auch Elisabeth, für ihre Reifeprüfung büffelnd, genoss es, mit dem Bruder aus dem Fenster zu lehnen und zu kichern. Sie blickten auf den grünbemützten Rundkopf des Chauffeurs, hörten ihn an der offenen Tür in seinem eigentümlichen Sprechgesang aufsagen: «Habe die Ehre, die Ehre, Herrn Thomas Mann abzuholen und zum Schauspielhaus zu fahren, Frau Direktor Rieser, Rieser erwartet ihn zur Premiere in ihrer Loge.»

Für Thomas Mann, der im Smoking aus dem Haus trat, legte der Chauffeur andächtig zwei Finger an die Mütze. Stand da mit seinem hölzernen Nussknackernicken. Wartete, bis das sechsplätzige Ungeheuer den Gast verschluckt hatte.

«O weh, da fährt sie dahin, die deutsche Literatur», feixte am Fenster Sohn Michael, und Elisabeth, Mädi genannt, winkte, bis das gigantische Vehikel auf der Straße Richtung Stadt verschwunden war.

Marianne Rieser empfing den Schriftsteller in ihrer Loge mit einem Glas Champagner. Dann setzten sie sich erwartungsvoll in die Fauteuils, um Zuckmayers *Schelm von Bergen* zu sehen. Das Stück des Kollegen erhielt jedoch von Mann wenig Applaus: *Überflüssige Poesie, wenig bezaubernd dargestellt.*

Zum Glück gestaltete sich für ihn das anschließende Nachtessen im Pfauenrestaurant interessanter. Riesers hatten mit Hartung zwei Herren aus Düsseldorf eingeladen, Gelegenheit für den Schriftsteller, Nachrichten aus erster Hand zu empfangen von *drüben,* seinem geliebten Deutschland, dem Land seiner Wurzeln, an dem er litt.

Das Schauspielhaus blieb für Thomas Mann eine kulturelle Oase, zumal nach den Turbulenzen um *Professor Mannheim* in den ersten Monaten des Jahres wohltuende Ruhe eingekehrt war. Im Programmheft für 1935 hatte Rieser geschrieben: *Aus der Gewissheit, das «beste Zürich» auf unserer Seite zu haben, schöpfen wir die Kraft, trotz der Schwere der Zeit, an die kommende Spielzeit voller Vertrauen heranzugehen.*

Doch der Friede dauerte nicht lange, mit den lauen Juniabenden kehrten die Krawalle zurück.

Zwar bekam das Gastspiel des Prager Avantgardetheaters in Zürich viel Lob, so die *NZZ:*

Die Akteure spielen entfesseltes Theater. Spiel, Tanz und Gesang in jener aufgelockert wirkenden Mischung, die aber straffste Disziplin und konstante Bereitschaft in höchstem Grade voraussetzt …

Nach *Voice-Band* mit Liedern der Autoren Cocteau, Apollinaire, Kästner, Mehring, Heine und einer singspielartigen Montage über «Krieg» erwartete man gespannt die teils in tschechischer, teils in deutscher Sprache gehaltene Aufführung der *Dreigroschenoper.*

Das Brecht-Stück wurde zum Stein des Anstoßes. Empörung bei den Frontisten. Ihr Mentor, James Schwarzenbach, spielte sich als Sittenrichter auf, doch die wahren Unruhen dürften sich wohl in den Tiefen seiner Persönlichkeit abgespielt haben. Der ehrgeizige Konvertit nahm sich vor, den Weg der christlichen Selbstverleugnung zu gehen, doch auf dem steilen Pfad stellte ihm seine eigene Sinnlichkeit immer wieder ein Bein. Mit Frauen tat er sich in diesen Jahren noch schwer, so widmete er sich an den langen Abenden aufreizender Bettlektüre, im Frühjahr 1935 las er *Lady Chatterley's Lover* von D. H. Lawrence. Sein Tagebuch, das einerseits über den Besuch der Frühmesse Rechenschaft ablegte, andererseits auf einer gesondert markierten Seite moralische Siege und Niederlagen vermerkte, war schon in den späten Jahren seines Lebens auf den Handschriftenmarkt gekommen. Dies wohl weniger aus Nachlässigkeit als aus der Verehrung bestimmter Kreise, die den Sprössling des Seidenimperiums gewissermaßen als Mystiker schätzten. Oder nahm das Schicksal Rache, dass er auf dem Rücken der Stadt Zürich seine Versuchungen zur öffentlichen politischen Aktion machte? Wie immer, die Songs der *Dreigroschenoper* wurden im Organ der Frontisten durch Abdruck an den Pranger gestellt und dürften wohl nicht nur im jungen James wilde Phantasien ausgelöst haben: «Die Mädchen, die die Brüste zeigen, um leichter Männer zu erwischen …»

Die *Front* brachte als Reaktion auf die sogenannte Dreischweineoper im Juni 1935 folgende Stellungnahme: *Was hat das Schweizervolk für ein Interesse daran, dass im Schauspielhaus Zürich die pornographischen Schweinereien der Juden Brecht und Weill zum Besten gegeben werden? Ist es nicht ein Zeichen gesunden Menschenverstandes und der geistigen Reinheit, wenn es sich dagegen zur Wehr setzt?*

Man forderte eine sofortige Absetzung des Stücks.

Eine solche Blamage für Zürich zu verhindern sah der

energische sozialdemokratische Stadtpräsident Emil Klöti als seine Aufgabe. Er schrieb: *Die «Dreigroschenoper», eine umgearbeitete englische Bettleroper aus dem 18. Jh., wurde vor einigen Jahren in Zürich in deutscher Sprache und in letzter Zeit in verschiedenen Städten des In- und Auslandes aufgeführt, ohne Anstoß zu erregen …*

Die Stadtregierung ordnete an, die letzte Aufführung der *Dreigroschenoper*, auf den 22. Juni 1935 angesetzt, müsse unbedingt über die Bühne gehen.

Sie ging auch über die Bühne. Doch während dieser von der Polizei geschützten Vorführung war die Hölle los: Stinkbomben im Zuschauerraum. Eine ätzende chemische Verbindung namens Kakodyl verursachte tränende Augen und Verletzungen. In der Pause, während der man zu lüften versuchte, platzte eine Petarde im Herrenklosett, die Explosion zerstörte die sanitäre Anlage und alle Fenster des Raums. Viele Besucher flüchteten aus dem Theater und gerieten draußen in die Straßenschlachten.

Die Frontisten verbuchten den Abbruch der Aufführung als ihren Erfolg und feierten sich im Kasino Aussersihl als Retter von Religion und Sittlichkeit.

Thomas Mann, der sich zu diesem Zeitpunkt auf Amerikareise befand und erst im Juli durch Oprecht von diesen Krawallen erfuhr, sah nochmals bestätigt, was er vor Monaten in seinem Tagebuch festgehalten hatte: *die fanatischen Rüpeleien der Frontisten mit patriotischem Aushängeschild. Äußerst gefährlich und verwirrend für das Bürgertum.*

«Die Frontisten sind dreist genug, sich für die Vertretung des ganzen Schweizervolks zu halten», fügte Oprecht hinzu.

28

IN DIESEM SOMMER 1935, in dem der Wind über dem Zürichsee oft in unangenehmen Föhn überging, mit bedecktem Himmel und stumpfem Licht über dem Wasser, versuchten sich die Manns von der Amerikareise auf ihrer Terrasse in Küsnacht zu erholen. Doch der Strom an Nachrichten, der ihnen durch Zeitungen und Besucher unaufhörlich zufloss, bewirkte, dass die Nervosität in Zürich zunahm. Auch der fiebrige Atem des Föhns wirkte ungünstig auf Körper und Seele, so das Notat in Thomas Manns Tagebuch: *Golo fiebrig und unwohl. Auch ich an der Luftröhre affiziert mit Neigung zu heißem Kopf.*

Die Nervosität betraf aber keineswegs nur ruhebedürftige Immigranten und Zürcher. In immer kürzeren Abständen wurden die Berner Magistraten von verbalen Angriffen aus dem Dritten Reich aufgeschreckt. Die Schweiz verhalte sich subversiv. Es werde etwa eine «Gruppe 33» toleriert, deren Zweck es sei, Flüchtlinge über die deutsche Grenze zu bringen. Man vermutete das Zentrum dieser Bewegung in Zürich, suchte die illegalen Menschenretter unter den Kommunisten, dabei fiel der Verdacht auf das Sprechtheater mit den Schauspielern Stöhr, Langhoff, Parker, Heinz und dem Bühnenbildner Teo Otto. Rieser bekam Mitteilung von der Fremdenpolizei, die genannten Männer müssten sofort verhaftet und verhört werden. Panik machte sich breit. Stöhr, der schon eine Auslieferung an Deutschland für sicher hielt, bereitete sich auf die Flucht vor und verstaute seine bescheidene Habe in zwei Schließfächern im Zürcher Hauptbahnhof. Direktor Rieser, der seine nächsten Aufführungen bedroht sah, versteckte, um Schlimmerem vorzubeugen, die Verdächtigen kurzerhand in Rüschlikon in seiner Villa. Dann fuhr er zur Polizei, betrat zum Schrecken der Beamten ohne Anmeldung das Büro des Kommandanten, tobte auf seine schon berüchtigte Art: «Auf einen bloßen Verdacht hin werden meine besten Leute geholt! Mein Theater wird ruiniert, man zwingt mich, meinen Laden zu schließen!»

In der Rüschliker Villa, einquartiert in Riesers Dachkammern, fanden die Schauspieler genügend Ruhe, ihre Rollen zu lernen. Auch servierte man ihnen reichlich Speis und Trank. Manchmal ließ Riesers tobende Stimme die Wände erzittern, dann wusste man, er telefoniert mit der Fremdenpolizei: «Was für eine drakonische Maßnahme! Man kuscht in Zürich vor Berlin!»

Abends, wenn die Zeit für Telefonate mit Amtsstellen vorüber war, rief Marianne ihre «Gefangenen» herunter ins Büro. Sie blätterte in einem Blätterwust, kündigte an, da man nun mal zusammen sei, wolle sie gern ein Schauspiel aus ihrer Feder vorlesen. Erst zwei Akte seien fertig...

«Zum Glück nicht fünf», murmelte Stöhr. Die anderen warfen einander vielsagende Blicke zu, sie hätten jetzt lieber Karten gespielt. Doch die Frau Direktor hatte sie im Griff, sie konnten ja nicht entrinnen. Wenigstens spendete der Hausherr zu dem Hörprogramm einen guten Tropfen Wein.

Am zweiten Abend saß man bereits im Halbkreis in Erwartung der Vorleserin, doch sie verspätete sich. Man hatte Zeit, den Rieserschen Katzen zuzuschauen, die, aufgescheucht durch die fremden Besucher, mit erhobenen Schwänzen durch das Zimmer strichen. Hercules, Tacido und Signora Donatella stammten aus den Abruzzen, die Riesers hatten die wilden Kreaturen in einem Bergdorf angeblich vor dem Hungertod gerettet und mitgebracht. Die Tiere, scheu und selbständig, blieben auch in Rüschlikon ihrer Art treu, hagere Körper auf überhohen Beingestellen, würdevoll wichen sie Streichelhänden und dem vollen Fressnapf aus. An den Blechteller drängten sich dafür dicke

Tigerkatzen von der vulgären Art, wie man sie am Zürichsee auf den Fenstersimsen der Bauernhäuser sah. Doch des Direktors ausgesprochener Liebling war eine porzellanfarbene Angorakatze mit ausdrucksvollen blauen Augen. Auch sie floh vor den Tritten der Besucher, doch wenn Rieser rief, ließ sie sich anlocken und hielt unter seinen Liebkosungen still.

Da endlich: die Hausherrin mit ihren Blättern. Ihre Begleitung, ein hübsches junges Mädchen, sorgte für Überraschung. Der Theaterdirektor stellte es als neue Kollegin vor: «Grete Heger aus Wien. Sie hat im Kabarett am Naschmarkt gespielt.»

Dieses «reizende junge Ding», wie man sie später im Theater oft nannte, war noch keine zwanzig und von liebenswürdig schalkhaftem Wesen; Grete schlüpfte auf der Bühne bald in Kinder- und Knabenrollen. Dass ihre frische Art und ihr wienerischer Charme auf Anhieb die Sympathie der Kollegen gewann, konnte nicht wirklich verwundern. Doch an diesem Abend erkoren sie selbst die Katzen zu ihrem Liebling, sogar die Abruzzen-Wildlinge, die sonst keine Menschen mochten, kamen in Gretes Nähe. Und, o Wunder, das Zartchen ließ sich von ihr streicheln! Rieser beobachtete das still, er vertraute dem Urteil seiner Katzen. Die junge Grete galt ihm fortan viel, es hieß, er sei ein bisschen in die Kleine vernarrt. Grete nahm diese Zuwendung ganz selbstverständlich entgegen, vermutlich weil sie den Direktor, das angebliche Rauhbein, bis in sein zartes Inneres erkannte.

Als höchste Gunstbezeugung schenkte Rieser ihr eines Tages das Zartchen. Doch die katzenfreundliche Schauspielerin wohnte in engen Verhältnissen, der Zimmerwirtin missfiel das Haustier, und eines Tages war Zartchen verschwunden. Man suchte sie verzweifelt im ganzen Viertel, hängte an den Hausmauern Vermisstenzettel auf. Weil Zartchen verschwunden blieb und Grete sich nicht getraute, es dem Direktor zu sagen, riskierte sie mit ihrem letzten Geld eine Zeitungsannonce. Drei weitere Wochen verstrichen. Da meldete sich der Metzgermeister drei Gassen weiter, das Tier sei ihm vor etlicher Zeit zugelaufen, man möge es abholen. Als Grete läutete, öffnete die Metzgersfrau die Stubentür, da lag das Zartchen neben dem Ofen, ein aufgeplustertes beigefarbenes Sofakissen, die blauen Äuglein tief eingesunken in den Speckfalten. Die Metzgersleute hatten das Tier überreich ernährt und erwarteten jetzt Gretes Dank. Nun war für die mächtige Katze in Gretes Zimmer kein Platz mehr. Die junge Schauspielerin sah keinen andern Ausweg, als das Zartchen bei Gelegenheit nach Rüschlikon in die Villa der Riesers zurückzubringen, sobald sie die Zeit dazu finden würde.

An diesem Abend hörten die Schauspieler der Stimme der Rieserin nur mit halbem Ohr zu, die Blicke wanderten immer wieder zu der kleinen Heger. Als die Lesung beendet war, bat Marianne Rieser um ein Urteil. Man drückte sich erst ein bisschen, schließlich rückte Langhoff mit der Sprache heraus: Er finde die Idee von der neuen Turandot zwar schön, doch die Verse kämen ihm bockig vor, sperrige Strohhalme seien es.

Einen Augenblick war es still.

Da meldete sich die Grete: «Na, wissen S', im Südtirol legen die Frauen die sperrigen Strohhalme in Wasser ein, und wenn sie schmiegsam geworden sind, verfertigen sie daraus elegante Hüte, die man auf dem Strohmarkt in Florenz teuer verkauft! So werden auch Verse, im Theater vorgetragen, durch die Stimmen und Gesten der Sprechenden geschmeidig gemacht und beginnen zu leben.»

Das war vielleicht etwas weit hergeholt, klang aber plausibel.

«Wer soll denn die Turandot spielen, Frau Rieser?», fragte Parker mit dem roten Haar und dem mageren Vogelgesicht.

Marianne seufzte. «Nun, wundervoll wäre die Berger. Doch da sie nicht zu haben ist, denke ich an Sybille Binder.»

Teo Otto, ein Fan der Binder, dieser klassischen Schönheit, applaudierte. Für Rieser war damit der Abend gerettet, er rief nach Theophil und ließ die Gläser seiner «Gefangenen» nochmals füllen.

Die nicht reizlose Haft in der Rieser-Villa dauerte gerade fünf Tage. Dann ließ die Chefetage der Fremdenpolizei in Bern verlauten, Riesers Schauspieler seien zu entlasten, der Verdacht falle anderswo hin. Wohin, blieb unklar. Auch von der Gruppe 33 wurde bald nicht mehr gesprochen, so verlief die Geschichte, die vielleicht eine Erfindung der Nazis war, wie vieles in jener Zeit, im Sand.

Stöhr, der durch die Verdächtigungen sehr gelitten hatte, atmete auf. Er hatte den Flüchtling Berthold Jacob persönlich gekannt, und seine Geschichte hatte ihn in Panik versetzt: Vor ein paar Monaten war Jacob in einem perfiden Streich aus Basel mit Gewalt über die deutsche Grenze verschleppt worden. Rieser, der um Stöhrs Bekanntschaft mit Jacob und um seine Ängste gewusst hatte, sprach ihm jetzt zu, nun könne er ruhig nach Hause gehen, er sehe ja, die Gestapo sei nicht hinter ihm her.

«Nach Hause? Hat einer von uns Immigranten ein Zuhause?»

«Nun, wohl eine Wohnung, nehme ich an.»

«Ich habe keine mehr.»

«Ach? Wo sind denn Ihre Siebensachen?»

«Im Hauptbahnhof, in den Schließfächern.»

«Kommen Sie, wir fahren gleich hin.»

Und Rieser fuhr zum Bahnhof, anschließend brachte er Stöhr mit seiner Habe an seine alte Adresse in der Altstadt.

Doch da zeigte sich eine neue Schwierigkeit, Stöhrs Wohnungsvermieterin weigerte sich, den Schauspieler wieder zu beherbergen. In seiner panischen Angst, ausgewiesen zu werden, war er ohne Nachricht und ohne Miete zu zahlen geflohen. Da die Vermieterin die Zimmer leer vorfand, vermutete sie, der Vogel sei endgültig ausgeflogen. Rieser klärte mit viel Geduld die schwerhörige alte Dame auf. Als dieses Problem gelöst war, fuhr Rieser den Schauspieler rechtzeitig zur Hauptprobe zum Schauspielhaus. *Wie ein Vater seinen Sohn hat er mich behandelt*, sagte Stöhr, *doch von dem Augenblick an, wo wir das Theater betraten, war er wieder der Direktor, der einen nicht kannte.*

Nach der Erfahrung der letzten Tage ließ der Direktor am schwarzen Brett einen Aushang anbringen, auf dem er den Bühnenkünstlern jede politische Aktivität untersagte. Auch in der Wahl der privaten Beziehungen sei Vorsicht geboten, um nicht in falschen Verdacht zu geraten. Ein Nichtbefolgen dieser Anweisung habe fristlose Entlassung zur Folge!

Rieser drohte gern mit fristlosen Entlassungen, er wusste: Nichts jagte seinen Emigranten mehr Angst ein, wohin sollten sie denn gehen? So pflegte er einen oft rüden Umgang mit seinen Bühnenkünstlern, der zu seiner ebenso oft erkennbaren Menschenfreundlichkeit nicht passen wollte.

Über die zwei Seelen in der Brust des Direktors wurde gerätselt. Einer der ältesten Mitarbeiter berichtete: Zu Beginn sei Rieser wohl zu väterlich und zu großzügig gewesen. Manche Schauspieler hätten das schamlos ausgenutzt, so seien einige, nachdem sie den Vorschuss kassiert hätten, auf Nimmerwiedersehen verschwunden. Um seine Autorität zu bewahren und sein Theater vor der Pleite zu schützen, habe Rieser Härte lernen müssen.

29

KÜSNACHT, DER 9. NOVEMBER 1935. Erika Manns dreißigster Geburtstag.

Katja und Thomas Mann spazierten mit dem Geburtstagskind durch den Wald, der Spätherbst hatte Sträucher und Laubbäume festlich eingefärbt. Über dem Seebecken lag noch Morgennebel, doch jetzt, gegen Mittag, klarte der Himmel auf, das Wasser schimmerte bläulich durch den Dunst, weiche Luft stieg hangwärts, für diese Jahreszeit ein fast zu milder Tag.

Der 9. November war für Thomas Mann ein Tag der besonderen Konstellationen und Verbindungen. So ließ er zwischen den sonst trockenen Notaten zweimal das von ihm selten gebrauchte Wort «Herz» aufflackern: *Ich war so alt wie sie, als sie in schrecklichen 36 Stunden zur Welt kam. Dreimal 10 Jahre seitdem, es war das «Leben». Aber das Kind, unser erstes, liebe ich von Herzen und verteidige es mit verächtlicher Empörung in meinem Herzen gegen den stupiden Hass zu Hause.*

Zum Tee erschien bei den fünf Mann-Kindern auch Annemarie Clarac-Schwarzenbach. Zurück aus Persien und dem kurzen Abenteuer ihrer Ehe.

Frau Mann, die im Flur den Rosenstrauß für das Geburtstagskind entgegennahm, fragte Madame Clarac diskret nach dem Wohlergehen des Gatten.

Darauf Annemarie mit unverbindlichem Lächeln: «Danke, es geht ihm gut. Wenn ich in Europa bin, bleibt er in Persien. Wir gehen von nun an getrennte Wege.»

Und Katja Mann, eine Frau von Stil, fragte nicht weiter. Sie dachte sich ihren Teil: Man heiratet heute, wie man in ein neues Kleid schlüpft, so war es auch bei Erika mit ihrem homosexuellen Dichter Wystan Auden. Am Vortag der

Trauung hatten sie sich am Bahnhof in London zum ersten Mal gesehen. Man findet einander, lässt voneinander. Auch Erikas erste Heirat mit dem Schauspieler Gustav Gründgens hatte nur kurz gedauert. Der Gewinn der ganzen Aktion? Erika erhält als Misses Auden die britische Staatsbürgerschaft als Schutz vor den Nazis. Und Annemarie? Ist auf dem Papier jetzt Französin. Bietet ihr der neue Zivilstand auch Schutz vor dem Schwarzenbach-Clan?

Im Verlangen, die geliebte Freundin wiederzusehen, hatte Annemarie für die Begegnung in Küsnacht den letzten Moment erwischt: Im Zimmer warteten schon Erikas Koffer für das Gastspiel der *Pfeffermühle* in Luzern, anschließend sollte ein Engagement in Basel folgen.

«Ach, das mühsame Packen», sagte Erika mit einem Seufzer zu ihrem Gast.

«Aufführungen in Zürich?»

«Sind nach wie vor verboten.» Und Erika vermied es, die Freundin darauf hinzuweisen, dass einige Schwarzenbachs daran wohl nicht unschuldig waren.

Beim Abendessen freute sich die nun Dreißigjährige über die bunte Tafelrunde. Golo wurde gebeten, eine der Champagnerflaschen zu öffnen, ein Geschenk von begeisterten Freunden des Kabaretts, der Schaumwein perlte in Glaskelchen aus Wien, ebenfalls das Geschenk eines Förderers. Der Vater erhob sich, erklärte sich auch zum Mäzen und steuerte zur Feier ein paar kunstvoll gedrechselte Sätze bei.

Schwarzenbach saß zwischen der Giehse und Thomas Mann, ihr in Europa ungewohntes Hosenkleid von orientalischem Schnitt weckte das Interesse des Hausherrn, er sprach sie auf ihre Zeit in Persien an.

Nun merkte die ganze Tischrunde auf.

Doch Annemarie schenkte den Neugierigen nur ein paar dürre Sätze über den heißesten aller Sommer im Hochland des Lahrflusses, die Sicht auf den mit Schneeresten und Lava besprenkelten Kegel des Demawend, die Nächte im Nomadenzelt, im Grasland nebenan die Pferde des Schahs.

Schon verstummte sie, entnahm aber ihrer Ledertasche einige Fotos. Bilder von großer Schönheit und Aussagekraft, man reichte sie staunend herum. Erika spendete Lob, und die Fotografin, davon belebt, sagte: «Sie sind das Einfrieren eines Augenblicks, der sich so nie wieder einstellt.»

«Und geschrieben? Hast du denn in Persien nichts geschrieben?», fragte Klaus.

«Bloß Skizzen, tagebuchartig. Nicht zu verwenden, jetzt wenigstens noch nicht.»

«Sind dir die Eindrücke noch zu frisch?»

Sie zuckte die Achseln, mochte sich in dieser Runde nicht dazu äußern. Gefühle der Einsamkeit, wie sollte man sie beschreiben? Glaubhaft machen, dass man in der Hitze sterbenskrank werden kann, Schüttelfrost haben bei vierzig Grad Celsius? Sie hatte zu Drogen gegriffen, nahm später wieder Drogen gegen das Elend, das von den Drogen verursacht war.

Drei Jahre später, auf Entzug in der Klinik, gelang es ihr, die inneren Bilder literarisch zu gestalten, ihr schönstes Buch entstand: *Das glückliche Tal.*

Spät am Abend, als sich die Jungen in die oberen Stuben zurückzogen, trank Annemarie noch etwas Champagner, ließ aber die dazu gereichten Kaviarbrötchen stehen.

«Wäre dir Thunfisch lieber?», neckte Klaus augenzwinkernd. Und sofort schob er nach: «Doktor Katzenstein schreibt mir nur ungern ein Rezept. Wir wollen ja beide von unseren künstlichen Paradiesen loskommen, nicht wahr? Sonst taugt unsere Schreibe nicht als Waffe gegen den Faschismus.»

Sie nickte. Gestand, sie unterziehe sich noch diesen Monat wieder einer Kur, diesmal bei Oscar Forel in der Klinik Les Rives de Prangins am Genfersee.

Klaus nutzte die Gelegenheit, die schöne Annemarie, die er oft «das Schweizerkind» nannte, an diesem Abend genau zu betrachten. Sie schien schmaler geworden, schweigsamer, das Gesicht zart wie eine schimmernde Mondscheibe. Als man sie bat zu erzählen, wie denn die persische Ehe verlaufen war, fiel zwischen fast geschlossenen Lidern auf ihre Freunde ein Blick von beinahe hündischer Anhänglichkeit: «Persien? Wie sollte ich dort glücklich gewesen sein, fern von euch?»

Es kam Klaus vor, als trete Annemarie, während sie alle im Leben weitergezogen waren, an Ort.

30

JETZT WAR ES SO weit. Nun musste es sein.

Thomas Mann ergab sich seufzend dem Entschluss, endlich Klartext zu schreiben. Ein weiteres Schweigen, so drängte ein Telegramm, das von Sohn Klaus und dem Amsterdamer Querido-Verleger Fritz Landshoff unterzeichnet war, sei nach dem Artikel in der *NZZ* schlicht unerträglich.

Und Erika wurde, wie es ihre Art war, noch deutlicher. In ihrem bekannt gereizten Ton fragte sie den Vater, ob er denn ein Mensch sei, der nur an sich denke? Für seine in der Emigration kämpfenden Kinder und einen Großteil der Leser sei es mehr als verwirrend, dass er immer noch seine Bücher bei S. Fischer in Deutschland verlege. Bezeichne doch der von Mann geschätzte Journalist Leopold Schwarzschild, Herausgeber der Pariser Emigrantenzeitung *Das Neue Tage-Buch,* den Verleger Bermann Fischer als *Schutzjuden des nationalsozialistischen Verlagsbuchhandels.*

Doch der eigentliche Auslöser zu Manns berühmtem offenen Brief war Eduard Korrodis Artikel «Deutsche Literatur im Emigrantenspiegel», der in der *NZZ* vom 26. Januar 1936 erschien.

Korrodi, Chef des *NZZ*-Feuilletons, von vielen als Literaturpapst angesehen, hatte auf eine Behauptung Schwarzschilds, dass alle bedeutenden deutschen Autoren ins Exil gegangen seien, geantwortet: *Wir begreifen vor allem, dass es angesehene Schriftsteller in der Emigration gibt, die lieber nicht zu dieser deutschen Literatur gehören möchten, der der Hass lieber ist als das Streben nach Wahrheit und Gerechtigkeit.* Das war eindeutig auf Thomas Mann gemünzt. Die Literatur der anderen Emigranten setzte Korrodi mit der jüdischen gleich, die jüdische mit der «Romanindustrie». Von den Dichtern – nach Korrodis Definition waren nur Lyriker Dichter – sei kein einziger aus Deutschland ausgewandert.

Klaus Mann schickte sofort ein Telegramm: *bitten inständig auf Korrodis verhängnisvollen Artikel wie und wo auch immer zu erwidern stop diesmal geht es wirklich um eine Lebensfrage für uns alle.*

Thomas Mann war also gezwungen, zu widersprechen: *Ich habe nach drei Jahren des Zögerns mein Gewissen und meine feste Überzeugung sprechen lassen,* notiert er im Tagebuch.

Seine Antwort, in tagelangem Ringen durchdacht, von Katja beraten und in mehreren Entwürfen notiert, setzt behutsame Denkschritte, die Korrodi und seinesgleichen nicht verletzen sollen. Dennoch ist es Klartext. Am Schluss des Briefes folgt das längst erwartete und vielbeachtete Bekenntnis zur Opposition gegen das nationalsozialistische Deutschland:

Der deutsche Judenhass aber (...) gilt gar nicht den Juden oder nicht ihnen allein, er gilt Europa und jedem höheren

Deutschtum selbst (…) Die tiefe, täglich gestützte Überzeugung, dass aus der gegenwärtigen deutschen Herrschaft nichts Gutes kommen kann, für Deutschland nicht und für die Welt nicht – diese Überzeugung hat mich das Land meiden lassen, in dessen geistiger Überlieferung ich tiefer wurzle als diejenigen, die seit drei Jahren schwanken, ob sie es wagen sollen, mir vor aller Welt mein Deutschtum abzusprechen.

Der Artikel erscheint am 3. Februar 1936 in der *NZZ*. Dazu steht im Tagebuch: *Das Bewusstsein, dem niederträchtigen Regime einen zweifellos empfindlichen Schlag versetzt zu haben, erfüllt mich mit Genugtuung. Es wird sich nach Kräften zu rächen versuchen. Möge es.*

Am 8. Februar folgte in der *NZZ* Korrodis Replik auf den offenen Brief, Thomas Mann bezeichnet diese Antwort als *schwach, tückisch und gleichgültig*. Und Sohn Klaus hofft, Korrodi, der sich glänzend für einen Redaktionsposten eines der idyllischen Blätter im Dritten Reich eignen würde, werde sich von nun an beherrschen.

Die Nationalsozialisten schlugen schon im Dezember zurück: Thomas Mann wurde ausgebürgert. Kurz danach entzog ihm die Universität Bonn den Ehrendoktor der philosophischen Fakultät, der ihm schon 1919 verliehen worden war. Noch 1934 hatte Thomas Mann gehofft, in abgekürztem Verfahren Schweizer zu werden. Mahlten in der Schweiz die politischen Mühlen zu langsam? Thomas Mann, für die Schweiz die Galionsfigur der Kulturimmigranten, dessen sechzigster Geburtstag in Zürich mit Stil feierlich über die Bühne gegangen war, legte schließlich im November 1936 vor dem Konsul in Zürich den Eid als tschechischer Staatsbürger ab.

31

VON 1936 AN wurden die Zeiten für das Pfauentheater härter.

Zu Saisonbeginn versuchte die Direktion mit Soireen in den noblen Hotels Dolder und Baur au lac Aufmerksamkeit und Sympathie für das neue Programm zu wecken, ein Kampf um jedes Abonnement. Noch immer galt bei einem Teil der Bevölkerung das Pfauentheater als «'s Judetheater», dessen Besuch nicht unbedingt empfehlenswert sei. Das Theater ist oft schwach belegt. Woche für Woche jagt das Ensemble von Premiere zu Premiere, die Dichterworte fallen in eine Leere vor dem Sturm.

Wenige respektieren die oft erstaunliche Leistung. Die Presse zeigt sich desinteressiert, Besprechungen, wenn sie überhaupt gebracht werden, sind oft lieblose Pauschalurteile. Man hat nicht die Qualität der Aufführung, sondern das Theater mit dem umstrittenen Direktor vor Augen, mit einem Lob will man sich bei der unsicheren politischen Wetterlage nicht exponieren.

Davon spricht Ferdinand Rieser im Programmheft zur Feier des zehnjährigen Bestehens:

In dieser zersplitterten Zeit,
in der es kein Rasten mehr gibt,
steht jeder,
aber besonders der mit der Kunst verbundene Mensch
immer wieder am Anfang.
Es gibt keine Lorbeeren,
es gibt keine Höhepunkte,
auf denen man ausruhen kann,
sondern immer stärker nur die Aufgabe und den Kampf,
alle Kräfte restlos für die ins Wanken geratene Kultur einzusetzen.

«Unter diesen Umständen müssen wir die Abgabe von Freikarten beschränken», entschied Rieser und gab der Kasse entsprechende Anweisung. In der Folge schimpfte Klaus Mann über die Freikartenknauserei. Und Thomas Mann vermerkte im Tagebuch: *das ärgerliche Verhalten des Schauspielhauses in Dingen der Kartenbewilligung,* er musste *auf eigene Kosten* ins Theater.

Anderntags ließ er einen Brief schicken als Ausdruck seiner Verstimmung. Auf diesen ist Riesers Antwort vom 30. Januar 1936 bekannt: *Wenn Sie, sehr geehrter Herr Doktor, sich als Ehrengast unserem Hause verbunden fühlen und in diesem Zusammenhang auf eine gewisse Etiquette in München und Berlin Bezug nehmen, so verstehen wir das nicht ganz. Wir könnten erwidern, dass wir hier in einem demokratischen Lande leben, in dem es nicht Sitte ist, die Könige in den Himmel zu heben und sie nachher zu stürzen. Trotzdem erkennen wir sie als Könige an, ohne uns selbst in Formen höfischer Etiquette zu zwingen. Wir freuen uns, wenn wir Sie als Gast in unserem Hause sehen und stellen Ihnen auch gerne weiterhin Karten zur Verfügung (…) Ihre Anteilnahme an der künstlerischen Arbeit unserer Bühne und die freundlich anerkennenden Worte verpflichten uns zu persönlichem Dank. Aber unser Wunsch wäre es, viel tiefer in Ihrer Schuld zu stehen. Der innere Zusammenhang der geistigen Menschen, die sich und ihr Werk gegenseitig respektieren, könnte sich unserer Meinung nach auch in der Öffentlichkeit dokumentieren (…) Gelegenheiten zur Äußerung bieten sich häufig genug.*

Vor kurzem wurde Marianne in den Vorstand des Theatervereins gewählt, zu dem die beiden Zürcher Theater gehörten, Pfauenbühne und Stadttheater. Eine neue Erfahrung: In Mariannes Gegenwart lästert man ungeniert über ihren Ehemann, den Direktor. Man hält ihn für einen Kapitalisten, wie er im Bilderbuch steht. Ein Blutsauger. Warum? Weil er sich gegen den neuen Tarifvertrag wehrt, den ihm die Gewerkschaft des Personals öffentlicher Dienste und der Verband schweizerischer Bühnen aufzwingen will. Eine Verpflichtung, von der Rieser glaubt, dass sie seinen Leuten keine Vorteile bringen würde, da er sie ja gut entlöhnt. Hingegen fürchtet er, dass diese Vereinbarung seine Selbständigkeit untergraben könnte, schließlich will er sein mit eigenem Kapital und eigener Kraft aufgebautes Theater, sein Schlachtschiff, weiterhin selbst steuern.

Doch mit diesen Bedenken scheint er allein zu stehen. Sogar Stadtpräsident Klöti, Rieser sonst freundlich gewogen, warnt: Er möge sich die gewerkschaftlich organisierte Arbeiterschaft der Stadt Zürich nicht zum Feind machen.

Noch ist Ferdinand Rieser sein Mittagessen zu Hause in Rüschlikon heilig, anschließend gönnt er sich auf der Terrasse eine Stunde des Rückzugs.

«Trinkst du einen kleinen Schwarzen, Ferdinand?» Marianne bringt ihm mit dem Kaffee ein Schälchen Konfekt. «Honigtirggel, von der Lipski mit Liebe gemacht.»

Sie lächelt schelmisch, doch Ferdinand reagiert nicht, kein heller Schimmer will über sein Gesicht huschen. Er klagt in letzter Zeit über Kopfweh. Trinkt im Übermaß Kaffee, der ihm helfen soll, diese anstrengenden Tage, die seinen vollen Einsatz verlangen, zu bewältigen. Noch immer ist er morgens der Erste, der das Theater eigenhändig aufschließt, abends, nach der Vorstellung, wird die Pforte in seiner Gegenwart zugesperrt. Tagsüber für alle Probleme zuständig, nimmt er in seinem Büro Reklamationen entgegen, hört sich Forderungen an für höhere Gagen, schlichtet Streit. Erfreuliches dringt selten bis zu ihm, diese Zeit bringt nur Stechdisteln hervor.

Das Wetter ist mild, von der Terrasse aus sieht man in das junge Grün der Bäume, zwischen den Ästen winkt ein frühlingshaft blauweiß gesprenkelter Himmel. Reisen sollte man jetzt, denkt Marianne, diese Sorgen um Premieren, diese ewige Tretmühle hinter sich lassen, auf nach Venedig, wo Franz und Alma sich zu erholen pflegen! Doch Marianne sieht ihren Mann während seiner Mittagsrast in Gedanken versunken, energielos. Sein Haar hat sich gelichtet, das Gesicht ist faltig geworden, von ungesunder Blässe, die tiefen Gräben um Mund und Nase zeugen von stummem Ausharren. Sie weiß um die Feindseligkeiten im Theater, um die Missverständnisse, die Angriffe aus dem Hinterhalt.

Nicht nur, was wir zu sein glauben, bestimmt uns, auch das, was die anderen von uns halten. Es ist eine Wolke aus Vermutungen, Vorurteilen, Antipathien, die unsere Wirklichkeit mitbestimmt, denn die Umwelt redet nach, ohne hinzuschauen. Dieses Bild der diffusen öffentlichen Meinung weckt, solange die Kräfte ausreichen, die Abwehrmechanismen unseres Selbst.

Und wenn die Kräfte schwinden?

Ferdinand, die Kaffeetasse in der Hand, blickt jetzt auf, sieht seine Frau vor sich stehen, seine Gedanken kehren von weit her zurück. «Nun, Marianne, kehrt Ruhe ein im Theaterverein?»

Sie schüttelt den Kopf.

«Und deine Vorschläge?»

«Werden sabotiert.»

Ferdinand hebt ärgerlich die Brauen, schiebt die Tasse weg. «Dann ziehe dich zurück.»

Dabei hatte Mariannes ehrenvolle Wahl in den Vorstand des Theatervereins zu Hoffnungen Anlass gegeben. Von der als humorvoll und kreativ bekannten Pragerin erwartete man sich Ideen für ein vom Verein geplantes Fest für das

Personal beider Theater. Ihr Vorschlag: ein Komödiantenball der besonderen Art, ein «vertauschtes Theater»: Opernkünstler persiflieren die Schauspieler, umgekehrt mokiert sich das Sprechtheater über die Oper!

Klingt witzig. Man zeigt sich begeistert. Schon läuft die Planung. Doch da kommt der Schuss aus dem Hinterhalt.

Sänger und Tänzer des Stadttheaters werden von der Gewerkschaft zurückgepfiffen: Man unterstütze mit diesem Projekt den Chef des Schauspielhauses. Ausgerechnet diesen Rieser, der das Toupet habe, sich dem neuen Tarifvertrag zu widersetzen!

«Ach wo, Riesers Jubiläumsfeier und das Fest des Theatervereins sind zwei vollständig getrennte Anlässe», gibt man zurück.

Doch die Gewerkschaft stellt sich taub, boykottiert weiterhin Frau Riesers Komödiantenball.

Eine leidige Geschichte. Marianne möchte sich ein wenig Trost holen auf der Bank neben Ferdinand, da erscheint die Köchin in der Terrassentür, meldet, an der Pforte der Villa stehe eine junge Schauspielerin mit einer Katze.

«Sie soll heraufkommen.»

Gewöhnlich wimmelt Marianne um die Mittagszeit Besucher ab, doch es handelt sich wohl um die Heger, mit der Ferdinand immer gerne ein paar Worte wechselt. Zudem bringt sie wohl das Zartchen zurück, das angeblich nicht mehr in ihr Zimmer passen soll.

Ja, da ist sie schon, die kleine Heger!

Lachend, mit flinken Bewegungen, ein Wirbelwind. Und diese dicke Katze, die sie dem Direktor entgegenstreckt?

«Das soll unser Zartchen sein?» Ferdinand macht große Augen.

Das Zartchen maunzt, stärker als ehedem, schrill und fordernd. Erkennt wohl ihren alten Ort, ihren alten Wohltäter.

Die Heger, die sich schämt, mit der seltsamen Katzengeschichte herauszurücken, windet sich ein bisschen. «Ich habe es ja auf dem Sekretariat schon Fräulein Lipski gebeichtet: Eben, die Sache mit dem Metzgermeister ... Es tut mir so leid, Herr Direktor! Ein bisschen Diät wird vielleicht helfen. Man sagt bei uns: ‹Was schnell dick wird, speckt schnell ab.›»

Nein, Herr Rieser wird nicht wütend, wie sie befürchtet hat. Sie darf mit ihm sogar eine Tasse Kaffee trinken. Dann legt er seiner jüngsten Schauspielerin den leicht abgeänderten Vertrag für Bühnenkünstler vor. «Unterschreiben Sie bitte, Fräulein Heger.»

«Ach! Ist es der von der Gewerkschaft geforderte Gesamtvertrag, von dem alles spricht?»

«Nein. Wir sind ein Privattheater. Doch es ist unser neuer, verbesserter Vertrag. Wenn Sie ihn als Erste unterschreiben, erhalten Sie hundert Franken mehr.»

«Warum?»

«Sie sind unser Präzedenzfall.»

«Was heißt das?»

«Andere werden nach Ihnen ebenfalls unterschreiben.»

«Ich unterschreibe nicht, Herr Direktor. Verzeihen Sie, aber ich möchte mit meinen Kollegen, die den Gesamtvertrag der Gewerkschaft wollen, solidarisch sein.»

Ferdinand stutzt, rötliche Zornflecken verteilen sich auf Hals und Stirn. Marianne kennt das, und sie erwartet, dass er gleich aufbraust, ungerecht wird und sein berühmtes Verdikt ausspricht ...

Wirklich, da kommt es über seine Lippen: «Dann muss ich Sie aber entlassen, Fräulein Heger.»

Und darauf sie: «Nun, Herr Direktor, dann gehe ich einfach wieder zurück nach Wien.»

Sie sagt es ohne Bitterkeit, leichthin. Knickst. Geht.

Ferdinand, der ihr stumm nachblickt, spürt einen heftigen Schmerz. Er möchte die kleine Heger zurückrufen, sie ist eine Kostbarkeit: Ein junger Mensch im Einklang mit sich selbst. Es geht kein Riss durch sie. Er verwünscht seine Wut, seine Unbeherrschtheit.

So bist du, so sehen wir dich.

Dieser fremde Umriss, der neben unserem Selbst steht, sich aufbaut aus Gedanken, Beobachtungen anderer, bis diese von anderen erdachte Gestalt wirklicher wird als unsere Wirklichkeit. Uns bedroht, hinfällig macht, bis wir verschmelzen mit diesem verhassten, uns zugewiesenen Bild.

Ist er verdammt, langsam zu dieser Figur zu werden, die andere in ihm sehen: der herzlose Kapitalist?

Der Ärger, der in Marianne hochsteigen will, ebbt ab. Sie kennt ihren Ferdinand: Er will nicht von der Öffentlichkeit geliebt werden, doch soll man seine Leistung anerkennen. Dass man dieser Leistung, in schwieriger Zeit vollbracht, so wenig gerecht wird, hat ihn dünnhäutig und selbst ungerecht gemacht. Seine Sanftheit von früher, der etwas hilflose und unsichere Blick hinter den Gläsern der randlosen Brille, ist einer sturen Entschlossenheit gewichen, einer in ihm eingesperrten Energie, die anschwillt, ausbricht in cholerischen Anfällen.

Wo wird das enden? Ohne ein Wort zu sagen legt sie, als müsse sie ihn schützen, den Arm um ihn.

Schon am nächsten Tag wird Rieser seine Drohung zurücknehmen, weil Wolfgang Langhoff, der Sprecher der Bühnenkünstler, in seinem Büro vorstellig wird.

«Die Heger entlassen?» Langhoff lächelt zynisch. Blitzt mit Zähnen, die Rieser ihm einst aus seiner Tasche bezahlt hat. «So geht es nicht, Herr Direktor.»

«Nun, Herr Langhoff, Sie haben recht, so geht es nicht.»

32

DAS ZEHNJÄHRIGE JUBILÄUM der Pfauenbühne wird, um ein halbes Jahr verzögert, im April 1936 gefeiert. Das Ensemble brilliert mit einer Aufführung von Ibsens *Peer Gynt*. Im Anschluss fallen öffentliche Worte, die für einmal Riesers den Rücken stärken sollen: «Dank und Anerkennung dem Direktor, aber auch seiner Gattin, *die ihm eine verständige und eifrige Mitarbeiterin ist*», so der Sprecher des Ensembles. Da fällt, wenn auch namenlos und im Schatten ihres Ehemanns, ein Brosamen Anerkennung ab für Marianne.

Und Dr. Maag, Präsident des Kantonsrats, begrüßt das Theater als wichtigen Kulturfaktor: *Möge die Pfauenbühne auch weithin dem Geiste der Humanität und des Weltgewissens ihre Pforten weit offen halten; sie dient damit dem vaterländischen Ziel einer wahren Volksgemeinschaft.*

Zum Schluss erhebt sich der Ehrengast Franz Werfel. Beglückwünscht die Kunststätte, *die in unbeschreiblich schwerer Zeit unter großen Opfern den Schild der echten dramatischen Dichtung und menschlicher Gesinnung rein bewahrt hat.*

Hehre Worte.

Wie diese verunsicherte Zeit sie gerne hört.

Nur ein Stachel ist da: Emil Klöti, als Redner auf dem Programm, fehlt. Der Stadtpräsident, der bisher zum Schauspielhaus gehalten hat, mag zum Zehnjährigen keine Lobrede halten, solche Reden sind ihm unsympathisch, er sagt es Rieser offen. Offiziell entschuldigt er sich aus Bern mit seiner Verpflichtung als Ständerat. Doch Rieser weiß, dass Klöti sich mit dieser Absenz innerhalb der Sozialdemokratischen Partei vor seiner Hausmacht verneigt, dem Gewerkschaftsflügel.

Klötis Warnung, Rieser werde durch seine Weigerung

eine gefährliche Feindschaft wecken, ist nicht unbegründet. Der Feind arbeitet versteckt; hinter dem Rücken des Direktors beginnt der Jurist Mario Gridazzi viele seiner Schauspieler gewerkschaftlich zu organisieren, die Kluft zwischen Rieser und einigen seiner Leute vertieft sich.

Doch unbeirrt fährt Ferdinand Rieser fort, sein von keinerlei öffentlichen Mitteln gefördertes Theater, sein Schlachtschiff mit der Crew der Immigranten an Bord, durch die immer bewegteren Gewässer zu steuern.

Harscher Wind weht von allen Seiten. Doch er fühlt sich nur seinem Publikum verpflichtet, Aufführungen von hoher Qualität zu bieten, diesem «bewussteren Zürich», wie er sich ausdrückt. Trotz wirtschaftlicher Schwierigkeiten, sozusagen in letzter Stunde, leistet er sich noch für sein Theater eine Drehbühne von neun Metern Durchmesser.

Im Saisonprospekt 1937/38 des Schauspielhauses Zürich veröffentlichte Ferdinand Rieser folgenden Text:

Noch ahnen wir nicht, mit was für Problemen und Prüfungen uns ein entfesselter und schrankenlos gewordener Zeitgeist überraschen wird (...) Aber je ungebärdiger und je zügelloser sich die Welt geben mag, desto stärker und desto tiefer empfindet jeder Einzelne nach einem Erleben, das ihn hinaushebt aus dem zermürbenden Alltag, das ihm Hilfe bietet, den eigenen Weg durch die Wirrnis zu finden.

33

DAS PROGRAMM FÜR die Spielzeit 1937/38 war anspruchsvoller denn je. Als hätte Rieser in der Ahnung, damit die letzte Runde seiner zwölfjährigen Theaterzeit einzuläuten, noch alles aus sich und den Bühnenkünstlern herausgepresst: Stücke, die den Zeitgeist einfangen, wie Ibsens *Stützen der*

Gesellschaft, und Uraufführungen mit besonderem Aufwand für Inszenierung und Ausstattung.

Unter den mit Spannung erwarteten Uraufführungen befand sich *Turandot dankt ab. Ein Spiel von Politik und Liebe* von Marianne Rieser, vorgesehen für den 18. März 1937, dem Tag von Muckis zwölftem Geburtstag.

Vor zwei Jahren in Wien, in Gesellschaft der Manns und Werfels, hatte Marianne durch den Zuspruch des alten Trebitsch Mut zu dieser Arbeit geschöpft. *Schwellen von Hemmungen müssten für dieses Erstlingswerk überwunden werden*, schrieb sie dem Shaw-Übersetzer. Zwar war sie im Schauspielhaus früher schon durch eigene Schöpfungen hervorgetreten, man erinnerte sich an ihre gelungene Bearbeitung von Nestroys *Lumpazivagabundus* 1932, an den Festprolog von Zuckmayers *Katharina Knie* 1934 und schließlich an die erfolgreiche Uraufführung des Musicals *Schwarz auf Weiß* mit Bry und Kasics. Doch nun handelte es sich erstmalig um ein ernsthaftes Theaterstück in fünf Akten, und sie bekannte Trebitsch: *Ich habe täglich für das Theater Stücke zu lesen, da die Zürcher «Premierenfabrik» eine Unmenge an Werken benötigt, doch viele der zeitgenössischen Arbeiten sind fade und nichtssagend.* Sie fühle sich verantwortlich, es besser zu machen, doch was für ein Anspruch für eine Anfängerin!

Auf seinen Rat hin widmete sie ihrem Stück Zeit, viel Zeit.

Wenn alle im Haus schliefen, im dunklen Viereck des Fensters vom anderen Ufer des Zürichsees her nur noch ein paar schwache Lichter glimmten, saß sie vor ihren Blättern. Als stille Liebhaberin verschenkte sie ihre Nächte. Saß bis zum Morgengrauen, besänftigte den aufgeregten Herzschlag der Verse, wiegte jedes Wort. Eine wunderbare Ruhe kehrte ein, weitab von aller Hektik dieser aufgewühlten

Tage. Sie spann Schicksalsfäden, lebte im Reich der Turandot, sah Kalaf kommen und eroberte sein Herz, die Spaßvögel seiner Dienerschaft leisteten ihr Gesellschaft, ließen sie manchmal in die nächtliche Stille hinein laut auflachen. Langsam wichen die komödiantischen Stellen den ernsteren Klängen, Dramatik kam auf, ein Spiel von Politik und Liebe.

Sie hatte begreiflicherweise Hemmungen gehabt, sich diesem Stoff zu nähern, denn große Geister hatten sich schon der Geschichte als Grundlage für ihre Dichtung bedient, Friedrich Schiller und Carlo Gozzi, auch durch die Opernlibretti von Busoni und Puccini spukten die Gestalten. Doch die alte persische Novelle über Prinzessin Turandot passte in ihrer Zeitlosigkeit zur gegenwärtigen Kriegsdrohung, leuchtete hinein in die gestern wie heute rätselhafte Beziehung zwischen Mann und Frau.

In diesem Stück steht Turandot einem Frauenstaat vor; die frühere Männerherrschaft war dominiert von Krieg und Tod. Im neuen Staat übernehmen Frauen die wichtigsten Posten, während den Männern Frauenarbeiten zugeteilt werden. So waltet ein ehemaliger Minister in seinem Ministerium als Portier. Die Männer kochen und putzen. Einige stehen auch im Teehaus auf Abruf bereit für Liebesdienste.

Um diesen stets fragilen Staat aufrechtzuerhalten, bedarf es einer List: Jedem Mann ist es erlaubt, Turandot zu freien; falls er allerdings ihre drei Fragen nicht beantworten kann, wird er geköpft. Selbstsichere, auf Macht und Besitz erpichte Männer sprechen vor, der eine hält viel auf seine Schönheit, der andere pocht auf seine Intelligenz, beide verlieren ihren Kopf.

Da erscheint Kalaf. Ein lebensmüder Prinz, ein Ausländer, ein Immigrant. Er wünscht sich nichts anderes als den Tod durch die zarte Hand der Prinzessin. Bei der ersten Begegnung hält er ihr den Spiegel vor Augen, und Turandot, beeindruckt von seiner Klarsicht, erkennt, dass sie ebenso grausam regiert wie die gewalttätigen Männer vor ihr. Erschüttert will sie sich eine Zeitlang von den Staatsgeschäften zurückziehen.

Nach einem Jahr erscheint sie mit einem kleinen Sohn, sein Vater ist Kalaf. Kalaf lebt und will leben, weil er liebt. Männer und Frauen werden zum Schluss aufgerufen, gleichberechtigt miteinander ihr Leben zu bestimmen, einander zu ergänzen für die Verwaltung eines gerechten Staats.

Die Schauspieler kannten das Stück noch nicht, doch schon ging die Häme los: Rieser sei nichts zu teuer für das Werk der Frau Direktor. Selbst Shakespeare müsste gewiss angesichts dieses Inszenierungsaufwands erröten! Sybille Binder spielt Turandot, Therese Giehse die Kanzlerin, Langhoff den Prinzen Kalaf. «Und wisst ihr, wer an der Premiere die Rolle des Henkers innehat?», rief Heinz. «Man engagiert Otto Wallburg, den höchstbezahlten Filmkomiker Deutschlands!»

Als es ans Memorieren ging, schimpften die Männer, außer Langhoff hätten sie alle bescheidene Rollen, während den Frauen veritable Starauftritte zufielen.

Marianne, zugegen bei der ersten Probe, lachte. «Sind wir nicht gerade daran, verkehrte Welt zu spielen?»

Hinter ihrem Rücken fand man, ihre Verse seien aus Stroh, doch was könne man von einer schreibenden Frau erwarten? «Frauen? Haben wir in diesem Schauspielhaus je Stücke von Frauen gespielt? Heißt nicht die Regel: ‹Männer erfinden, Frauen führen aus?›»

Marianne bat Ferdinand am Abend, in der Liste der Aufführungen nach Stücken von Frauen zu suchen. Tatsächlich, auch zu Riesers Überraschung figurierte in den zwölf Jahren Schauspielhaus bei gegen achthundert Stücken kein einziges von einer Frau. Es gab Schauspielerinnen, Tänzerinnen,

Leiterinnen von Ensembles, doch keine Autorinnen. Nun, bei nochmaliger Prüfung stand, ganz verloren irgendwo, Vicki Baums Adaption ihres eigenen Romans *Menschen im Hotel*.

«Ferdinand, dieses Jahr scheint es allerdings anders zu sein: Gegen Ende Jahr haben wir Lasker-Schülers *Arthur Aronymus und seine Väter* im Programm und gegen Weihnacht, das hatte ich vorgeschlagen, Clare Booths *Frauen in New York*.»

Ferdinand schmunzelte. «Du siehst, nach siebenhundertsiebenundneunzig männlichen Autoren gleich drei Autorinnen – ein Rekord! Nun werden wir modern!»

Turandot fiel durch.

Zog sich das Stück zu sehr in die Länge? Waren die Verse, zu denen Trebitsch sie ermutigt hatte, zu sperrig? Auch der originelle Ansatz, eine verkehrte Welt der Geschlechter zu zeichnen, wirkte wohl auf das Zürich der dreißiger Jahre zu verwegen und wurde nicht honoriert.

Im Nachhinein überlegte Marianne Rieser: Ist es vermessen zu denken, dass auch Frauen Stücke schreiben können, auch wenn sie nicht die Frau des Theaterdirektors sind oder eines Großverlegers und zugleich Redaktorin wie Clare Booth? Hätte man, wäre es nicht von einer Frau geschrieben, nur Details bemängelt und nicht das ganze Stück verrissen?

«Macht dir der Misserfolg zu schaffen, Marianne?»

«Zu schaffen, ja, doch es verbittert mich nicht. Ich lege das Experiment zur Seite und nehme mir vor, es nächstes Mal besser zu machen.»

«Nächstes Mal? Und falls wir, wie die Manns, in Amerika wären?»

«Dann wird es eben ein Stück in englischer Sprache.»

Thomas Mann, der im Theater etwas verspannt in seinem Ehrensessel saß, dachte an die Behandlung seiner Zahnwurzel am kommenden Morgen, notierte nach der Aufführung der *Turandot*: *Langgezogener Dilettantismus in hübscher Aufführung*, während sein Sohn Klaus in einem Essay über das Schauspielhaus berichtete: *Uraufführung des «Spiels um Politik und Liebe in fünf Akten, Turandot dankt ab» von Marianne Rieser (...) In dieser Komödie, die nicht ohne heitere Nachdenklichkeit und, besonders in den ersten drei Akten, effektvoll und unterhaltsam ist, wird ein Weiberstaat ad absurdum geführt.*

Marianne Rieser schreibt später in einem Brief an Franz Werfel, sie habe in einem großen Ensemble tagein, tagaus gute und schlechte Kritiken erlebt, Erfolge, Misserfolge. Sie selbst stehe allem Gelingen, besonders dem eigenen, sehr ernüchtert gegenüber.

34

IM FRÜHJAHR 1937 wird Ferdinand Rieser ins Stadthaus zitiert.

Hier glaubt er Opfer einer Verschwörung zu werden, denn unerwartet sieht er sich dem verhassten Vertreter der Gewerkschaft, dem Juristen Mario Gridazzi gegenüber, in seiner Begleitung das Trio seiner radikalsten Schauspieler: Kurt Horwitz, Ernst Ginsberg, Wolfgang Langhoff. Aus einem Nebenzimmer kommt jetzt strammen Schritts der Stadtpräsident. Emil Klötis lebhafte Augen hinter der kreisrunden Brille strahlen Willenskraft aus und etwas, was Rieser unschwer als das Aufflackern von Wohlwollen hätte deuten können, doch die überfallartige Situation hatte ihn für solche Wahrnehmungen unsensibel gemacht.

Im Namen des Stadtrats, erklärt Klöti, wolle er heute die Vermittlerrolle übernehmen. «Das Schauspielhaus, das ich, wie Sie wissen, für seine Leistung und seinen Einsatz für die Menschlichkeit schätze, muss endlich zur Anerkennung des Gesamtarbeitsvertrags geführt werden. Es geht um den Ruf Ihrer Institution und um eine Existenzfrage für seine Schauspieler.»

Rieser, überrumpelt, kann diese Forderung nur als Affront deuten, steht da wie ein erratischer Block, weigert sich, Platz zu nehmen. Ausgerechnet seine besten Leute haben ihn in eine Falle gelockt, lautstark spricht er von Verleumdung und Verrat, beschimpft die Gewerkschaft.

In einem späteren Bericht des Stadtrats heißt es: «Dr. Klöti stellte die Ausbrüche des erregten Herrn ab.»

Zähe Verhandlungen beginnen, während denen sich Rieser unsicher und allein gelassen fühlt, sein Bruder Siegfried, der Jurist, weilt zu diesem Zeitpunkt im Ausland. Will Ferdinand Rieser nicht zur Kenntnis nehmen, dass er materiell und menschlich in der schwächeren Position ist? Er, der freie Unternehmer, der nach eigenen Angaben 1,4 Millionen Franken in eine kulturelle Einrichtung gesteckt hat und seit Jahren klaglos auf seinen Schultern die Last der Hypotheken trägt, sieht sich plötzlich im Netz von Ansprüchen gefangen. Pocht lautstark auf seine Unabhängigkeit. Zählt die sozialen Leistungen auf während der letzten Jahre.

Man versucht ihn zu beruhigen. Gibt zu, er habe seine Schauspieler im Allgemeinen gut bezahlt. Nur gäbe es da gewisse wichtige Details, über die man sich einig werden müsse.

Zähe Verhandlungen folgen. Schritt für Schritt, mit Ergänzungen und Streichungen, wird der Vertrag des Schauspielhauses sogenannt *tarifbestimmungstauglich* gemacht.

Über drei Stunden hat das Feilschen gedauert, Rieser gibt

am Ende knurrend nach. Er will jedoch bestätigt haben, dass er sich freiwillig füge, er dulde keinen behördlichen Druck! Wie einem schwierigen Kind wird ihm die gewünschte Bestätigung ausgestellt. Erschöpft vom Kampf gegen die Übermacht der Gewerkschaft, geknickt, verlässt er das Stadthaus.

Der Vertrag zwischen der Gewerkschaft und dem Schauspielhaus, auf ein Jahr befristet, endet auf dem Papier am 30. Juni 1938.

Noch ahnt man nicht, was die Spanne eines Jahres in dieser unstabilen, aus den Angeln der Normalität gerissenen Zeit bedeutet.

35

1938, AM 13. MÄRZ, marschieren Hitlers Truppen in Österreich ein, das altehrwürdige Alpenland, Nachbar der Schweiz, wird vom Dritten Reich geschluckt. «Anschluss» nennt sich die Aktion.

Als Gedenkfeier für das untergegangene Österreich findet im Schauspielhaus ein Abend österreichischer Kultur statt, der Erlös geht an Hilfsorganisationen. Kurze Zeit später folgt eine Gedenkmatinee für den von den Nazis ermordeten Friedensnobelpreisträger Carl von Ossietzky. Nur ein von Subventionen unabhängiges Theater kann sich das erlauben.

Ist die Schweiz nun nach Österreich an der Reihe? Wird sie überrannt, über Nacht erobert? Man hat nun im Norden, im Süden, im Osten faschistische Staaten, viele Gefährdete fühlen sich in der Schweiz nicht mehr sicher. Schon gibt es da und dort in der Stadt Signale eines Exodus: Das große Warenhaus Brann an Zürichs Bahnhofstrasse mit den jüdischen Geschäftsführern Kurt Ittmann und Hugo May wird verkauft. Das beliebte Haus, unentbehrlich für die Dinge des Alltags, nun Opfer des Windes, der rauh in das Land hereinbläst.

Auch in Theaterkreisen beginnt ein Exodus: die Fritzi Massary, Albert Bassermann, die Elisabeth Bergner, später auch Sybille Binder, um nur einige zu nennen, machen sich auf über den Ozean.

Die Rieser-Villa in Rüschlikon mit der gastfreundlichen Marianne wird zur Auffangstation für die Expatriierten aus Wien: Franz Werfel mit Alma und ihrer Tochter Anna Mahler. Sie sind nach dem Überfall sofort geflohen. Jenen, die geblieben sind, droht Verhaftung und Lager, so wird der berühmte Theologe Johannes Hollnsteiner, der Schuschnigg-Anhänger, von den Nazis in das Konzentrationslager Dachau verschleppt. In den schon gleichgeschalteten Wiener Tageszeitungen verhöhnt man Werfel: Die Werfel seien gefallen, der jüdische Spuk vorbei, Franz Werfel mit seiner hochmütig-vornehmen Verehrerschaft werde im neuen Großdeutschland «nimmer aufstehen».

In Rüschlikon versuchen die Vertriebenen, den ersten Schock zu überstehen, herauszufinden, was jetzt zu tun ist. Marianne ist nervös, versteht sich schlecht mit Alma, die in ihr einen «Pfau mit Schleppe» sieht und ihre antisemitischen Angriffe auch jetzt nicht lassen kann. Lange werden die Gäste also nicht bleiben. Die längst selbständige Anna beschließt in London zu leben. Alma und Franz Werfel wenden sich nach einem kurzen Aufenthalt in England nach Südfrankreich, in das vertraute und geliebte Sanary sur mer. In einem alten Rundturm mit Sicht auf die Bucht des Städtchens findet der herzkranke Franz Werfel vorläufig Ruhe zum Schreiben.

Als es leer wurde in der Rüschliker Villa, die Gäste ausflogen, begannen auch die Riesers auf der gelben Terrasse das Überlebensthema zu besprechen.

«Denkst du nicht an Abreise?», fragte Marianne ihren Mann.

«Wohin denn?»

«Ein einziges Ziel ist sicher, du weißt es.»

Er nickte und dachte: Amerika öffnet Räume, ein Land der Möglichkeiten und mit einer Vielfalt von Menschen, fort der Konkurrenzneid, unter dem wir hier in der Enge leiden.

Marianne dachte an ihre Eltern in Prag, wo eine Stille vor dem Sturm herrschte, noch hielt die Benesch-Regierung stand, doch Attacken auf jüdische Geschäfte gehörten schon zur Tagesordnung. Hitler schickte seinen gespenstischen Schatten voraus, die Zeichen standen auf Krieg. In die mittägliche Stille der Terrasse hinein ließ Marianne den Satz von Vater Werfel fallen, den Alma neulich in Rüschlikon zitiert hatte: «Ihr Jungen müsst über den Ozean, bevor die Falle zuschnappt.»

Ferdinand hörte es, zuckte die Achseln. Saß da mit hängenden Schultern wie einer, der weitermarschieren sollte und von der Müdigkeit übermannt wird.

Sie ließ sich nicht beirren, neue Gedanken müssen erst Wurzeln fassen.

Neben ihm auf der Bank, vor einer Tasse Kaffee, sagte sie nach einer langen Pause des Nachdenkens: «Zwölf Jahre, Ferdinand. Zwölf Jahre! Tag für Tag diese Plackerei mit einem Theater ohne jede Förderung, ist das nicht genug?»

Er schwieg, was denn sollte er sagen.

Innere Bilder stiegen in ihm auf: Im Stadthaus mit Klöti, der aufgezwungene Kontrakt mit der Gewerkschaft, der ätzende Geschmack der Demütigung.

Endlich brach es aus ihm heraus: «Die Geschichte mit

dem Gesamtvertrag hat das Fass zum Überlaufen gebracht. Die provisorische Fassung endet schon im Juni, neue Verhandlungen werden nötig sein, du siehst, ich zapple an ihrer Angel!»

Marianne seufzte. Der Gedanke kam ihr: Wird mich später jemand nach den Gründen fragen, warum Ferdinand sein Theater aufgegeben hat, werde ich zuerst seine Liebe zur Unabhängigkeit nennen, dem Prinzipal alter Schule ist sie von Anfang an heilig gewesen. Doch neuerdings muss er sich nach allen Seiten hin rechtfertigen: Klagen der Konsulate, Ansprüche der Stadt, das Konkurrenzdenken des Theatervereins und der Schriftsteller, die Vorwürfe der Gewerkschaft …

Dann die heimliche Angst, ein Schauspielhaus ohne Förderung lasse sich nicht mehr kostendeckend führen. Von Saison zu Saison wird es schwieriger, anspruchsvolle Programme zu machen, Konzessionen für gute deutschsprachige Stücke sind kaum mehr aufzutreiben und zu bezahlen – die Deutsche Reichstheaterkammer verhängt über das aufmüpfige Schauspielhaus Zürich den Boykott.

Fürchtete Rieser, Hitler überfalle die Schweiz?

Kaum. Ferdinand, in diesem Land geboren und aufgewachsen, teilte mit vielen seiner Landsleute die fast märchenhafte Überzeugung, Hitlers Aggression werde die Schweiz aussparen. In diesem Sinn hatte er in mancher Mittagspause die verängstigte Ehefrau belehrt: «Weißt du, Marianne, unser Eisenbahnnetz der Nord-Süd-Achse wird Hitler benötigen für Transporte von Weizen, Kohlen, Waffen. Bleibt er friedlich, lässt man eine Anzahl seiner Züge passieren. Dringt er aber in die Innerschweiz vor, sprengen wir Tunnels und Brücken! Zudem weiß er: Ein Aggressor beißt im Gotthardmassiv mit unserem in den Berg gegrabenen Réduit auf Granit.»

Marianne forderte es geradezu ein, von Ferdinands Erklärungen beruhigt zu werden, in dieser verrückten Zeit verschaffen solche Gedanken, die phantastisch anmuten, für kurze Zeit Betäubung.

Doch in diesen Märztagen, wo der Föhn jene Klarsicht bringt, die den Schädel brummen lässt, erhält der Direktor des Schauspielhauses einen Brief von amtlicher Seite. Er wird nach Bern gebeten. Dort aufgeklärt, er sei durch seine exponierte Tätigkeit gefährdeter als andere jüdische Bürger, man befürchte, im Notfall, das heißt bei einem Einmarsch Hitlers, könne man ihn nicht schützen.

Und Marianne, nach seiner Rückkehr: «Du siehst, sie geben also zu, mit dem Schlimmsten zu rechnen.»

Die Einverleibung Österreichs in diesem unglücklichen Frühjahr 1938 hatte Ferdinand Rieser schwer getroffen, nun bleibt ihm das Land, das er liebt, verschlossen. Das Kultur und Heiterkeit ausstrahlende Wien, Mozarts Salzburg, Bad Ischl mit dem Salzkammergut: Reiseziele, die nach der seriösen Arbeit im seriösen Zürich immer wieder sein Lebensgefühl gehoben haben. Unschwer vorauszusehen, dass auch die Tage einer freien Tschechoslowakei gezählt sind.

Und sein Theater? Sein Leben, sein ganzer Stolz?

«Verkaufen oder zur Miete geben», sagt Marianne.

36

DAS GERÜCHT, RIESER werde das Haus verkaufen, bläht sich auf, dringt als giftige Wolke durch alle Ritzen des Theaters. Die meisten Schauspieler reagieren betroffen und gekränkt, sehen in diesem Ereignis das Ende ihrer Existenz.

Oprecht, auch er beunruhigt, setzt sich eines Abends mit Rieser zusammen.

Rieser weiß, dass die Zürcher Theater Oprecht stets ein Anliegen waren, und jetzt, wo sein Verlag ausgeschlossen wird aus dem Börsenverein deutscher Buchhändler, seine Bücher auf dem Nazi-Index stehen und unverkauft liegen bleiben, hat er Zeit, sich für eine Lösung einzusetzen. Seine Argumente: Die Schauspieler dürfen nicht in eine ungewisse Zukunft entlassen werden. Das Ensemble darf nicht auseinanderfallen.

Das ist auch Riesers Anliegen.

Zusammen mit einer privaten Interessengruppe, die willens ist, für diesen Zweck Geld zu investieren, will man das Gespräch mit der Stadt aufnehmen.

Für Rieser ist das Engagement des Verlegers zumindest für den Moment eine Erleichterung. Er kennt Oprechts Ansehen in Zürich, bewundert seine Energie, seine weitsichtige Planung. So sucht er den Kontakt mit der Stadt erst, nachdem ein Gutachten über die Rentabilität des Schauspielhauses vorliegt. Anhand dieses Gutachtens, das positiv ausfällt, lassen sich die Herren des Stadtrats überzeugen, dass Zürich ein hochwertiges Schauspielhaus braucht. Kulturelles Bedürfnis, ja, doch zum jetzigen Zeitpunkt steht ein solcher Musentempel auch im Dienste der geistigen Landesverteidigung.

Der Stadtrat, zusammengesetzt aus allen politischen Parteien, hofft, nach der Ära Rieser endlich Einfluss auf das Schauspielhaus zu nehmen, und hält fest: «Ein subventioniertes Theater muss aber politische Tendenzstücke vermeiden, die irgendwie in ihren Ausführungen die völkerrechtliche Stellung der Schweiz gefährden könnten.»

Rieser, von Oprecht über alles unterrichtet, fürchtet die Einflussnahme. Hat er nicht immer gegen eine solche Einmischung gekämpft? Für eine Zusage lässt er sich noch Zeit.

Frühjahr 1938. Ständig bedeckter Himmel, die Witterung kühl und feucht. Im April fällt tagelang starker Regen.

In Rüschlikon schleichen Riesers Katzen erkältet durch Garten und Haus, die Lipski, nun viel im Büro der Villa beschäftigt, warnt vor der im Dorf grassierenden Katzenseuche. Die Blüten der Rosskastanien öffnen sich spät und sind übelriechend, ein Geruch wie von Maikäfern, Mucki rümpft die Nase. Diese Nase trieft jetzt, es geht ihr wie den Katzen, nur hat sie dazu noch Halsweh und Fieber. Zwei Wochen lang liegt sie im Bett. Wieder in der Schule, fällt dem neuen Lehrer Zweidler die Müdigkeit der sonst aufgeweckten Schülerin auf, auch gerät sie bei rascher Gangart und bei lautem Sprechen in Atemnot. Auf seine Frage: «Tut dir etwas weh, Marguerite?», klagt das Mädchen über einen Druck auf der Brust.

Mucki, im März dieses Jahres dreizehn geworden, ist endlich ein Stück aufgeschossen, aus den Kniesocken ragen ihre Beine wie blasse Stengel, doch der Oberkörper, wo der Druck sitzt, ist mager wie zuvor.

Der besorgte Lehrer wartet am nächsten Morgen unter seinem Schirm die Ankunft des Theaterautos ab. Der Studebaker mit den Kuhaugen steht pünktlich auf dem Vorplatz, der Lehrer berät sich durch das offene Wagenfenster mit der Rieserin. Sie teilt seine Beunruhigung. Seit Venedig damals, als Cousine Manon Kinderlähmung bekam, habe das Kind periodisch an Erkältung und Atemnot gelitten, Schübe, nach denen jedes Mal wieder Besserung eingetreten sei. Doch die Beschwerden sind schlafende Hunde, bei jeder Erkältung von neuem geweckt! Sie sehe ein, so gehe es nicht weiter, heute noch werde sie das Kind in die Stadt zu einem Spezialisten bringen.

Der Arzt untersucht das Mädchen gründlich, spricht den Eltern gegenüber von einer angegriffenen Lunge, verschreibt eine längere Kur. Papa Rieser, in Sorge um sein einziges Kind, ist für eine Kinderheilstätte im Appenzellischen. Er zeigt Mucki den Prospekt mit Bildern: blumengeschmückte Chalets vor bergigem Hintergrund: «Die Luft dort wird dir guttun.» Und er lässt es sich nicht nehmen, das Töchterchen persönlich hinzufahren.

Mucki, im Heim als Marguerite Alma angemeldet, weilt nun wochenlang entfernt von Rüschlikon, vom Pfauentheater und von dem, was auch ein Kind mitbekommt von den beängstigenden Ereignissen der Politik. Das Heimweh lässt sich nicht ganz verdrängen, doch da sind andere Kinder und Jugendliche, mit denen sie gerne spielt und scherzt, den Schulstoff durchnimmt. Über Mittag hat man auf den Balkons an der frischen Luft zu liegen. Schwestern in blauweißer Tracht rollen die Liegen an die Sonne, und später, wenn die Schatten der Bäume wachsen, zurück in die Schlafzimmer. Die Kur auf der Terrasse ist weniger langweilig, als Mucki befürchtet hat: Der Blick wandert frei über wellenförmige Hügel, steigt hinauf zu den Anhöhen, zu Bauernhöfen und Wirtshäusern aus sonnengebräuntem Holz. Da sieht man schwarzweiße, stets kläffende Blesshunde, koboldartige Ziegen und auf den Simsen der Häuser gutgenährte Katzen. Und während Mucki während der Liegekur auf die dunklen Kuhglocken und die hellen Bimmelglöckchen hört, wirkt die frische Luft, und das Kind verschmilzt im Halbschlaf mit dieser grünen Welt.

In der Einförmigkeit der Tage nahmen die jungen Patienten wenig Notiz von der verfließenden Zeit.

Nur auf den Gesichtern der sonntäglichen Besucher fanden sich Zeichen alltäglicher Sorge und Betriebsamkeit, die an die belastete Welt der Gesunden erinnerte.

Wenn Marianne Rieser zu Besuch kam, war sie meist

müde, gern wäre sie ein paar Tage bei Mucki geblieben. Doch sie klagte über die sich jagenden Premieren, über Stapel von Post im Rüschliker Büro. «Ja, vieles ist im Umbruch, Mucki.» Sie seufzte, wurde aber nie deutlich, was es denn neuerdings so viel zu denken und zu planen gebe. War Marianne verhindert zu kommen, schrieb sie kleine Briefe mit witzigen Beobachtungen aus dem Leben in Rüschlikon, doch die ernsten Ereignisse, die Zeichen eingruben in ihrem schönen Gesicht, wurden in Sorge um Muckis Gesundheit verdrängt.

37

BEI DEN RIESERS meldete sich Anfang Mai Klaus Mann zu einem Besuch an, vermutlich komme er in Begleitung von Golo, und später werde der Verleger Oprecht für eine Besprechung dazustoßen, in dieser schwierigen Zeit seien ja alle positiven Kräfte vereint.

Die Regenperiode dieses Frühlings hatte lange gedauert, nun brach der Föhn vom Alpenwall her mit Wucht ins Land. Der Himmel nahm die Bläue der kleinen Enziankelche an, die jetzt auf den Alpwiesen im jungen Gras sprossen. Die Luft wurde geschmeidig und warm. Marianne blickte von der Terrasse Richtung See, ein Tag der Weit- und Klarsicht, über dem gekräuselten Wasser erschienen, so nah, als könnte man die Hand nach ihnen ausstrecken, die noch verschneiten Häupter der Glarnerberge.

Die Bonne aus der Westschweiz war während Muckis Kur entlassen worden. Die Lipski, nun oft auch als Hilfe der von Besuchern strapazierten Köchin Albertine tätig, deckte den Tisch, brachte Lachsbrötchen und zwei Flaschen Weißwein. «Mehr vom weißen Walliser? Da ist leider alles weg», meldete sie der Hausfrau.

«Der ganze Vorrat?» Marianne hörte es erstaunt.

Die beiden Brüder Mann, Klaus und Golo, hatten sich nebeneinander an den Tisch gesetzt, Gelegenheit für Marianne, ihre Unterschiedlichkeit wahrzunehmen. Wie immer bewunderte sie die weltmännische Eleganz von Klaus: Tweedanzug, pastellfarbenes Hemd, dazu passendes Brusttuch, während Golo, wohl um einen Kontrast zu setzen, der Kleidung nach ländlich und sportlich aussah, mit etwas groben Schuhen, praktisch für die feuchten Wege rund um Küsnacht. Auch der Gesichtsausdruck der Brüder hätte verschiedener nicht sein können. Golos Stirn, vom vielen Nachdenken in Falten gelegt, der Mund verschlossen, die Lippen leicht verkrampft, ein herbes, männliches Gesicht. Es sprach von Fleiß und Seriosität, Eigenschaften, die auch Golos wissenschaftliche Arbeiten auszeichneten.

Klaus mit glattem, eierförmigem Kopf, einer leicht schrägen Haltung des Halses, mit der er sein Gesicht charmant, mit betonter Offenheit dem Gegenüber zuneigt. Seine witzige Art zu sprechen gefiel Marianne, weniger der von innerer Unruhe gedrängte, abrupte Themenwechsel und die Kaskaden schneller, gekürzter Sätze.

Die Gastgeberin fragte nach den Eltern Mann: «Schon wochenlang in den Staaten, planen sie wirklich, drüben zu bleiben? Gestern, bei einem Konzert im Hause Reiff, hieß es, Thomas Mann wolle Amerikaner werden?»

«Ach, die liebenswerte alte Dame Reiff, sie hat doch als ehemalige Liszt-Schülerin ein feines Ohr für alles!» Klaus grinste. Schilderte dann das Leben im Küsnachter Haus: «Jetzt nur von der jungen Generation bewohnt, ein lockeres Treiben. Zum Glück sorgen noch die Köchin und ein junges Dienstmädchen aus Küsnacht für Ordnung.»

«Und Ihr Vater, kann sich der Europäer an das Leben drüben gewöhnen?»

Nun war es Golo, der antwortete: «Vater wird in englischer Übersetzung in Amerika erstaunlich viel gelesen, er wird überall empfangen, man verehrt und liebt ihn. Die Universitäten Columbia und Yale verleihen ihm Ehrendoktorwürden, und nun macht auch Princeton ein verlockendes Angebot, das die beiden vielleicht noch für längere Zeit festhalten könnte. Doch meine Mutter, sie hat immer etwas Heimweh nach Küsnacht.» Und Klaus warf ein: «Auch Vater ist im letzten Brief im Zweifel, ob er Küsnacht lassen soll. Doch Amerika ist weit weg von den Aufregungen der europäischen Politik. Das hilft ihm, in Ruhe zu schreiben.»

«Und das schöne Haus an der Schiedhaldenstrasse?»

«Werden sie wohl, auch auf Drängen der Vermieterin, aufgeben müssen.»

«Ich hoffe doch, Ihre Eltern nochmals in Zürich zu sehen», warf Ferdinand Rieser ein, der eben mit einer Mappe voller Prospekte für das letzte Stück der Saison hinzugetreten war. «Sie kommen doch nochmals im Juli? Ich möchte von ihnen wissen, was drüben im Theater los ist. Offenbar ist der Versuch Ihrer Schwester, in New York ihre *Pfeffermühle* zu etablieren, missglückt?»

Klaus nickte. Erika und er hätten alles getan, um die *Peppermill* zum Jahreswechsel 1938 dem New Yorker Publikum schmackhaft zu machen. Doch politisches Kabarett ist unbekannt in Amerika. «Die brauchen ihre Cancan tanzenden Girls, sonst geht nichts! Auch hat sich eine Übersetzung der Chansons und Sketches als schwierig erwiesen, den Amerikanern sind unsere Märchen und Volkslieder unbekannt, so stießen viele der Pointen auf Unverständnis. Nun, der Versuch musste abgebrochen werden. Die Giehse hat Amerika nicht gemocht und ist sofort zurück nach Zürich. Hat sie nicht in *Turandot* die Kanzlerin Zelima in Generalsuniform mit Bravour gespielt?»

«Was immer die Giehse auch anpackt, ist wunderbar», gab Marianne zu. Fragte dann sofort nach Erika Mann.

«Eri bleibt drüben. Ist zu einer begeisterten Vortragsreisenden avanciert. Sie klärt Amerika auf über das neue Deutschland. Warnt vor Hitler.»

«Ein Engagement, das wir in Europa verpasst haben», brummte Rieser. «Nun müssen wir uns wohl auf einen Krieg gefasst machen.»

Und Klaus doppelte nach: «Wir alle, die geistig arbeiten, müssen wohl den Schwerpunkt unseres Lebens bald nach drüben verlagern.»

Es entstand eine Stille, in der jeder nachzudenken schien, welche Konsequenzen dieser Satz für das eigene Leben hatte.

Klaus wechselte das Thema und fragte nach der kleinen Mucki.

Rieser sprach in besorgtem Ton über die Lungenschwäche des Kindes. «Sollte geheilt werden können, meint der Arzt.»

Und Golo, dem Ferdinands Sorge nicht entging, erwähnte seine Mutter: «Vor Jahren musste sie eine Kur in Davos machen, seither lebt sie, was ihre Lunge betrifft, in Ruhe.»

«Nun, Thomas Mann konnte seine Ängste wenigstens literarisch verwerten», schob Rieser nach. «Ich bin ein Liebhaber seines *Zauberbergs*.» Er lächelte, doch das Zwinkern hinter der randlosen Brille verriet seine Unruhe. Muckis frühen Tod, sie stirbt mit vierzig in Amerika an einer Lungenschwäche, wird er nicht mehr erleben.

Jetzt trat das Riesersche Hausmädchen auf die Terrasse und meldete den Besuch von Emil Oprecht.

Da stand er schon.

Die erste Frühlingswärme ließ den massigen Mann mit dem schönen Graukopf und der Hornbrille schwitzen, rasch blickte er über den Tisch mit dem Weißwein, bat zuerst um einen Becher Bier. Golo händigte ihm unterdessen Manuskripte aus für *Maß und Wert,* der anspruchsvollen Zeitschrift, die in Oprechts Verlag unter der Ägide Thomas Manns herauskam. Golo erläuterte kurz die Art der Beiträge. Seit der Abwesenheit seines Vaters besorgte er stellvertretend Redaktionsaufgaben.

«Denken Sie, Ihr Vater wird bald wieder die Leitung übernehmen können? Die Abonnenten warten.»

Golo zuckte die Achseln. Erwähnte seinen auf Juni geplanten Besuch bei den Eltern, das sei schon fest abgemacht, ja, in ihrem neuen Heim in Princeton.

«Sie kommen aber hoffentlich zurück, Golo, wir wollen hier nicht allein kämpfen», rief der Verleger. Und fügte bei: «Ja, unser Zürich scheint sich unter Hitlers drohender Wolke langsam zu entleeren.» Bei diesen Worten schickte Oprecht einen bedeutungsvollen Blick zu Ferdinand Rieser hinüber, der zu verstehen gab, es gebe heute noch einiges zu besprechen.

Nachdem die Brüder Mann sich verabschiedet hatten, rückte denn auch die Neue Schauspiel AG für die Riesers in den Mittelpunkt des Gesprächs. Oprecht hielt fest, die Stadt dürfe als Mieterin und Inhaberin von vierzig Prozent des Aktienkapitals dem Schauspielhaus kein Programm diktieren. Auch wenn man ausdrücklich warne vor politischen Tendenzstücken!

«Ein Floh, von Frontisten gewissen Stadträten ins Ohr gesetzt», vermutete Rieser. Kürzlich habe man ihm hinterbracht, James Schwarzenbach fordere vom Schauspielhaus einen neuen Kurs: *Ende des politischen Tendenzen dienenden Schauspielhauses! Kein Tummelplatz hasserfüllter Emigranten!*

«Ach, unsere Radaumacher.» Oprecht lächelte. «Lesen

Sie selbst, wie begeistert Schwarzenbach und seine Anhänger über meine Leitung der Neuen Schauspiel AG sind.»

Er schob einen Zeitungsausschnitt der *Front* über den Tisch, und Rieser las laut: *Wer ist dieser Oprecht, der die Neue Schauspiel AG vertritt? Er ist der Verleger jener Emigranten-Schundliteratur, die eine Zeitlang die Auslagen der Buchhandlungen geradezu überschwemmt hat (...) Nun kann sich ja jeder ein Bild davon machen, wie die «geistige Landesverteidigung» beschaffen sein wird (...) interpretiert von dem bisherigen, fast ausschließlich volksfremden jüdischen Emigranten-Ensemble des Juden Ferdinand Rieser!*

Rieser, der sich über diese Formulierungen aufregte, trommelte mit seinen Fingern nervös auf den Tisch. «Oprecht, lassen Sie sich bloß nicht dreinreden. Und sorgen Sie für einen guten Direktor!»

Noch in diesen Tagen gab Rieser seine Zustimmung für weitere Verhandlungen mit der Schauspiel AG und dem Stadtrat. In der ersten gemeinsamen Runde wurde ein Pachtzins für das Pfauentheater festgelegt. Mit der Ernennung des neuen Leiters hingegen sollte noch bis zu der Gründungssitzung im Juni zugewartet werden.

Die letzte Premiere unter der Leitung des alten Direktors war Lessings *Minna von Barnhelm*.

Der Theaterverein, dem eine Abschiedsfeier für den Scheidenden «ein echtes Bedürfnis» war, hatte wieder einmal Pech: Der zu einer Rede aufgebotene Politiker musste an dem betreffenden Datum nach Bern zur Session. Der Anlass müsse verschoben werden, hieß es. Und wie schon einmal konnte auch Klöti seine Teilnahme nicht zusagen. Ferdinand Rieser verständigte den Theaterverein, eine Verzögerung sei terminlich nicht mehr möglich.

Auch aus «Stilgründen» verzichtet er auf die Feier.

So hörte am 19. Juni 1938 die Ära Rieser ganz ohne Dankesreden, doch stilvoll mit der Darbietung eines klassischen Stücks auf.

38

ANFANG JULI KEHRTEN Katja und Thomas Mann aus Amerika zurück. Sie kamen in der Absicht, während einiger Wochen von Europa und von Zürich Abschied zu nehmen und das Küsnachter Haus aufzulösen. Nach den amerikanischen Dimensionen erschien ihnen die Stadt, wo im Juli an Fluss und See fröhlicher Badebetrieb herrschte, kleinräumig und auf eine altmodische Art reizvoll. Der Abschied tauchte sogar die Bewohner in ein verklärendes Licht, so Manns Tagebucheintrag vom 22. August 1938: *Freude am Stadtbild, den Gesichtern, der Schweizer Menschenrasse, die eigentlich wohl mir sympathischste der Welt.*

An den folgenden turbulenten Tagen vertiefte sich der Wunsch, am Zürichsee ein Chalet bauen zu lassen als Dependance des amerikanischen Domizils. Während das Küsnachter Haus von Möbelpackern leergeräumt wurde, besichtigte man Grundstücke, Preis pro Quadratmeter sechs bis acht Franken.

Dem Schriftsteller hatte Oprecht noch Schreibarbeiten für *Maß und Wert* aufgebrummt. In Manns Arbeitszimmer wurden die Möbel bis auf einen kleinen Tisch entfernt, doch die Tage waren überreich möbliert mit Besorgungen, Kontakten, Familiengeschichten. Erika und Klaus kehrten von ihrer Reportagetour aus dem Spanischen Bürgerkrieg zurück, Katjas alten Eltern missglückte der Versuch, in Kreuzlingen einfach so über die Schweizergrenze zu spazieren, Michael oder Bibi, gerade neunzehn Jahre alt, stand vor einer Heirat mit der Schweizerin Gret Moser. Daneben pflegten die Manns Kontakte in den Nobelhotels von Zürich mit Trebitsch und anderen gutsituierten Flüchtlingen aus Österreich, hörten Berichte über die Gefährdung der Tschechoslowakei und standen ratlos vor dem Stapel von unerledigter Korrespondenz. Katja reiste nach Kreuzlingen in der Hoffnung, der Psychiater Bangeter werde für die Eltern Pringsheim etwas ausrichten können, während Thomas Mann zu Hause weitere Schreibarbeit zugeschoben wurde für die Sondernummer «Demokratie» von *Maß und Wert*.

Doch die Maßlosigkeit der Aufgaben, die vielfältige Beanspruchung so kurz vor dem Abschied ließ Thomas Manns Körper rebellieren, er litt an starkem Luftröhrenkatarrh. Auch Katja litt, mit Schmerzen beobachtete sie die Auflösung dessen, was ihr fünf Jahre lang Heimat gewesen war. Nur die gewohnten Waldspaziergänge am Abend mit Hund Toby brachten für das Paar Entspannung.

Unvermeidliche Abschiedsbesuche folgten. So vermerkt am 28. Juli das Tagebuch: *Abends jenseits des Sees bei Riesers mit Neumanns und amerikanischem Producer. Gutes Souper. Kaffee im Freien. Mit Riesers über das Schauspielhaus.*

Ein heiterer Sommerabend. Doch erst draußen auf der Rieserschen Terrasse, in der milden Abendluft beim Kaffee, atmete Thomas Mann frei durch. Eine wehmütige Stimmung ergriff ihn. Nicht nur er und Katja, allen hier Anwesenden drohte ja Abschied. Wer maßte sich die Macht an, das Leben so vieler Menschen umzukrempeln? Der tobende, lächerliche Mann am Rundfunk? Wie war es so weit gekommen?

Rieser äußerte sich bedrückt über die bevorstehende Flucht, noch habe er ein paar Monate Gnadenfrist, dann müsse er mit seiner Familie über den Ozean, ins Ungewisse. Noch wollten sie abwarten, Mariannes Eltern gehe es schlecht.

Um nicht unhöflich zu sein, wandte man sich nun dem Produzenten zu. Er war einer der Mitarbeiter von Meyer Weisgal für *The Eternal Road*, einer Bibelinszenierung von Franz Werfel, eine Art jüdische Saga. Letztes Jahr, nach einigen Pleiten, endlich uraufgeführt in einer Zeltstadt in New York. Platz für fünftausend Zuschauer, großes Orchester, ein Heer von Spielern, Komparsen … Man staunte. Amerikanische Maßlosigkeit schwappte herüber. Marianne überkam ein inneres Frösteln, sie blieb den ganzen Abend erstaunlich still. Nur das Stöckeln ihrer hohen Absätze auf den Travertinplatten der Terrasse war zu hören, ihre Zurufe an das Küchenpersonal.

Während der Nachspeise fragte Katja, die mit Genuss ihr Fruchteis löffelte: «Lassen Sie Ihren Hausrat da?»

Marianne nickte. «Wir fahren mit wenig Gepäck, wohnen im Hotel. Vor unserer Schiffsreise müssen wir uns erst in Frankreich um die kranken Eltern kümmern.»

Katja verstand. An ihre eigenen Eltern denkend, die jetzt vor der Grenze in Kreuzlingen auf Einreise hofften, sagte sie: «Unsere Alten, die sind auf Reisen das schwerste Gepäck, nicht wahr?»

Nach den hektischen Küsnachter Tagen täte Erholung an frischer Luft not, fand Thomas Mann. So beschloss er, mit seiner Frau ins Engadin zu fahren, wo in der Casa Jäger in Sils, im Haus der Annemarie Schwarzenbach, neben der Giehse auch Klaus und Erika ein paar Tage ausspannten.

Mühsame Autofahrt bei strömendem Regen.

In Sils Baselgia, ein paar Schritte von der Casa Jäger entfernt, ließ sich, jetzt zur Hochsaison, im Hotel Margna nur noch ein kleines Zimmer finden. Doch am Abend wechselte man hinüber zu den Jungen, die, von frischer Luft und Sonne gebräunt, sie in bester Laune empfingen. Thomas Mann fragte nach Annemarie. Die Giehse erzählte mit Betroffenheit die neueste Geschichte: Erst wären sie in Eintracht einige Tage beieinander gewesen, doch dann habe Annemarie, von Unruhe erfasst, in der hiesigen Apotheke nach Eukodal verlangt.

«Das dürfen wir Ihnen nicht geben», so der Apotheker.

Darauf Annemarie erbost: «Wer hat das angeordnet?»

«Doktor Ruppaner in Samedan.»

Nun sei Annemarie vor Zorn beinahe ausgerastet. Die Giehse habe sich nicht mehr zu helfen gewusst und auf Bocken bei den Eltern angerufen. Schon am nächsten Tag habe man die Tochter Schwarzenbach holen lassen und in die psychiatrische Klinik in Kreuzlingen eingeliefert, der dortige Chef Dr. Bangeter genieße das Vertrauen der Mutter. «Nun ist sie dort und hat bis jetzt nichts von sich hören lassen.»

Am nächsten Morgen, einem frischblauen Tag, man wollte gerade zu einem Spaziergang ins Fextal aufbrechen, stand Annemarie plötzlich in der Küche der Casa Jäger. Allgemeine Bestürzung. Doch sie strahlte: Sie habe vernommen, dass sich alle Manns hier oben in ihrer Wahlheimat eingefunden hätten! Wie sollte sie da in Kreuzlingen bleiben? Der Coup sei gelungen! Sie sei durchgebrannt, nach dem Abendessen, in einem unbewachten Moment.

Man spazierte zusammen um die Chasté und zur Nietzsche-Tafel, saß dann nach einem leichten Mittagessen hinter dem Haus beisammen. Der Tag war von heiterer Farbe, man entspannte sich auf Liegestühlen, Klaus schlief, Erika knuddelte Annemaries Hund Doktor, den Zwillingsbruder von Thomas Manns Toby, der in Küsnacht geblieben war. Annemarie hatte Thomas Mann ihre im Februar verfasste Reportage aus dem Süden der USA zugeschoben, im Brennpunkt des Artikels die sozialen Verhältnisse. Mann las die Arbeit mit Interesse und Gefallen. Er wechselte mit der jungen Schwarzenbach, die er manchmal Annemarie, manchmal Madame Clarac nannte, ein paar Worte, erkundigte sich nach ihrem Befinden. Sie deutete das schlechte Verhältnis zu ihrer Mutter an, die sie kaum mehr, nicht einmal an Familienfesten, auf Bocken dulde. Sie habe versprochen, den abgebrochenen Entzug fortzuführen, nicht in Kreuzlingen, wie Mama wünsche, sondern in Yverdon.

Thomas Mann lobte den Artikel. «Er zeugt von Mut und sozialem Gespür.» Und er dachte bei sich: Sie hat eine starke, eigenwillige Art, zu beobachten und sich auszudrücken. Vier große Reisen in diesem Jahr und vier Entzüge in Kliniken, die Droge hält mit ihr Schritt und höhlt sie aus. Gleicht sie nicht einem verödeten Engel?

Er reichte die Zeitung zurück, gönnte dann seinen Augen einen Rundblick über den lichterfüllten, von Lärchen umstandenen See. In großer Klarheit standen die noch verschneiten Gipfel gegen die Bläue des Himmels.

«Da oben vergisst man den Unfrieden», murmelte er.

Annemarie gab ihm recht. Sie atme und denke hier anders. Wenn Schönheit, auch auf Reisen, sie berühre, sei ihr, als wehe der Mantelzipfel Gottes.

Thomas Mann lächelte über ihren hübschen Vergleich. Meinte dann, auch die Franzosen spürten wohl dasselbe mit ihrem Ausspruch: «La beauté sauvera le monde – die Schönheit wird die Welt retten.»

Dräuendes Gewölk zog gegen Abend hinter dem Berg Margna herauf. «Wetterumschlag», hieß es im Dorf. Aus Küsnacht kam der Bericht, Katjas Eltern seien eingetroffen. So fuhren, zeitig vor dem erwarteten Gewitterregen, die Eltern Mann über den Julier, letzte Rückkehr in das Haus an der Schiedhaldenstrasse.

39

MUCKI, NOCH IM APPENZELL, gelang das Atmen mittlerweile freier. Im Herbst, als an den Waldrändern schon welke Blätter fielen, kam aus Rüschlikon ein Telegramm an die Leitung der Heilstätte: Politische Ereignisse hätten in der Familie einiges verändert, man werde das Kind holen.

Muckis Koffer standen gepackt im Zimmer. Da erschien am Mittag, die Kinder sahen es von der Terrasse aus, ein langhalsiges riesiges Auto, ein Märchengefährt, das schnaufend die Steigung nahm und vor der Heimpforte hielt. Der Chauffeur mit der goldbestickten Mütze glich dem Samichlaus.

«Oh, schaut», rief Mucki. «Unser Theaterauto! Der Mann dort ist Wolfi, unser Chauffeur. Er kommt, um mich nach Hause zu holen.»

Die Kinder staunten, sie hatten Marguerite Alma oder Mucki nie für etwas Besonderes gehalten, ganz unauffällig und bescheiden hatte sie hier ihre Zeit verbracht.

Behutsam fuhr der Chauffeur das Töchterchen des Direktors zurück in ihre Welt in Rüschlikon, doch schon im Hof der Villa musste sie das veränderte Leben zur Kenntnis nehmen. Freudig war sie die Treppe zum Pförtnerhaus hinaufgestürmt, um Bellefleur zu begrüßen.

Thuri, der alte Pförtner, erschien mit ernstem Gesicht, er sah das nun größer gewordene Mädchen und musste die Wahrheit sagen: «Bellefleur ist tot. Man hat sie erschießen müssen, sie war krank. Auch Herrn Direktors Katzen – alle außer die robusten Tiger – sind an einer Katzenseuche gestorben.» Und als Mucki, von der Nachricht getroffen, stumm dastand: «Ja, eine schlimme Zeit, kleines Fräulein. Und …», brummte er im Weggehen vor sich hin, «… es liegt noch mehr in der Luft.»

In der Villa, wo, wie Mucki eben erfahren hatte, keine Tiere mehr lebten, war das Esszimmer, in das sie jetzt eintrat, dunkel von Menschen.

Oder sah sie ungenau wegen der Tränen, die ihr ins Auge schossen, aus Kummer über Bellefleurs Tod? Sie musste zwinkern, die Augen aufsperren, nochmals genau hinschauen, um zu erkennen, dass sich an der langen Tafel die Verwandten aus Wien und Prag eingefunden hatten, wie drei Jahre zuvor.

«Ah, unsere Mucki ist wieder da.» Mama schloss das nun schon große Töchterchen in die Arme.

Auch die anderen begehrten das Kind von nahem zu sehen und reichten es herum. Da stand denn Mucki, an den schlaffen Leib der Prager Oma gepresst und wurde genau inspiziert: «Ach, Muckele, Märztupferl auf der Nase! Und die rötlichen Haare. Ein Eichkatzerl wie die Mama!»

Oma wollte nicht aufhören zu herzen, ihre Küsse klebten feucht und ein bisschen widerlich auf Muckis Wange. Anschließend kamen Papa und Großpapa an die Reihe, und zuletzt entwand sich Mucki nur mit Mühe den kräftigen Armen der Tante Alma: «Schau ihr lockiges Haar, Franz! Es sollte einmal ordentlich gekämmt werden.» Schon suchte Alma in ihrem Täschchen nach dem Kamm, aber ihr Mann wehrte ab: «Lass, sie ist müde von der Reise.»

Zum Dank für diese Einsicht küsste Mucki den Onkel Franz freiwillig, sie mochte das Vollmondgesicht des Dichters, doch es huschte diesmal kein Lächeln darüber. Er hatte sich wohl um seinen alten Vater zu kümmern, der ihm zur Rechten saß, und überhaupt, unter der blauen Muranolampe wollte keine Heiterkeit aufkommen.

Marianne half Theophil, Schälchen mit Pflaumenkompott und Zimtkonfekt zu verteilen, Opa Werfel schob das seine wortlos zurück. Süßigkeiten waren doch sonst seine

Leibspeise? Er war so hinfällig, so schwach geworden, und Mucki ahnte: In der Welt der Erwachsenen war Grausames geschehen.

Opa saß der Schreck im Genick, er trug ihn gedrückt und schweigsam, während Großmama sich bemühte, das Unglück wegzureden. Wortschwälle, verfilzt und fremd, selten blitzte Bekanntes auf. Doch die Gesten der alten Pragerin redeten deutlich. Während der Jammertirade hoben sich die dürren Arme, wurden zu Ästen, die sich flehentlich zum Himmel reckten. Langes Händeringen dann über dem gramgebeugten Kopf.

Viele dunkle Arme und Hände sind ihr in der Zwischenzeit gewachsen, dachte Mucki erstaunt.

Und die Großmama, die sich von dem Kind beobachtet fühlte, blickte zurück, sagte dann: «Du liebes kleines Muckele, dass du das alles erleben musst.»

Was sie genau erleben musste, war Mucki nicht klar.

Doch die Mama stimmte ein in das großmütterliche Wehklagen. Und Papa, der die Verwandtschaft schlecht ertrug, rollte hinter den Brillengläsern seine Augen und holte aus zu einem billigen Trost: «Bald ist die Hitlerei vorbei.»

Doch gegen diese Behauptung schüttelte Franz Werfel seinen schweren Kopf. Alle merkten auf, wenn er sprach, denn er war leiderfahren, wusste mehr als die anderen. Hitlers Einmarsch in Wien hatte er miterlebt. Und jetzt seine Bestürzung über das Münchner Abkommen: Der Engländer Chamberlain, der Franzose Daladier und der Italiener Mussolini erlaubten Hitler Zugriff auf die Tschechoslowakei, Übergabe der deutschsprachigen Sudetengebiete! Auch Polen und Ungarn durften sich Stücke abreißen von dem demokratisch regierten, autonomen Land. Die Engländer glaubten, mit dem Zugeständnis Hitler zu beruhigen, den Frieden für die Welt zu bewahren.

«Hitler – er lügt.» Onkel Franz sagte es polternd. Führte dann aus, Hitler bereite sich vor, die «Rest-Tschechei», wie er sie höhnisch nenne, zu schlucken. Schon schürten in Prag deutschfreundliche Gruppierungen Hass auf die Juden, stürmten ihre Geschäfte. Unter diesem Druck waren die Eltern Werfel vorige Woche nach Zürich geflohen, und die Familie kam nun zusammen, um ihre weitere Flucht zu planen.

Hatte Mucki vor drei Jahren Hitler als Wolke über dem Tisch schweben sehen, so saß er diesmal frech mitten unter ihnen, ein bräunlich flaumiger Schatten, flackernder Blick, Schnauzbärtchen. Für die stumpfen Augen der Erwachsenen unsichtbar.

«Was ist geschehen, Mama?», fragte Mucki.

Und Marianne, sich vorbeugend: «In Wien und bald in Opas goldenem Prag – überall wütet er, dieser Hitler mit seinen Mordbuben.»

«Und Opas Fabrik mit den Handschuhen?»

«In der Hand der Hitlerfreunde. Anstatt Handschuhe stellen sie Gewehre her.»

«Wozu das?»

Da tat Opa, nachdem er einen ganzen Tag lang geschwiegen hatte, für alle ganz überraschend den Mund auf. Seine Stimme klang für Mucki hohl, als spreche ein Toter aus seiner Grabkammer: «Töten wollen sie, töten.»

«Menschen?», fragte sein Großkind aufgeregt.

«Juden, Mucki. Der Mob stürmt die Geschäfte. Was ich im Leben aufgebaut habe, ist in einer Nacht dahin. Im hohen Alter sind wir Vertriebene, essen an fremdem Tisch, heute in der Schweiz …»

«… ist doch eure Familie!», rief Marianne leicht pikiert – doch Opas hohle Stimme fuhr unbeirrt fort: «… morgen in Frankreich und übermorgen …»

«... so Gott will: in Amerika», zwitscherte Alma vom andern Ende der Tafel und schneuzte in eines ihrer Monogramm-Taschentücher.

Darauf nochmals die Grabesstimme: «Meine Kraft reicht nicht aus bis nach Amerika. Zerrt mich nicht wie ein Möbelstück über den Ozean.»

Niemand entgegnete etwas. Alle sahen, der ehemals stattliche Prager Kommerzialrat und Handschuhfabrikant war alt und schwach geworden, aufgerieben vom Leben.

Das Stimmengewirr war verstummt. Das Kind atmete auf. An diesem ersten Abend nach der Reise war Mucki alles zu viel, das Durcheinander der Verwandten, ihre verzwickte Lage, ihre Geschichten. Das Kind konnte das nicht einordnen, noch nicht.

Es nickte neben seinem Teller ein.

Am Morgen schlief Mucki lange in ihrem alten schmalen Bett. Als sie zum Badezimmer ging, erschrak sie, Blut war auf den Bodenkacheln, auch die weißgeflieste Wand war verspritzt.

«Was ist da los?» Sie schrie.

Onkel Franz Werfel, der mit einem Buch im Flur stand, eilte herbei, sah das Blut und rannte mit bösen Ahnungen in das Zimmer seines Vaters. Da lag der alte Mann bewusstlos am Boden vor seinem Bett, aus seinem Arm drang ein Rinnsal.

Die Ambulanz kam. Mucki sah am Fenster, wie die Männer den Großvater wegtrugen und im Hof die Trage in ihr Auto verluden, Franz Werfel fuhr mit ins Krankenhaus.

«Er hat sich etwas angetan», hatte Onkel Franz zu den Männern gesagt.

Mucki fragte ihre Mutter nach dem Sinn dieser Worte. «Du hast es ja gestern gehört, Opa will nicht nach Amerika, um nicht reisen zu müssen, hat er sich die Schlagader geöffnet.»

«Ist er jetzt tot?»

«Nein, nur in Ohnmacht gefallen. Man wird ihm etwas Stärkendes spritzen, morgen wird er wohl zurück sein.»

«Reisen wir mit Papa nach Amerika?»

«Ja. Es wird dir gefallen. Es ist ein weites Land, du wirst dort Luft genug haben.»

«Gibt es dort Bäume, Gras, Hunde und Kühe?»

«Aber klar, Dummerchen.»

Das Stubenmädchen Minnie rief aus, es könne kein Blut sehen, falle gleich in Ohnmacht. So blieb Opas Blut lange sichtbar, die Ordnung des sonst so herrschaftlichen Hauses war zusammengebrochen. Mehr und mehr glich das Schlösschen aus den gelblichen Steinplatten einem Mausoleum, das sich, wie bei einer Abdankung, dunkel füllte mit Menschen, die ihre Hände rangen und trauerten, weil das Schicksal sie zwang, ihr gewohntes Leben aufzugeben.

Endlich schickte man Albertine in das obere Bad hinauf, um die Putzarbeit zu erledigen, das junge Stubenmädchen hatte man einkaufen geschickt. Mucki sah zu, wie Albertine den Scheuerlappen in die Seifenlauge tauchte und, das Blut aufwischend, vor sich hin schimpfte: «Wenn einer scho sterbä will, so soll er das g'fälligst zu Haus erledigen … So alte Leut sterben doch ganz von allein, können's denn nicht abwarten …»

Als die Männer von der Ambulanz Großpapa zurückbrachten, ging er gebeugt durch den Flur, zog sich dann am Handlauf die Treppe hinauf. Im Esszimmer waren nun auch Tante Hanna und Onkel Herbert Fuchs-Robetin eingetroffen, auch sie aufgescheucht, schon auf der Flucht. Der alte Mann sah nun alle seine Kinder versammelt, einen Augenblick lang freute er sich darüber, dass sie in dieser schlimmen Zeit noch am Leben waren und er selbst nicht schon im Grab. Doch am Tisch wollte er wieder nichts zu sich nehmen. Auch verfiel er von neuem in Schweigsamkeit. Als er sich zurückziehen wollte, folgte ihm die Oma ins Zimmer, setzte sich auf sein Bett, hielt ihm die Hand. Nur noch einmal, die Familie war schon am Nachtisch, hörte man Opa in seinem Zimmer gellend rufen: «Niiiiiicht Amerika!»

«Muss er doch nach Amerika?» Mucki flüsterte es ihrer Mutter zu.

«Nein, Hanna und ich haben beschlossen, die Eltern nach Frankreich zu begleiten, nach Vichy, einem Kurort mit guter Luft und einem berühmtem Wasser. Da ist kein Ozean zu überqueren.»

«Aber ich möchte, dass wir über den Ozean nach Amerika fahren, Mama, mit einem großen Schiff.»

«Gut, Mucki. Es wird aber noch etwas dauern.»

Um Vater Werfel nicht aufzuregen, unterhielt man sich im Haus fortan nur mit gedämpfter Stimme. Das Wort «Amerika» wurde streng vermieden, später durch andere Ausdrücke ersetzt: das Drüben, das Jenseits. So war Amerika zum geheimen Schlüssel geworden, der ein mögliches neues Leben aufschloss.

40

DER NEUE DIREKTOR des Schauspielhauses, er war im Juni 1938 gewählt worden, hieß Oscar Wälterlin. Aus Basel stammend, war er erst Dramaturg am Stadttheater dort gewesen, dann Direktor, 1932 wurde er, unter anderem wegen seiner Homosexualität, zum Rücktritt gezwungen. Ein Jahr später hatte man ihn zum Oberspielleiter der Oper in Frankfurt am

Main berufen. Dass man ihn jetzt, 1938, aus dem Dritten Reich in die Schweiz quasi zurückholen musste, erzeugte erst Stirnrunzeln, doch die Bedenken legten sich bald, mit seinem Chefdramaturgen Kurt Hirschfeld zusammen zeigte Wälterlin gleich zu Beginn der Arbeit in Zürich seine fachlichen und menschlichen Qualitäten.

Die neue Saison unter seiner Leitung begann am 1. September mit der Aufführung eines unpopulären, nur selten gespielten Stücks von Shakespeare, *Troilus und Cressida*. Thomas Mann, Zeuge der Neueröffnung in seiner Ehrenloge: *Merkwürdiges Stück, nihilistisch bitter, als Handlung und Composition problematisch.*

In der Pause traf Mann, begleitet von Oprecht, eine Anzahl prominenter Bürger, die sich kaum je in Riesers Theater gezeigt hatten, das neue, von der Stadt subventionierte, hatte gleichsam offiziellen Status bekommen.

Die Gagen für die Schauspieler lagen in den ersten Jahren eher unter denen, die Rieser gezahlt hatte, es gab auch noch keine Ganzjahresverträge. Doch der neue, unverbrauchte Direktor hatte die Gabe, Sicherheit auszustrahlen und unbeirrt und ruhig etwas durchzuziehen. Das Ensemble bekam von der Premiere an das Gefühl, das Publikum stehe zu ihm, es gehöre dazu, sei integriert.

Zwar waren die Schauspieler im großen Ganzen immer noch dieselben wie unter Rieser: Antifaschisten, viele Juden. Früher hatte man sie oft verächtlich als «die Clique» bezeichnet. Dies und der Ausdruck «'s Judetheater» verschwanden fast vollständig in der Ära Wälterlin.

Was hatte sich denn geändert?

Die Zeit war eine andere geworden, und mit ihr hatten sich die Menschen in dieser Stadt gewandelt.

Nun brauchte es im Theaterprogramm keine Böllerschüsse mehr wie in den frühen Dreißigern, als man die

Leute aufscheuchen musste aus ihrer Lethargie, weil sie nicht wussten oder nicht wissen wollten, was sich in Deutschland unter Hitler zutrug. Doch Ende 1938, als Österreich besetzt worden war und die demokratische Tschechoslowakei kurz vor der Auflösung stand, wussten alle Bescheid. Der Wille zum Widerstand war erwacht, ein Übergriff Hitlers auf die Schweiz zur realen Bedrohung geworden, die Freiheit erschien als kostbarstes Gut. Man konnte jetzt, dank Riesers Vorarbeit, Stücke spielen, denen man ohne direkte politische Intervention politische Deutung gab. Die politische Deutung war jetzt allgegenwärtig, so stimmten Zuschauer während einer Tell-Aufführung die Landeshymne an. Zwischen 1933 und 1938 waren unter Rieser neunzehn «verbotene Stücke» zur Aufführung gelangt. Unter Wälterlin wurden es bedeutend weniger, die Stadt hatte Klagen der Botschaft weiterzuleiten, so wurde Georg Kaisers *Soldat Tanaka* im November 1940 abgesetzt.

Doch nicht nur das Publikum war ein anderes geworden. Auch die Kritik, die nun mit mehr Wohlwollen die Aufführungen des subventionierten Theaters besprach, nahm eine veränderte Haltung an.

Darüber äußerte sich Leopold Lindtberg in einem Vortrag:

Bitter war es für uns gerade in dem Zeitpunkt der Wende wahrzunehmen, in welcher Isolierung von großen Teilen der schweizerischen Bevölkerung das Schauspielhaus bis dahin gelebt und gearbeitet hatte. Ich erinnere mich der ersten Pressekonferenz, die die Neue Schauspiel AG angesetzt hatte. Da meldete sich (...) einer der einflussreichsten Männer der Zürcher Presse zu Wort, begrüßte die neue Leitung, sprach ein paar abfällige Worte über die scheidende und sagte emphatisch: «Wenn man hört, dass jetzt wieder Klassiker auf dem Spielplan stehen, geht einem das Herz im Leibe auf.» (...) Nun, ich hatte bis zu jenem Tag im Zürcher Schauspielhaus 17 klassische Dramen, darunter 5 Werke von Shakespeare inszeniert. Von diesen waren dem großen Züricher Pressemann offensichtlich nicht einmal die Inserate in der eigenen Presse zu Gesicht gekommen.

Wälterlin wurde zu einem hellen Stern in der Zürcher Theatergeschichte, darüber vergaß oder verdrängte man die Verdienste des Vorgängers, der in der stürmischen Zeit der dreißiger Jahre die nachfolgende Ära erst möglich gemacht hatte. Nach der Mobilmachung 1939 waren die inneren Turbulenzen vorbei, die Kräfte waren zugunsten der Landesverteidigung gebündelt, Frontisten und die PDA, die kommunistische Partei, wurden verboten.

41

IM ERSTEN KRIEGSWINTER war in der Schweiz noch im Februar reichlich Schnee gefallen. Annemarie Schwarzenbach hatte auf afghanischen Wüstenstraßen am Steuer ihres Fords viel an Bocken gedacht, innere Bilder hatten sie in der Hitze heimgesucht: Weihnacht, die Mutter im Kreis der Lieben. Dann, im verklärenden Licht des Abschieds, das gütige Gesicht des kürzlich verstorbenen Vaters. Kaum von Asien zurück, fuhr Annemarie mit ihrem Ford durch die Bockener Einfahrt oberhalb Horgens. Stellte den Wagen hinter dem Tor ab, ging zu Fuß im Flimmern der frischverschneiten Felder den Trampelpfad hinan, der zu den Stallungen und zum Herrenhaus führte. Im neueren der beiden Ställe, Vater war im amerikanischen mittleren Westen zu dem Winkelbau inspiriert worden, sah sie vor den Pferdeboxen zwei Männer stehen.

Sie ging näher, da wandte sich der eine um, es war James.

Eine Begegnung nach Jahren! Beide waren überrascht, begrüßten sich. James stellte der Cousine seinen Freund vor: «Doktor Franz Riedweg. Seine Arztpraxis steht in München, doch im Moment ist er im neuen Deutschland politisch tätig, nicht wahr?»

Riedweg lachte und antwortete mit ein paar Sätzen im einheimischen Dialekt. Als Annemarie sich darüber wunderte, erklärte James: «Franz ist Schweizer, der Sohn eines Luzerner Hoteliers.»

Im Herrenhaus hatte man die beiden Männer zum Tee erwartet. Die Mutter war überrascht, ihre weitgereiste Tochter, die sie erst in zwei Wochen zurückerwartete, schon jetzt zu sehen. Sie ging auf sie zu und schloss sie in die Arme.

Am Tisch verlangte man von Annemaries Fahrt durch Afghanistan zu hören. Sie berichtete wie üblich nur kurz. Die Reiseetappen seien ohne wesentliche Zwischenfälle verlaufen, dank Papas letztem Geschenk, dem neuen Ford. Das Auto habe ihr und ihrer Reisegefährtin, der Genfer Anthropologin Elsa Maillart, tagsüber, doch auch während der vielen Nächte in freier Natur, Geborgenheit gegeben. Annemarie lobte auch das Geschenk ihrer Mutter, die neue Kamera, eine Rolleiflex. «Mama, du wirst die Bilder bald sehen.»

Später, bei Kaffee und Kuchen, wechselte das Gespräch zur Politik. Renée Schwarzenbach hatte Riedweg als Freund ihres Bruders Ulrich Wille, dem Oberstkorpskommandanten der Schweizer Armee, kennengelernt. Die Hitlerfreundin begann das strategische Vorgehen des Führers in Polen zu loben. Und Riedweg bekannte, als Arzt der Leibstandarte SS Adolf Hitler sei er beim Angriff auf Polen dabei gewesen. Nun wünsche er seinen Leuten Kriegsglück in Belgien und in den Niederlanden.

Riedweg, in der Schweiz Mitglied der Nationalen Front,

hatte sich in kurzer Zeit zu einem der einflussreichsten Schweizer im neuen Deutschland aufgeschwungen. 1937 eingeladen auf den Reichsparteitag der NSDAP, machte er Bekanntschaft mit den Führern: Goebbels, Himmler, Heydrich. Die Tochter des Reichskriegsministers, Sybille von Blomberg, verliebte sich in ihn, die Heirat fand 1938 statt. Riedweg, nun in Berlin wohnhaft, erhielt den Rang eines SS-Obersturmbannführers.

Eine Karriere, schwindelerregend.

Annemarie vermutete, das Aussehen Riedwegs habe dabei wohl eine Rolle gespielt: Groß und schlank, das blonde Haar auf Zigarettenlänge geschnitten und streng gescheitelt, das längliche herbe Männergesicht leicht eckig. Für jedes Lehrbuch der Rassentheorie hätte man sein Bild verwenden können.

Nun, im Gespräch, gab er sich locker, mit Vorliebe unterhielt er sich mit der Großmama Wille, eine geborene von Bismarck und Witwe des Generals Wille. Sie erkundigte sich nach seinem Stuttgarter Projekt «Panoramaheim», ein Auffanglager für junge Schweizer, die als germanische Freiwillige für Hitler kämpfen wollten. «Alles noch im Aufbau», kommentierte Riedweg und bedachte die alte Dame mit einem liebevollen Blick. Man freue sich weiterhin über die finanzielle Unterstützung aus der Schweiz!

Unglaublich, dieser Riedweg, dachte Annemarie, Produkt großgermanischer Phantasie und gleichzeitig Schweizer!

James spürte wohl, dass in seiner Cousine Zwiespältiges vorging. Er selbst kannte diese Weltzweifel, schon als Kind hatte er die Dinge nicht zusammengebracht und viel gelogen, um die Wirklichkeit zurechtzubiegen. Papa Schwarzenbach war ihm meist auf die Schliche gekommen. Nach dem biblischen Ratschlag: Wer seinen Sohn liebt, züchtigt ihn, hatte er James abends im Bett mit einer Reitgerte den nackten Hintern versohlt, eine Landkarte aus Blutgerinnseln entstand auf den Halbkugeln der Pobacken. Noch heute brachte der ehrgeizige junge Mann die inneren Erwartungen mit den äußeren Gegebenheiten nicht überein. Seiner Cousine schien es ähnlich zu gehen, sie behalf sich, wie er von ihr wusste, mit Drogen. Er zog es vor, Dinge, die er nicht mehr wahrhaben wollte, abzustreiten. So behauptete er mehrmals vor dem Richter, nie Frontist gewesen zu sein, als neu getaufter Katholik lehne er Hitler, den Atheisten, ab.

Die Nazigeschichten Riedwegs bereiteten ihm jetzt Verdruss, er tat sich neuerdings mit dem Freund zusammen, um gemeinsam, mit einem Filmprojekt, die rote Pest zu bekämpfen, den Bolschewismus, diesen Antichristen. Es reizte ihn jetzt am Teetisch, Annemaries Reisen als ein Gegengewicht zu Riedwegs Militarismus darzustellen. «Reisen ist eine andere Art von Kühnheit», sagte er.

Renée Schwarzenbach pflichtete ihm bei und lobte den Wagemut der Tochter.

Ob sie sich bald wieder auf neue Fährten begäbe? Annemarie bejahte. Sie plane eine Reise nach Alaska, benutze dazu, in zwei Monaten schon, die Schiffsverbindung Genua–New York. «Die Schiffe sind ausgelastet, wer sich in der Schweiz nicht sicher fühlt, wählt den Weg über den Ozean.»

«Die Juden fliehen wie die Ratten», sagte Riedweg lächelnd.

James überhörte es. Er betrachtete mit gewissem Stolz seine Cousine, die den Namen Schwarzenbach durch die Welt trug; trotz der vielen Jahre, die zwischen der letzten, nicht sehr glücklichen Begegnung verflossen waren, hatte er sie nicht vergessen. Wann immer er Berichte und Bilder von ihr fand, schnitt er sie aus, als Journalist und späterer Buchautor mochte er ihren eigenwilligen Stil, las die Texte mit Interesse und Hochachtung, wobei sich das quälende Gefühl ihrer Überlegenheit wieder einstellte, das er aus seiner Jugendzeit gekannt hatte: Sie ist mir in allem voraus, ich kann sie nicht einholen.

Dann, mitten im Krieg, erfuhr er von ihrem Unfall während ihres Urlaubs im Engadin. Man schrieb von einer folgenschweren Verletzung. Die unerschrockene Weltreisende, die in der Wüste und in persischen Bergtälern alle möglichen Gefahren bestanden hatte, war in der Nähe des Schwarzenbachschen Ferienhauses vom Fahrrad gestürzt. Dieser Unfall wurde, im Zusammenhang mit einer ärztlichen Fehldiagnose, zum fatalen Schicksalsschlag. Die Nachricht vom Tod erreichte die Familie am 15. November 1942.

In der Presse erschienen Fotos einer vierunddreißigjährigen Frau von marmorkühler, androgyner Schönheit. *Tod des traurigen Engels,* titelte eine Zeitung. Viele überflogen den Artikel und nahmen sich vor, Annemarie Schwarzenbachs Reiseberichte zu lesen. Von ihren inneren, gefährlicheren Reisen bekam man kaum etwas mit.

Trotzdem – oder vielleicht gerade deshalb? – wurde sie in den darauffolgenden Jahrzehnten zur Kultfigur.

Gut zwanzig Jahre später erreichte auch James Schwarzenbach Berühmtheit.

Der Anhänger der Diktaturen in Spanien und Portugal, der mit Nazis und Antisemiten sympathisierte, wurde dank seiner rhetorischen Begabung 1967 zum Nationalrat gewählt. Später, in den 1970er Jahren, wühlte die Überfremdungsinitiative des Rechtspopulisten die Schweiz auf. Die Hälfte der im Land lebenden Ausländerinnen und Ausländer, dreihundertfünfzigtausend Menschen, meist Italiener, hätten ausgewiesen werden sollen. Sein für italienische Zungen fast unaussprechlicher Name, «Schwarzenbak», wurde für viele Arbeiter zum bösen Symbol.

Die Initiative Schwarzenbach, von der damals ganz Europa sprach, scheiterte am 7. Juni 1970 mit einem Nein-Anteil von 54 Prozent nur knapp.

42

LISSABON, AUGUST 1940.

Tage von großer Hitze. Man überdauerte die Stunden in den abgedunkelten Hotelzimmern. Erst nach Sonnenuntergang gingen die Riesers aus, durchstreiften die alte Stadt, blickten von Terrassen und öffentlichen Gärten hinunter zum Meer. Marianne fand die Stadt seit Kriegsausbruch voll Unruhe, überall auf den Straßen Flüchtlinge, die sich vor den Büros der Schiffsgesellschaften stauten, um jede der Passagen wurde gekämpft, es gab nur wenige, und sie waren teuer. Im Umfeld der gehetzten Emigranten fliegende Händler, Schieber, Spione.

In der Dämmerung blickte Marianne mit ihrer Tochter hinunter zum Hafen, ein großes Meerschiff, in seinem blendenden Weiß wie eine Verheißung, Menschentrauben auf den Piers und an den Brücken, strenge Kontrollen.

«Warum sind wir nicht schon längst auf dem Meer, Mama?»

Mucki hatte nicht verstehen können, warum die Eltern noch monatelang in Frankreich hängenblieben: Paris, Sanary, dann Vichy, bei den Großeltern Werfel. Als die Nazis im Frühjahr einen Teil von Frankreich besetzten, wurde Vichy zur Hochburg ihrer Kollaborateure. Man fürchtete für die jüdischen Eltern Werfel, Ferdinand und Marianne halfen ihnen, in eine Klinik in Bergerac umzuziehen, im Hinterland der Dordogne.

Dann endlich war Ferdinand bereit, nach Lissabon zu fahren, hier begann der weite Ozean, Mucki atmete auf.

«Von Frankreich aus», erklärte Marianne der Tochter, «sind für Papa noch Blitzbesuche in die Schweiz möglich. Weißt du, er kann sich nicht so leicht abnabeln von seinem Zürich und seinem Schauspielhaus.»

Das Schiff war für September gebucht, doch Ferdinand Rieser wurde zunehmend unruhig. Es gebe in Zürich noch Dinge zu klären, er müsse, bevor er Europa verlasse, nochmals hinfahren und zum Rechten sehen.

Marianne wollte es genauer wissen.

«Es geht um den Zins des Schauspielhauses», sagte er, «nicht nur wir, auch deine Eltern müssen davon leben. Die Neue Schauspiel AG hat im Frühjahr den Halbjahreszins nicht aufbringen können und trotz mehrmaliger Mahnung nicht bezahlt. Nun bittet die Stadt um günstigere Bedingungen.» Weniger dringend, doch ärgerlich die Nachricht über die Lipski. Vor seiner Abreise hatte Ferdinand der langjährigen Angestellten im Advokaturbüro seines Bruders einen Arbeitsplatz verschafft. Doch Siegfried entschloss sich kurzfristig ebenfalls zur Auswanderung, übrig blieb im Büro nur sein Kompagnon Dr. Stäheli, ein noch junger, im Umgang mit Angestellten ungeübter Mensch. Die Lipski, in schlechter Verfassung wegen einer unglücklichen Liebesgeschichte, komme mit dem neuen Chef nicht zurecht. Sie begehre auf, sei unfähig, korrekte Abrechnungen zu erstellen, er denke daran, sie zu entlassen, schrieb Stäheli.

Marianne sah ein, dass sie Ferdinand nach Zürich reisen lassen musste, in Amerika dann sollte er nicht diesen Geschichten nachhängen.

«Fahren denn die Züge noch?»

«Ich habe mich erkundigt. Ich kann in fünf Tagen zurück sein. Anschließend fahren wir in Ruhe Richtung Neue Welt.»

In Lissabon auf die Rückkehr ihres Mannes wartend, aß Marianne Rieser im Speisesaal allein mit ihrer Tochter. Doch an diesem Abend reservierte sie einen größeren Tisch.

Ihr Gast, ein junger Amerikaner, erschien pünktlich, es war ein großgewachsener Mann mit einem interessanten Gesicht, durch seine modische Hornbrille blickten wache Augen.

«Monsieur Varian Fry?»

Er nickte, begrüßte dann Frau Rieser und ihre Marguerite in korrektem Französisch. Wechselte, als er hörte, sie kämen aus Zürich, wie selbstverständlich ins Deutsche. Durch das schweizerische Konsulat war Marianne auf den Amerikaner aufmerksam geworden, er sei auf dem Weg nach Marseille und mit einer besonderen Mission betraut: Emigranten, vor allem Künstlern, behilflich zu sein bei der Flucht nach Amerika.

«Sie sind die Schwester von Franz Werfel, Madame?», fragte Fry. «Ein gutes Omen für meine Mission. Er ist einer meiner Lieblingsschriftsteller.»

«Wer ist in Amerika für Ihren Auftrag verantwortlich?», wollte Marianne wissen.

Fry nannte die First Lady Eleonor Roosevelt. Dann den deutschen Schriftsteller Thomas Mann, schließlich seine Tochter Erika.

Und Marianne erfreut: «Die Manns kennen wir gut noch aus Zürich, aus unserer Schauspielhauszeit.»

Fry lächelte. «Erika Mann ist uns eine große Hilfe. Sie klärt das lethargische Amerika über Hitler auf. Nur langsam realisiert man drüben, was sich in Europa tut. Dabei konnte ich schon vor fünf Jahren als Journalist in Berlin beobachten, wie abends in der Stadt unbescholtene jüdische Bürger misshandelt wurden. Noch in derselben Nacht schrieb ich für die *New York Times* einen Bericht darüber.»

«New York», murmelte Mucki. «Ich freue mich auf New York, Herr Fry. Auf die Wolkenkratzer, die Freiheitsstatue, den Central Park …»

Fry lächelte. «Wenn ich zurück bin in Amerika, werde ich dich an einem Sonntag durch die Stadt führen, Marguerite. Ist denn das Schiff für Ihre Familie schon gebucht?»

Marianne antwortete: «Wir fahren noch im September.»

Während des Essens erzählte Fry von seinen Studien in Harvard, von seiner Liebe zur Literatur und zur bildenden Kunst. Sein Leben sei bereichert worden dadurch, nun hoffe er, den Künstlern in bedrängter Lage etwas zurückgeben zu können. Er denke an sie, die Werfels, an Heinrich und Golo Mann, an André Breton, Max Ernst, Marc Chagall und an viele andere.

Am Ende dieses Abends versprach der Gast, Franz Werfel und seiner Frau auf ihrer Flucht zu helfen. Er wolle auch, und dies als Zeichen persönlicher Freundschaft, Kontakt aufnehmen mit den Eltern Werfel in Bergerac.

Für Fry war es sein erster Abend in Europa. Noch war er unverbraucht, noch sah er seine Mission in einem klaren Licht. Drei Wochen später würden sie zu Tausenden auf ihn zukommen, hilflose, zu Tode erschöpfte Menschen, zusammengedrängt, von den Nazis bedroht, in der Falle von Marseille.

43

FERDINAND RIESER HATTE die Reise nach Zürich ohne große Störungen abgewickelt, sein Schweizerpass erwies sich als eine Art Passepartout.

Nun, Mitte September, befand er sich wieder einmal auf dem Heimplatz. Der Himmel war bewölkt, eine rauhe Bise wehte, von den Rosskastanien fielen erste welke Blätter.

Drüben stand das Schauspielhaus, sein Herzwerk, sein Besitz.

Im Restaurant brannte Licht, Plakate priesen Aufführungen an, die ohne ihn über die Bühne gingen, das Haus erschien ihm, so weit er seinen schwachen Augen trauen konnte, in einem seltsamen Olivton neu gestrichen. Er ging näher, trat vor eins der Fenster, beugte sich, stieß mit dem Kinn an die Scheibe, ihm schien, im Innern bewege sich Parkers roter Schopf. Der Schauspieler blickte jetzt auf, starrte, stutzte, wandte sich dann ab. Rieser trat zurück auf den Vorplatz, eine Weile stand er vor seinem Eigentum wie ein Fremder, das Gebäude, frischgestrichen, schien ihn nicht mehr zu kennen.

Mit einem Taxi fuhr er nach Rüschlikon, durch die herbstroten Buchenzweige grüßte sein Schlösschen. Doch am Gartentor ein gespenstischer Anblick: Arbeiter waren dabei, den Tennisplatz umzugraben. Sein Nachbar Mariacher, der die Aufsicht über das Grundstück hatte, wurde auf Rieser aufmerksam und eilte herbei. Erklärte, es gelte schweizweit jetzt in Parks und überhaupt auf freiem Gelände Kartoffeln anzupflanzen, Befehl der Regierung, das Land müsse sich im Krieg selbst versorgen können.

Die Schweiz organisiert sich, dachte Rieser. Ach, könnte ich hierbleiben und Kriegskartoffeln essen, bis Friede einkehrt! Doch ich muss meine Familie in Sicherheit bringen.

Rieser trat nun ins Haus. Er ging durch die Räume, auch die waren ihm fremd geworden, die Sitzmöbel waren mit grauen Tüchern verhängt, im Schlafzimmer starrten aus den Bettgestellen leere Matratzen. Ein Wandschrank mit Mariannes persönlichen Effekten stand weit offen, ein Ballkleid hing an der Außentür schief am Bügel. Er fand auch ein verschlossenes Fach im Schreibtisch aufgebrochen und später die Tür des Weinkellers unverriegelt.

Außer Albertine hauste niemand mehr in der Villa. Als sie Schritte hörte, schlurfte sie aus ihrem Kämmerchen, und als sie den Brotherrn, den sie im fernen Amerika vermutete, plötzlich vor sich stehen sah, begann sie vor Überraschung zu schluchzen. Er tippte sie liebevoll auf die Schulter. Wer sonst noch zum Haus schaue, fragte Rieser. Die Lipski komme oft vorbei, sie bleibe meist lange in der Küchenstube, trinke Wein, verfüge über alle Schlüssel.

Rieser schaute nach: Sein Weinkeller war bis auf wenige Flaschen geleert, und in der Küchenstube herrschte eine chaotische Unordnung.

Am nächsten Morgen setzte sich Rieser mit Oprecht und einigen Leuten der Neuen Schauspiel AG zusammen. Es ging um die Zinsfrage. Man habe ein großes Defizit eingefahren, über siebzigtausend Franken, trotz Garantiesumme der Stadt könne man erst in ein paar Wochen das geschuldete Geld flüssig machen. Rieser gab seinem Erstaunen über die Schulden Ausdruck, ließ dann von der Zinssumme etwas nach. Hörte dann, die Feuerpolizei beanstande im Schauspielhaus die Enge der Korridore und Garderoben, wo sich das Publikum in der Pause aufhalte. Umbauten am Gebäude seien wohl unvermeidlich. Auch klage die neue Leitung über die veraltete Bühneneinrichtung und dränge auf Erneuerung.

Rieser runzelte die Stirn: «Und wer soll zahlen?»

«Der Besitzer. Sie.»

Darauf Rieser zu Oprecht: «Wie gewohnt möchte ich Klartext reden. Ich rechne mit dem sparsamen Sinn der Zürcher und mit ihrem bon sens. Je mehr Geld man in das Gebäude pumpt, umso höher die Anleihen und Abhängigkeiten. Früher haben wir hier, in einfachen Verhältnissen, keinen Franken Schulden gemacht und immer gutes Theater gespielt.»

Diese Auseinandersetzung um den Umbau des Pfauentheaters sollte sich noch durch die ganzen Kriegsjahre hinziehen.

Im Büro seines Bruders traf er auf die Lipski. Als sie ihn überraschend vor sich sah, wurde sie auf eine ungewohnte Art schnippisch, Rieser habe sie an diesen Stäheli verkauft, dem könne sie nun nichts recht machen, er schicke sie jetzt weg, nach achtzehn Dienstjahren …

Sie sei wohl krank, sagte Rieser.

Ja, sie habe stets Kopfschmerzen, sagte sie.

Nun, dann lasse er sie morgen bei einem befreundeten Arzt für einen Untersuch melden.

Wie vorgesehen kam Ferdinand Rieser fünf Tage später zurück nach Lissabon.

Ende September sollte das Schiff fahren.

Ihm träumte in den Nächten vor der Abfahrt, er suche nach einem Ariadnefaden, um wieder zurückzufinden nach Zürich, wo doch alles noch stand, was sein Leben ausmachte. Doch Marianne drängte auf Sicherheit. So fuhr die Familie Rieser über den Ozean.

Herbststürme, das Meer war ruppig.

An der Reling erwarteten die Riesers hinter dem Horizont der Wogen das Auftauchen eines Festlands, auch Mucki wollte schon einen Wolkenkratzer sehen, doch der amerikanische Kontinent schien vor der Masse der Emigranten zurückzuweichen.

Dann erreichten sie doch die Küste. Die erste Zeit in New York fand nur Mucki spannend. Die Eltern fühlten sich in den Zimmern des Hotels eingeengt, die Stadt beunruhigte, die Ungewissheit über das Schicksal der Eltern und der Geschwister ließ sie ständig zurückblicken.

Allmählich bestätigte sich, dass Varian Fry sein Versprechen hielt. Franz und Alma Werfel, die durch Südfrankreich irrten, über Lourdes schließlich in Marseille eintrafen, wurden auf rührende Art von ihm betreut. Er führte sie, zusammen mit Heinrich und Golo Mann, mit Hilfe von Freunden über einen Schmugglerpfad in den Pyrenäen nach Spanien. Auch bemühte sich Fry um die alten Eltern Werfel in Bergerac. Eine Passage nach Amerika war schon gebucht, ein Wagen der Ambulanz führte das alte Paar nach Marseille, wo man eine Woche später auf einem der Frachtschiffe Kajüten hatte. Doch Papa Werfel brachte es zustande, diesmal auf natürliche Weise, noch in Marseille zu sterben.

Mutter Werfel erreichte New York.

Marianne Rieser litt in der neuen Welt unter familiären Problemen. Es galt, die stets hadernde Mutter zu ertragen, die Ferdinand der Lieblosigkeit bezichtigte, obwohl er sich mit großem zeitlichen und finanziellen Aufwand um die Rettung aller Werfels bemüht hatte. Und die sechzehnjährige Mucki, naseweis und sommersprossig, brannte von zu Hause durch mit dem Vorsatz, den smartesten Boy aus ihrer Schule zu heiraten, der sich aber nichts aus ihr machte. Nicht die Mutter, das Leben brachte sie zur Vernunft. Familiäre Turbulenzen, die wohl ihren Niederschlag fanden in Marianne Riesers Komödie *Your problem, please*. Marianne selbst blieb wenig Zeit zur Flucht in ihre eigene Welt: Das Theaterstück *Eugenia*, noch in der Schweiz begonnen, wurde fertiggestellt, im Mittelpunkt eine junge Frau, deren Glauben vom Staat bedroht wird; es kann sich bei Eugenia um eine Christin oder um eine gläubige Jüdin handeln. Segal interessierte sich, auch Reinhard in Österreich, doch überall gähnten leer die Kassen, zu einer Aufführung konnte sich niemand entschließen. Franz Werfel, nun auch in den Staaten, spendete Trost: *Männer mit einst siegreichen Werken leben hier von Almosen und Unterstützung (...) Sie arbeiten weiter. Es ist das einzig Mögliche.*

1942, nach einer depressiven Zeit, begann Mariannes Erfolg. Stücke wurden aufgeführt, eins am Broadway, ein anderes in Kalifornien. *Immortal Girl* – neuer Name vielleicht der *Eugenia*? – sei mit Geraldine Fitzgerald erfolgreich verfilmt worden. Die Informationen bleiben vage, als seien solche Erfolge jetzt, wo im Krieg so viele um das elementare Überleben kämpften, nicht ganz so wichtig für Marianne, viele der Aufführungen in dieser Kriegszeit erschienen ihr auch lieblos und flüchtig gemacht.

Marianne Riesers Arbeiten gelten als verschollen. Nur die in Zürich aufgeführte *Turandot* ließ sich schließlich finden im Emigrantenverlag Merton, und die kleine Komödie von 1944, *Your problem, please,* steckte unter Briefen und Telegrammen im New Yorker Archiv des Leo Baeck Instituts.

Für Ferdinand Rieser, der seine letzten zwölf Jahre beinahe atemlos in den Dienst des Schauspielhauses gestellt hatte, erschienen die Emigrationsjahre inhaltsleer, von schwammiger Konsistenz. Manchmal sagte er Marianne am Morgen nach dem Aufwachen, ihm habe von einer Flucht nach Zürich geträumt. Dann begann er die Rechte bedeutender Theaterstücke zu kaufen, eine Agententätigkeit, die ihn zurück zu seinem geliebten Theater brachte. Mehr und mehr hatte er auch Grund, sich an den amerikanischen Erfolgen seiner Frau zu freuen.

Von der Neuen Schauspiel AG drangen erstaunliche Nachrichten über den Ozean: Ein «Kunstfreund», es war der Waffenfabrikant Emil Bührle aus Oerlikon, offeriere für ein neues Schauspielhaus vier Millionen Franken. Ein antifaschistisches Theater aus dem Portefeuille eines Kanonenfabrikanten und Kriegsgewinnlers?

Da die Grundstücke in Zürichs Innenstadt immer teurer wurden, kam die Idee auf, das neue Theater neben das alte zu stellen. Darauf Riesers zynische Antwort von jenseits des Ozeans: «Wollen Sie, dass ich nach dem Krieg mit meinem alten Haus dem neuen Konkurrenz mache?»

Beliebte Rieser zu scherzen? Die Vorstellung, der tatkräftige Alte errichte in Zürich von neuem seine Herrschaft, flößte den Mitgliedern der Neuen Schauspiel AG Angst und Schrecken ein. Innerhalb der Theatergremien entstand einige Aufregung: «Er will also zurückkommen!»

«Warum nicht, er ist schließlich Zürcher.»

«Er bereite sich, schreibt er, mit dem Kauf wichtiger Theaterstücke auf die Zeit nach dem Krieg vor.»

«Eine Agententätigkeit, was heißt das schon?»

«Er will sein Schauspielhaus wieder bespielen. Das muss verhindert werden! Wie soll man in Zürich verständlich machen, dass der alte Direktor zurückkommt und die Stadt wie damals von 1926 bis 1938 nichts mehr zu sagen hat?»

«Ändert die Strategie. Kauft, um einer Konkurrenz vorzubeugen, das alte Haus für einen moderaten Preis: Schauspielhaus, inbegriffen Restaurant und Theaterfundus, für zwei Komma zwei Millionen Franken.»

«Der Preis ist von gestern», kommt die Antwort von jenseits des Ozeans.

«Kein Kauf also. Besser den Mietvertrag für das Schauspielhaus, der schon 1946 abläuft, nochmals für sechs weitere Jahre erneuern.»

«Dann hätten wir Rieser bis 1952 in die Schranken gewiesen. In der Zwischenzeit kann Bührles Neubau beginnen.»

Doch Herr Bührle hat nun endgültig genug vom langen Fackeln und stellt seine Stiftung vis-à-vis dem Kunsthaus Zürich zur Verfügung.

Tatsächlich, Rieser steigt auf die Verlängerung der Vermietung bis 1952 ein. 1952 wird er sechsundsechzig Jahre alt sein, wie soll er als bald Siebzigjähriger nochmals in den Ring steigen? Trotzdem wird sich hartnäckig, noch über Jahre, das Gerücht halten, er sei zurückgekommen, um wieder alles in die Hand zu nehmen.

44

NACH DEM KRIEG verzögert sich die Rückkehr der Riesers, in Kalifornien erliegt 1945 Franz Werfel seinem Herzleiden. Doch das Leben drängt weiter. Nicht ohne Stolz meldet Ferdinand dem Artemis-Verleger Friedrich Witz nach Zürich, Mariannes neues Stück habe 1946 Premiere, *das vorletzte Stück, wovon ich Ihnen einen Prospekt beilege, wurde letztes Jahr erst aufgeführt, hatte großen Erfolg und wird jetzt verfilmt…*

Im Sommer 1947 erreichen die Riesers Zürich.

Vorerst ist nur ein Aufenthalt von wenigen Wochen geplant, für die kurze Zeitspanne lohnt es sich nicht, Personal für die Rüschliker Villa aufzubieten. Zudem ist die wichtigste Hilfe von früher, die Lipski, alkoholkrank, auf Riesers Drängen macht sie einen Entzug. So wohnt das Paar in der Zürcher Innenstadt im hübschen Hotel Storchen, die nun zweiundzwanzigjährige Marguerite, unverheiratet und nach Mutters Vorbild sehr eigenständig, nimmt Domizil im noblen *Dolder*.

Am frühen Nachmittag sind nur wenige Gäste im Restaurant des Pfauentheaters. Es ist nicht irgendein Nachmittag, es ist der 27. Juni 1947, der meteorologisch Geschichte schreiben wird: Das Thermometer ist auf ungewöhnliche 36,6 Grad geschnellt, kaum hat man in Zürich zu dieser Jahreszeit eine so hohe Temperatur gemessen. Rieser sucht die Kühle seines Restaurants auf, an einem Fensterplatz reinigt er seine fleckige Brille und bestellt ein kühles Getränk.

«Schaut dort vorne, ist das nicht der Rieser?»

Die Heger flüstert es im Hintergrund des Lokals ihren Kollegen Stöhr und Langhoff zu.

«Gibt es den überhaupt noch?», fragt Langhoff.

Und Stöhr: «Ja, von drüben, von jenseits des Ozeans, er dürfte wohl an die zehn Jahre fort gewesen sein, was sucht er noch hier?»

Langhoff lacht. «Ein Untoter. Grüßen wir ihn?»

Und Stöhr: «Wozu? Nein.»

«Das Schauspielhaus gehört doch noch ihm», weiß die Heger. «Will er uns vielleicht wieder unter sein Regiment bringen?»

«Dafür ist er doch jetzt zu alt.»

Die Heger denkt nach, erinnert sich dann an das kurz vor dem Krieg gespielte Stück von Thornton Wilder, *Unsere kleine Stadt*. «Wisst ihr noch: Eine Frau, die Emily, stirbt an der Geburt des zweiten Kindes und reist ins Jenseits. Hört dort, dass man zu einem selbstgewählten Tag für kurze Zeit ins Leben zurückkommen darf. Sie wählt ihren zwölften Geburtstag. Doch mit der Einsicht, die sie im Drüben gewonnen hat, findet sie das Leben banal, die Lebenden stumpf, im Alltagstrott gefangen. Sie kehrt in ihr Jenseits zurück.»

Stöhr lacht. «Du denkst, das könnte dem Rieser ebenfalls so einfallen?»

Nun richtet sich vorne der alte Direktor auf, blickt nochmals durchs Fenster, verlässt das Lokal.

Da kommt aus dem Schauspielhaus Anny Frick, die Kassiererin. Erstaunt, Rieser nach so vielen Jahren zu sehen, lässt sie sich auf ein kurzes Gespräch ein. «Wie geht's Ihrer Frau?»

«Sie ist im Hotel geblieben. Kopfweh. Es ist doch unerträglich heiß.»

Gegen Abend kühlt es kaum ab.

Die Riesers setzen sich in Rüschlikon mit ein paar wenigen Bekannten auf die Terrasse des Hotels Belvoir. Marianne genießt die Aussicht auf den See, auf die vom letzten Licht noch sanft gezeichneten Kuppen, die schattigen Einschnitte zwischen den Weinbergen, die sternförmigen Laternenlichter in den Dörfern am anderen Ufer. Doch das Hotel mit seinen Holzelementen, im veralteten Kurhausstil, sei renovationsbedürftig, meint sie.

«Und ist doch gemütlich», entgegnet Nachbar Mariacher. «Hier hat sich ein ganzes Jahr Thornton Wilder eingemietet und hat Stücke geschrieben, vielleicht auch Szenen aus *Unsere kleine Stadt*. Stefan Zweig hat ebenfalls hier gewohnt und andere Künstler.»

Marianne nickt. In nächster Nähe, nur über die Straße, kann sie zwischen den Zweigen der hohen Bäume ihr Schlösschen aus gelblichen Travertinplatten sehen. «Wachsen auf dem Tennisplatz immer noch Kartoffeln?»

«Das kann man jetzt rückgängig machen», sagt Mariacher, «doch die Kartoffeln haben im Krieg gut geschmeckt!»

Es geht jetzt gegen elf Uhr – Zeit, in die Innenstadt aufzubrechen. Rieser betritt das Restaurant, um in einer Getränkeflasche Wasser zu holen für den Autokühler. Auf dem

Weg zum Parkplatz benutzt er den stadtwärts gelegenen Pfad, er liegt heute im Dunkeln. Nur eine Straßenlaterne hat weiter unten noch gebrannt, wird man später im Polizeirapport lesen.

Rieser kehrt nicht zurück.

Mariacher geht nachschauen, findet Rieser auf der Treppe eines dunklen Kellerabgangs mit eingeschlagener Stirn, tot.

Zwei Männer der Kantonspolizei werden gerufen. Sie bestätigen den Sachverhalt, er muss über das achtzig Zentimeter hohe Geländer des Kellerhalses gestürzt sein. Zeugen des Unfalls gibt es nicht.

Rieser hatte in der kurzen Zeit seines Aufenthaltes in Zürich schon wieder eine Reihe von Drohbriefen erhalten.

Sein Tod kommt der Neuen Schauspielhaus AG gelegen. Der zähe Verhandler, den man seit einiger Zeit in den Protokollen nur noch anonymisiert erwähnt, ist ausgeschaltet, der Prozess des Vergessens kann seinen Lauf nehmen.

Bei der Beerdigung am 1. Juli 1947 ist es kühl geworden, es regnet heftig. Nur wenige Trauergäste sind auf dem Friedhof Fluntern anwesend, keine Delegation des Schauspielhauses, keine Vertreter der Stadt. Nur der rote Schopf des Erwin Parker ist da, denkt Marianne. Sie kniet im strömenden Regen am offenen Grab.

Eine vorgesehene Grabrede kann wegen Erkrankung des Redners nicht gehalten werden. Typisch für die Abgänge von Rieser.

Die *NZZ* bringt drei Tage danach Ausschnitte aus der ungehaltenen Rede: *Die «zwölf Jahre Rieser» sind für Zürich theatergeschichtliche Wirklichkeit und keiner, der gerechten Sinns und guten Willens ist, wird in Zukunft diese ignorieren können.*

Nachbemerkung und Dank

Vor einigen Jahren bin ich auf eine Disseration gestoßen: *Die Narretei eines Idealisten oder schillernd, böse, großartig. Ferdinand Rieser und das Schauspielhaus Zürich*. Geschrieben hat die Studie der Wiener Journalist Peter Exinger. Er hatte sich dafür nicht nur auf genaue Nachforschungen gestützt, sondern sich auch herausgenommen, Partei zu ergreifen für zwei Vergessene: Ferdinand Rieser und seine Frau Marianne Werfel. Zwölf Jahre lang, von 1926 bis 1938, investierten sie in das Zürcher Schauspielhaus, das keinerlei finanzielle Unterstützung von Dritten erhielt, ihr Vermögen und ihre Lebenskräfte. Mit ihrem hochkarätigen Ensemble von antifaschistischen Emigranten spielten sie in den dreißiger Jahren verbotene Stücke, die erstmals auf den Ungeist im neuen Deutschland aufmerksam machten.

Wie erfasst man, auch nur annähernd, diese verunsichernden, stürmischen Jahre vor dem Zweiten Weltkrieg? Äußere Umrisse helfen nur teilweise, in meiner Optik machen sich die Themen jener Zeit dingfest an drei Familiennamen: die Manns, die Riesers, die Schwarzenbachs.

Mein Dank geht an Peter Exinger für die Einsicht in sein Buch, an das Leo Baeck Archiv, New York, und seinen Leiter Frank Mecklenburg. Sachliche Hinweise und Bücher verdanke ich vor allem Guy Stern, New York, Charles Linsmayer, Zürich, Martin Dreyfus, Thalwil, Corinna Jäger-Trees vom Literaturarchiv Bern. Für die Besichtigung von im Buch wichtigen Orten danke ich Maja Schneider, Rüschlikon.

Literaturliste (Auswahl)

Thomas Mann: *Tagebücher 1918–1955*. Herausgegeben von Peter de Mendelssohn und Inge Jens. S. Fischer Verlage, Frankfurt/Main 1997.

Hermann Hesse, Thomas Mann: *Briefwechsel*. Herausgegeben von Anni Carlsson und Volker Michels. S. Fischer Verlage, Frankfurt/Main 2007.

Annemarie Schwarzenbach: *Das glückliche Tal*. Lenos Verlag, Basel 2010.

Wir werden es schon zuwege bringen, das Leben: Annemarie Schwarzenbach an Erika und Klaus Mann. Briefe 1930–1942. Herausgegeben von Uta Fleischmann. Centaurus Verlag, Herbolzheim 2015.

Erika Mann: *Ausgerechnet Ich. Ein Lesebuch*. Herausgegeben von Barbara Hoffmeister. Rowohl Taschenbuch Verlag, Reinbek 2005.

Klaus Mann: *Briefe und Antworten 1922–1949*. Herausgegeben von Martin Gregor-Dellin. Rowohlt Verlag, Reinbek 1987.

Erika Mann und ihr politisches Kabarett «Die Pfeffermühle» 1933–1937: Texte, Bilder, Hintergründe. Herausgegeben von Helga Keiser-Hayne. Rowohlt Verlag, Hamburg 1995.

Peter Exinger: *Die Narretei eines Idealisten oder schillernd, böse, großartig: Ferdinand Rieser und das Schauspielhaus Zürich*. Wien 1996.

Isabel Drews: *«Schweizer erwache!» Der Rechtspopulist James Schwarzenbach*. Huber Verlag, Frauenfeld 2005.

Alexis Schwarzenbach: *Auf der Schwelle des Fremden. Das Leben der Annemarie Schwarzenbach*. Collection Rolf Heyne, München 2011.

Charles Linsmayer: *Annemarie Schwarzenbach. Ein Kapitel tragische Schweizer Literaturgeschichte.* Huber Verlag, Frauenfeld 2008.

Werner Mittenzwei: *Exil in der Schweiz.* Reclam Verlag, Leipzig 1978.

Kristina Schulz: *Die Schweiz und die literarischen Flüchtlinge (1933–1945).* Oldenbourg Akademie Verlag, Berlin 2012.

Literatur geht nach Brot. Die Geschichte des Schweizerischen Schriftsteller-Verbandes. Herausgegeben von Otto Böni. Sauerländer Literaturverlag, Zürich 1987.

Erwin Parker: *Mein Schauspielhaus. Erinnerungen an die Zürcher Theaterjahre 1933–1947.* Pendo Verlag, Zürich 1983.

Ursula Amrein: *irritation theater. Max Frisch und das Schauspielhaus Zürich.* Chronos Verlag, Zürich 2013.

Christian Renfer, Joseph Jung: *Der Landsitz Bocken am Zürichsee.* Herausgegeben von der Gesellschaft für Schweizerische Kunstgeschichte. Bern 1994.

Niklaus Meienberg: *Die Welt als Wille & Wahn: Elemente zur Naturgeschichte eines Clans.* Limmat Verlag, Zürich 2005.

Curt Riess: *Das Schauspielhaus Zürich. Sein oder Nichtsein eines ungewöhnlichen Theaters.* Langen-Müller Verlag, München 1990.

Peter Stahlberger: *Der Zürcher Verleger Emil Oprecht und die deutsche politische Emigration 1933 bis 1945.* Europa Verlag, Zürich 1970.